KB242982

송진용 新무협 판타지 소설

비정소옥

非情素玉

4

비정소옥 4

송진용 新무협 판타지 소설

초판 1쇄 찍은 날 § 2002년 3월 21일
초판 1쇄 펴낸 날 § 2002년 3월 30일

지은이 § 송진용
펴낸이 § 서경석

편집장 § 문혜영
편집 § 장상수 · 박영주 · 김희정 · 권민정
마케팅 § 정필 · 강양원 · 김규진

펴낸곳 § 도서출판 청어람
등록번호 § 제1081-1-89호
등록일자 § 1999. 5. 31
어람번호 § 제2-0071호

주소 § 경기도 부천시 원미구 심곡1동 350-1 남성B/D 3F (우) 420-011
전화 § 032-656-4452 팩스 § 032-656-4453
E-mail § eoram99@chollian.net

값 7,500원

ISBN 89-5505-246-4 (SET)
ISBN 89-5505-328-2 04810

비정소옥

非情素玉

송진용 新무협 판타지 소설

4

풍운천하 (風雲天下)

도서출판 청어람

□
목

차

제1장

모용탈(慕容奪)을 만나다

모용탈(慕容奪)을 만나다

"어떻게 알고 왔지?"

놀란 남궁적이 주춤거리고 물러섰다.

성큼 석실 안으로 들어서는 자는 청성(靑城)의 마현 도장(摩玄道長)과 갈의죽장(葛衣竹杖) 악노귀(岳老鬼)였다. 그들은 남궁적이 상대할 만한 자들이 아니었다. 오솔길에서 그의 야비한 수단에 넘어가 어이없이 목숨을 잃은 화양선생(華陽先生) 주문룡(朱文龍)도 절정의 고수 반열에 든 자였지만, 추살대로 뽑혀 나온 자들 중에서는 가장 약하다고 할 수 있었다. 마현 도장이나 악노귀는 주문룡보다 한 수 위에 있는 사람들인 것이다.

"네 수하 중 왕팔이라는 자가 있더군. 그자의 입을 열게 하는 데는 황금 한 덩이면 족하더구나."

마현 도장이 웃으며 친절하게 대답해 주었다. 그는 뿔뿔이 흩어지던 남궁적의 수하들 중 왕팔을 만나 그를 달콤한 말로 꾀어서 알아낸 게 분명했다. 그 말을 들은 남궁적의 얼굴이 있는 대로 일그러졌다.

언젠가 남궁적은 다섯 달 동안 동굴 안에 머물며 도법을 익히는 데 열중한 적이 있었다. 그동안 쓸 일상 용품을 챙기자 두 보따리나 되었다. 한 번에 다 지고 갈 수는 없었고 적어도 두 번은 왔다 갔다 해야 할 일이었으므로 귀찮게 여긴 그는 수하들 중 그래도 믿을 만한 왕팔을 부려먹은 적이 있었다. 그때도 왕팔을 동굴 안에까지 데리고 들어오지는 않았다. 절벽 위에 보따리를 내려놓게 하고 돌려보냈던 것이다.

남궁적의 종적을 찾을 수 없게 된 마현 도장과 악노귀는 그가 단목기를 데리고 어디론가 숨어버렸을 것이라고 짐작했다. 그곳이 어디일지 이리저리 찾던 중에 왕팔을 만난 것이다. 그와 몇 마디 말을 나누자 왕팔이 남궁적의 신임을 받는 수하임을 알 수 있었다. 도장은 달콤한 말로 그를 꾀었다. 황금과 감언이설에 넘어간 왕팔이 그때 일을 곧이곧대로 불어버렸다. 그러면 그렇지, 하고 내심 무릎을 친 도장과 악노귀는 왕팔이 말한 절벽 위에서 남궁적과 단목기의 흔적을 발견하고 그것을 따라 이곳까지 찾아올 수 있었다.

"빌어먹을, 개자식! 내가 반드시 이놈을 때려죽이고 말 테다. 감히 나를 팔아먹어? 내가 산을 내려가는 날이 제놈 제삿날이라는 걸 까맣게 모르고 있겠지? 흥! 배신자의 말로가 어떻다는 걸 모두에게 보여주지 못하면 사내가 아니다!"

믿었던 왕팔이 배신했다는 것에 더욱 분해진 남궁적이 노성(怒聲)을 지르며 길길이 날뛰었다. 그것 때문에 다가오는 마현 도장과 악노귀에 대한 것은 마음에도 두지 않는 듯했다.

"조심해."

등 뒤에서 낮게 주의를 주는 단목기의 말에 비로소 정신을 차린 남궁적이 힐끗 돌아보고 씩 웃었다.

"여긴 내 집이야. 도둑놈 한둘이 들어왔다고 겁을 낼 것 같나? 걱정할 것 없어."

"흥!"

남궁적의 말을 들은 악노귀가 차갑게 코웃음을 쳤다. 그에게는 남궁적이 가소롭게 보일 뿐인 것이다.

"나는 너와 아무런 감정도 원한도 없다. 그러니 경거망동하여 한을 남기지 말라."

마현 도장이 눈으로는 흑오석(黑烏石) 대 위에 좌정하고 있는 하란노도(夏蘭老道)를 바라보며 그렇게 말했다.

"흥!"

그 말에 이번에는 남궁적이 거칠게 코웃음을 쳤다.

그것을 듣지 못한 듯 성큼성큼 걸어온 마현 도장이 남궁적의 어깨를 스쳐 지나갔다. 잠깐 단목기에게 눈길을 주었던 그가 하란노도의 유체 앞에 선 채 멍하니 노도의 주검을 올려다보았다.

"사숙…… 그동안 문도들이 천하를 뒤지며 그토록 찾아도 끝내 현신하지 않으시더니 이런 곳에 숨어 계셨군요."

"사숙이라고? 말코도사, 그럼 당신도 청성파의 쓸모없는 물건인가?"

남궁적이 놀란 소리로 외쳤다. 그를 한번 매섭게 쏘아본 마현 도장이 쓴웃음을 짓고 외면했다. 그가 하란노도의 유체 앞에 무릎을 꿇고 앉아 머리를 조아리고 나서 지그시 두 눈을 감고 진언(眞言)을 중얼거렸다. 그것을 본 남궁적이 재빨리 다가가 단 위에 놓아두었던 나무 함을 안아 들고 물러섰다.

다시 한 번 하란노도의 유체에 머리를 조아리고 난 마현 도장이 천천히 몸을 일으켜 남궁적에게 향했다.

"네가 사숙의 진전을 받았다니 나에게는 사제가 되는 셈이다. 어서 사형을 뵙는 예를 갖추지 않고 무엇 하느냐?"

자못 엄숙한 것이 과연 어리고 철없는 사제를 나무라는 사형의 위엄이 가득한 듯했다. 멀뚱한 눈으로 그런 마현 도장을 바라보던 남궁적이 콧방귀를 뀌고 발 아래 침을 뱉었다.

"얼어죽을 일이지. 주인의 허락도 없이 난데없이 남의 집에 뛰어들어서는 사형이라니? 예쁘고 앙칼진 사매 계집이 생긴다면 모를까, 나는 당신같이 늙고 못생긴 사형 따위는 필요없소!"

남궁적의 어처구니없는 대답에 마현 도장은 물론 단목기마저 어이가 없어서 입을 딱 벌리고 말았다.

"과하다!"

외친 마현 도장의 볼이 지나친 분노로 푸들푸들 경련을 일으켰다.

"흐흐…… 문파의 규율(規律)이 이처럼 개판이니 알조로군. 그 이름이 쟁쟁한 청성파도 머지않아 곤륜처럼 구대문파의 대열에서 사라져 버리겠는걸? 참 안타까운 일이야."

한껏 비꼬는 악노귀의 이죽거림에 마현 도장은 물론 남궁적과 단목기마저 발끈했다.

"저런, 싸가지라고는 쥐똥만큼도 없는 늙은이 같으니. 늙어 뒈질 날도 얼마 남지 않은 것이 어째서 저렇게 주둥아리가 더러울까?"

남궁적이 침을 튀기며 욕을 해댔다. 하란노도를 생각하는 만큼 그의 마음속에는 청성파에 대한 한 가닥 애정이 깃들어 있었던 것이다.

"히히, 어린놈이 겁이 없으니 철이 없는 것이고 철이 없으니 생각도 없는 게지.”

남궁적의 지독한 욕에도 얼굴색 하나 변하지 않은 채 여전히 이죽거리던 악노귀가 정색을 하고 손가락질을 했다.

“곧 노부의 손에 뒈질 놈이니 잠시 그것에 대해서는 따지지 않겠다. 그러니 너는 저만큼 물러서 있거라. 나는 저 도사 놈에게 할 말이 있다.”

“저런……!”

옷소매를 걷어붙이고 나서며 다시 무어라고 욕을 하려는 남궁적의 옷깃을 단목기가 가만히 잡아당겼다. 마지못한 듯 물러섰지만, 남궁적의 얼굴에는 분한 기색이 가득했다. 그런 그를 흘겨본 악노귀가 죽장으로 바닥을 한번 찍고 나서 정색을 하고 마현 도장을 바라보았다.

“겉만 번드르르한 도사 친구야. 그렇게 점잖을 빼며 속셈을 감출 것 없다. 네가 원하는 건 저 어린놈이 가지고 있는 것 아니냐?”

그때 남궁적은 나무 함 안에서 하란노도의 칠십이파검법주해서를 꺼내 단목기의 품 안에 쑤셔 넣고 있는 중이었다. 그가 찔끔하여 악노귀를 돌아보았다.

“우리 솔직하게 털어놓고 이야기하자. 너는 눈앞의 보물을 독차지할 심보지?”

“음…….”

마현 도장이 잔뜩 얼굴을 찌푸린 채 침음성을 흘렸다.

“사실 이제는 홍안령주의 목보다야 절세의 비급이 더 값지다고 할 수 있지.”

그렇게 말하는 악노귀의 마음속에 단목기에 대한 꺼려함은 조금도 들어 있지 않았다. 한 팔을 잃은 채 무력해져 있는 단목기쯤은 이제 조금도 위험한 존재가 되지 못했던 것이다.

마현 도장 역시 그것을 잘 알고 있었다. 그가 다시 한 번 침음성을 흘린 후 애써 마음을 가라앉히고 악노귀를 지그시 바라보았다. 악노귀는 죽장을 꺼덕거리며 여전히 이죽거리기만 했다.

"히히, 저 비급만 손에 넣으면 굳이 홍안령주의 목을 가져다 주지 않더라도 네 스스로 노력해서 경쟁자들을 물리치고 장문인이 될 수 있을 테니 둘도 없는 보물이지."

동창의 제독태감(提督太監) 장가령(長可寧)은 마현 도장에게 그가 청성파의 장문인이 되도록 밀어주겠다는 언약을 한 모양이었다. 그걸 받아들이는 건 옳지 못한 일이었다. 더구나 강호의 명숙으로 자처하는 자라면 더욱 취할 만한 일이 못 되었다.

힐끗 단목기를 바라보는 마현 도장의 얼굴이 벌겋게 달아올랐다. 자신의 치부가 드러난 데 대한 부끄러움이 지나쳐서 화가 된 듯 그가 흰 수염을 부르르 떨며 악노귀를 가리키고 노성을 버럭 질렀다.

"그러는 네놈은 그럼 장가령의 개가 되어서 호의호식할 일에 눈이 먼 모양이구나!"

"아니올시다. 나는 장 태감이 약속대로 니를 자유롭게 해수기만을 원할 뿐이로소이다."

단목기는 악노귀가 전국에 수배령이 내려져 있는 역적이라는 것을 알고 있었다. 그는 오 년 전 황하 유역에 대홍수가 났을 때 황제의 칙명을 받아 구휼관(救恤官)의 소임을 띠고 내려온 환관 위위진(魏位珍)을 암살한 적이 있었다. 그 일로 위충현(魏忠賢)의 진노를 사 주살령(誅殺令)이 내려졌던 것이다.

위위진은 위충현의 조카 되는 자로서, 그는 난민을 구휼할 생각은 하지 않고 오히려 중앙으로부터 내려온 구휼 자금을 열에 아홉은 착복했다. 게다가 지방관을 쥐어짜 가혹하게 세금을 걷어들이는 일에만 혈안이 되어 있던 자였다. 그로 인해 백성들의 원성이 하늘에 닿았지만 누구 하나 그를 어떻게 해볼 사람이 없었다. 뒤에 버티고 있는 사례태감(司禮太監) 위충현의 권세가 이미 황제를 능가하고 있기 때문이었다.

그때 나선 것이 갈의죽장 악노귀였다. 그는 난민들 속에 숨어 있다가 순시를 나온 위위진을 들이쳐 한 주먹에 그의 대갈통을 부숴놓고 달아났다. 백여 명의 호위병들이 그 악랄한 환관을 겹겹이 둘러싸고 있었지만 바람처럼 들이닥치고 연기처럼 홀연히 사라져 버리는 그를 막지 못했다.

악노귀는 그 길로 강호를 떠나 종적을 감추었다. 그러던 그가 오 년 만에 모습을 나타낸 것은 이제 숨어 사는 일도 지긋지긋해졌기 때문일 것이다. 그는 자원하여 추살대에 끼어들었다. 장가령에게 흥정을 넣은 것이다. 단목기의 목을 가져다 주는 대가로 장가령은 그에 대한 면죄를 약속해 주었을 게 뻔했다.

위충현이 아무리 황제를 능가하는 권세를 지녔다고 할지라도 오직 제독태감에 대해서만은 꺼려하고 양보하는 바가 있었다. 그러니 장가령이 청을 넣는다면 차마 그것을 거절하지 못하고 악노귀에 대한 수배령을 철회할 것이 분명했다. 사랑하는 조카 위위진은 이미 죽어 뼈마저 삭아버렸을 텐데 그것 때문에 장가령의 앙심을 사려고 할 리가 없기 때문이다.

장가령 또한 처음에는 위충현의 심복이었으나 동창의 태감이라는 막중한 자리에 앉혀지자 마음이 변하여 이제는 위충현을 위협하는 유일한 세력가로 둔갑해 있었다. 어쩌면 그의 심중에는 위충현을 몰아내고 그 자리를 자신이 차지하려는 야욕이 꿈틀거리고 있는지도 몰랐다.

"나는 오직 홍안령주 각하의 목만 있으면 된다. 그러니 늙은 도사야, 너는 이제 그 일에 관심이 없다면 물러서거라. 나 또한 비급에는 관심이 없으니 네 일을 막고 나서지 않겠다."

"잠깐!"

그들 사이의 분위기를 의아하게 살펴보고 있던 남궁적이 두 팔을 활짝 펼치고 나섰다. 그의 눈 속에 간교한 빛이 가득 담겨 번들거렸다.

"당신은 정말 이것에는 조금의 관심도 없단 말이오?"

남궁적이 다시 하란노도의 주해서를 꺼내 들고 눈앞에 흔들어 보이며 소리쳤다. 그것을 바라보는 마현 도장의 눈빛이 번쩍거렸다.

"흥!"

악노귀의 냉랭한 코웃음 소리가 석실 안에 차갑게 울려 퍼졌다.

"과연 당신은 당당한 대장부로군. 좋소. 조금 전 내가 노인에게 했던 욕은 깨끗이 사과하겠소."

정중하게 머리마저 숙여 보이고 난 남궁석이 느긋한 얼굴로 다시 말했다.

"하지만 나는 비급을 내줄지언정 여기 이 친구를 내주고 싶은 마음은 조금도 없으니 어쩌겠소? 그러지 말고 이 비급을 줄 테니 그냥 돌아가시구려."

"그건 안 된다!"

남궁적이 비급을 악노귀에게 던져 줄 듯하자 마현 도장이 크게 놀라 소리 지르며 가로막았다.

"그건 사숙께서 유일하게 남긴 유품이자 문파의 보전이다. 그것이 외인의 손에 들어가게 할 수는 없다."

금방이라도 달려들어 비급을 빼앗아갈 듯한 마현 도장의 기세에 놀란 남궁적이 그것을 등 뒤로 감춘 채 한 걸음 물러섰다. 그가 도장을 빤히 바라보다가 고개를 갸웃했다.

"하지만 이것은 노도가 나에게 물려준 것이니 내 것이오. 그러니 내 마음대로 해도 되는 것 아니겠소?"

"사제, 그렇지가 않네."

다급해진 마현 도장이 한껏 낯빛을 부드럽게 하고 음성마저 가라앉혔다.

"그것이 사숙께서 남긴 검법서가 분명하니 그 책은 누구 한 사람의 것이 아니라 청성의 보전이라고 해야 할 것이네. 당연히 사문으로 가져가 장경각(藏經閣)에 보관해야지. 그것으로 인해 청성의 검법이 한층 빛난다면 그건 모두 사제의 공일세."

은근하게 말하던 마현 도장이 끝에 가서는 엄지손가락마저 치켜세워 보이며 한껏 남궁적의 공을 치하했다.

"사제가 이미 사숙의 진전을 받았다니 기쁘기 짝이 없는 일일세. 게다가 사숙이 남긴 검법서를 가지고 있으니 더 말할 나위 없지. 나와 함께 청성으로 돌아간다면 사제는 즉시 본 파의 존장이 될 걸세. 그 배분만을 보아도 나와 같은 항렬에 들 것이니 더 말할 것 없지. 일천 명의 제자들이 모두 사제를 공경하고 우러를 것이니 아니 기쁘겠는가. 그러니 잘 생각해 보게."

남궁적의 얼굴에 망설이는 기색이 깃들었다. 그것을 놓치지 않고 살펴본 마현 도장이 이때라는 듯 쐐기를 박았다.

"이 부족한 사형이 장문 직을 계승하게 되면 그때는 사제를 본 파의
다섯 장로 중 한 명이 되도록 해주겠네. 나는 나이 늙었고 사제는 이처
럼 젊고 팔팔하니 내가 죽은 다음에는 뒤를 이어 사제가 장문인이 될
수도 있지. 어떤가, 나와 함께 청성으로 가고 싶은 마음이 들지 않나?"

"음, 과연 그렇다면 그건 해볼 만한 거래가 되겠는걸?"

구미가 잔뜩 당긴다는 듯 남궁적이 한 손으로 턱을 쓸며 머리를 끄
덕였다. 마현 도장의 얼굴이 활짝 펴졌다.

"잘 생각했네. 청성파는 구대문파의 한자리를 차지하고 있는 명문대
파(名門大派)일세. 그러니 장로만 된다고 해도 감히 얕볼 자가 없지. 위
태롭게 강호를 떠도는 것보다 보산(寶山)에 한가롭게 거하면서 만인의
흠모와 존경을 받는 것이 훨씬 낫지 않겠나? 암, 그렇고 말고."

자기 자신의 말에 도취된 듯 마현 도장이 얼굴에 황홀한 기색마저
띤 채 거푸 머리를 끄덕였다. 그는 남궁적이 자신의 말에 따르리라는
것을 확신한 듯했다.

"흥정이 끝났느냐? 그럼 너, 말코도사는 비켜서 있거라. 이제는 내
차례다."

한쪽에서 가만히 그들의 하는 양을 지켜보고 있던 악노귀가 얼굴에
한껏 비웃음을 띠고 나섰다.

"너 어린것이 장로가 되든 장문인이 되든 노부는 알 바 아니다. 그
러니 너도 한쪽으로 비켜서거라."

그가 매섭게 말하며 단목기를 쏘아보았다. 당장에라도 달려들어 요
절을 낼 듯한 기세였다.

"잠깐, 잠깐만!"

다급하게 외친 남궁적이 마현 도장을 바라보았다.

"도장, 나는 고리타분하게 그 장로니 뭐니 하는 사람이 되고 싶은 마음이 없소. 온갖 늙고 젊은 말코도사들이 굽실거리며 아양을 떠는 것도 징그럽거니와 따분한 도관에 처박혀서는 하루도 견디지 못할 것 같소. 있지도 않은 점잖을 떨어야 한다는 것도 마음에 들지 않고, 무슨 제를 올리고 의식을 차리는 것도 딱 질색이오."

남궁적이 이제까지의 무례함을 버리고 제법 의젓하게 말했다.

"그러니 도장이 나의 부탁 한 가지만 들어준다면 내 이까짓 책쯤은 보시하는 셈치고 기꺼이 도장에게 드리리다."

"그게 뭐냐?"

마현 도장이 급히 묻고 나섰다. 진경만 얻을 수 있다면 어떤 부탁이라도 들어줄 태세였다. 그것을 지켜보던 악노귀가 다시 이죽거렸다.

"이미 망가질 대로 망가진 개도사가 되었으면서도 체면을 차리는 꼴이 정말 가관이로군. 차라리 저 망나니 놈을 쳐 죽여 버리고 구린내 나는 책을 빼앗아 갖는 게 통쾌할 거다."

그 말을 들은 마현 도장의 얼굴에 음침한 기색이 스쳐 지나갔다. 사실 그는 벌써부터 그런 충동이 이는 것을 애써 눌러참고 있는 중이었다. 손을 쓴다면 악노귀의 말처럼 남궁적을 죽여 버리고 손쉽게 비급을 탈취할 수 있을 것이었다. 하지만 자신의 신분과 이곳이 사숙인 하란노도의 안실(安室)이라는 것 때문에 차마 그러지 못하고 있었던 것이다.

"엇?"

악노귀의 말은 남궁적에게도 경각심을 불러일으켰다. 미처 그것을 생각하지 못하고 있던 남궁적이 놀람의 외침을 터뜨리고는 서둘러 책에서 두 장을 찢어냈다.

"아니, 지금 무슨 짓을 하는 거냐!"

그것을 본 마현 도장이 경악의 외침을 터뜨렸다. 곧 달려들듯 무릎을 살짝 굽혔던 그는 그러나 깜짝 놀라 멈추어야 했다. 찢어낸 두 장을 단목기에게 건네주며 급히 속삭이는 남궁적의 말을 들은 때문이다.

"만약 저 엉큼한 도사 늙은이가 본색을 드러낸다면 내가 그를 가로막는 동안 너는 이것을 씹어서 삼켜 버려. 이 두 장이야말로 가장 중요한 부분이니 저 여우 같은 늙은이는 어쩔 수 없이 껍데기만 가져가야 할걸?"

그것을 받아 든 단목기의 눈에 웃음이 스쳐 지나갔다. 남궁적은 글을 읽을 줄 몰랐다. 그러면서도 비급의 내용을 모두 다 안다는 듯 능청을 떠는 모습이 우습기만 했다. 하지만 어쨌든 두 장씩이나 뜯어냈으니 그의 말처럼 비급은 더 이상 유용한 것이 되지 못할 것만은 분명했다.

'빌어먹을. 망설이다가 일을 그르쳐 버렸구나! 이게 다 저 못된 늙은 놈 때문이다. 쳐 죽일 놈.'

속으로 욕을 하며 악노귀를 노려보는 마현 도장의 눈에서 불길이 활활 타올랐다. 다 된 밥에 재를 뿌린 거나 마찬가지라고 생각하자 볼품없이 생긴 악노귀에 대한 노여움이 더욱 짙어졌다.

그러나 마음속의 생각은 깊이 감춘 채 곧 평소의 모습을 되찾은 도장이 애써 담담한 얼굴로 남궁적을 바라보며 희미한 웃음마저 떠올렸다.

"그래, 부탁이란 게 뭔가? 오늘 처음 사제를 만난 기쁨이 있으니 이 늙은 사형이 다 들어줌세."

"별거 아니올시다, 사형."

다시 느긋함을 되찾은 남궁적이 마주 웃어 보이며 느물거렸다.

"이 사제는 친구를 보호해 주겠다고 약속했으니 지켜야 하지 않겠소?"

"암, 그렇고 말고. 사내대장부가 한번 약속을 했으면 목에 칼이 들어와도 반드시 지켜야지. 역시 사제는 뛰어난 기상을 지닌 영웅이었군. 자랑스럽네."

"과하오이다."

한껏 치켜주는 마현 도장의 말에 짐짓 점잖을 빼며 사양하고 있었지만 남궁적의 눈에는 재미있어하는 빛이 가득했다.

"소제의 청이란 다름 아니오라 사형께서 저기 저 못된 늙은이를 내쫓아서 그가 더 이상 소제의 친구를 위협하지 못하도록 해달라는 것이올시다. 아예 후환이 없도록 죽여 버리면 더 좋겠고."

"음……."

쉽지 않은 부탁이었다. 하지만 들어주지 않을 수도 없는지라 망설이던 마현 도장이 굳은 얼굴로 천천히 악노귀에게 돌아섰다.

"악 노형, 당신은 제독태감으로부터 받은 밀명을 꼭 수행할 셈이오? 저기 홍안령주는 굳이 우리가 손을 쓰지 않더라도 오래 살지 못할 것 같소. 제독태감의 명이 그의 목이었으니 그가 죽으면 그 일도 저절로 해결되는 것 아니겠소?"

"그럴지도 모르지."

"게다가 비급은 원래 본 파의 물건이고 또 본 파에 꼭 필요한 것이니…… 악 노형이 기왕에 그것에 관심이 없다면 빈도로 하여금 얻도록 도와주는 게 옳지 않겠소?"

그가 방해한 것에 대해 은근히 책망하는 뜻이었다. 그 말을 알아듣지 못할 악노귀가 아니었다. 노인이 주름진 얼굴을 더욱 찌푸리며 혀를 찼다.

"홍안령주의 목은 이 악 모에게 꼭 필요한 것이니, 기왕에 그대가 다른 것에 관심을 돌렸다면 이 늙은이로 하여금 그것을 얻도록 도와주는 게 또한 옳지 않겠소?"

그가 마현 도장의 말투를 그대로 흉내 내 이죽거렸다.

"음. 당신이 정 말귀를 알아듣지 못하고 그렇게 나온다면 할 수 없는 일이지. 이 모든 게 그대가 불러들인 화(禍)니 나를 원망하지 마시오."

"흥! 사람들은 청성의 마현이 검법으로 일가를 이룰 만하다고 말하지. 흥! 하지만 노부가 보기에 그것은 다 개방귀만도 못한 소리다. 흥! 뭣도 모르는 시정잡배들이 지껄이는 헛소리야. 흥! 당신의 심보가 고작 그것밖에 안 되는데 검법이라고 크게 다르겠나? 흥, 흥!"

악노귀가 죽장으로 땅을 구르며 연신 코웃음을 쳐댔다. 마현 도장이 이제는 살기를 감출 생각도 하지 않고 고스란히 드러내며 이를 갈았다.

"과연 사람들이 하북제일괴(河北第一怪)라고 부르는 악노귀의 죽장이 얼마나 무서운지 내 오늘은 꼭 시험해 보고 말겠다!"

구르듯 다가선 도장의 손에 어느덧 새파란빛이 번쩍이는 장검이 들려 있었다. 눈을 부릅뜬 악노귀도 죽장을 움켜쥔 채 성큼 나섰다. 단목기는 그들의 움직임에서 눈을 떼지 못했다. 한 사람은 오래전부터 강호의 괴걸(怪傑)로 자자한 명성을 날린 고수였고, 또 한 사람은 강호에 그 모습을 자주 드러내지는 않았지만 검법의 대가로 불리는 기인이었다. 두 사람의 격돌은 보기 드문 사건이 분명했다.

피잉―!

달려들기는 마현 도장이 먼저 달려들었으나 쳐 나오는 것은 악노귀의 죽장이 더 빨랐다. 음침한 석실 안의 어둠 속에서 노귀의 죽장이 칙칙한 묵빛을 뿌리며 어지럽게 떨어져 내렸다.

마현 도장이 미끄러지듯 비켜서며 몸을 틀었다. 석실 벽에 커다랗게 비쳐진 그림자가 유령인 것처럼 흐느적거리며 재빨리 움직였다. 마현 도장의 운신(運身)은 마치 바람을 타고 날리는 나뭇잎 같았다. 가볍게 흔들리는 그의 몸이 죽장의 그물 사이를 아슬아슬하게 맴돌았다. 아무리 눈을 부릅뜨고 보아도 그가 어디로 어떻게 움직여 갈지 도무지 짐작할 수 없는 교묘한 신법(身法)이었다.

"흠—!"

그것을 본 남궁적이 감탄성을 흘리며 고개를 끄덕였다. 그는 하란노도로부터 청성의 절기를 배웠으니 도장의 움직임을 보고 새삼 느끼는 게 많을 것이었다.

따당—!

처음으로 맑은 쇳소리가 터져 나왔다.

고수들 간의 싸움일수록 병장기를 부딪치는 일이 드문 법이다. 그것이 가볍고 날이 잘 갈린 검이라면 더욱 그랬다. 서로 힘을 가득 실어 쳐내고 있는 이상 아무리 좋은 보검이라고 할지라도 상대의 병장기와 정면으로 부딪치는 일이 거듭되어서는 견뎌내지 못하는 것이다. 보검일수록 한번 날이 망가지면 다시 갈기가 쉽지 않았다. 그런데도 병장기를 부딪쳤다면 그것은 상황이 그만큼 급박하고 위험하다는 증거였다.

"음—!"

침음성과 함께 악노귀가 윙윙거리며 우는 죽장을 거두고 한 걸음 물러섰다. 여간해서는 흠집 하나 나지 않을 만큼 단단한 그의 죽장에 깊은 검흔(劍痕)이 새겨져 있었다. 어금니를 굳게 문 마현 도장도 검을 거두고 한 걸음 물러서 있었다. 검보다 훨씬 탄력이 좋은 악노귀의 죽장에 부딪치자 자신의 힘에 노귀의 힘까지 더해져 밀려든 반탄력을 견디지 못한 것이다.

　은은하게 저려오는 팔꿈치를 한번 접었다 편 마현 도장이 더욱 삼엄한 눈빛으로 노려보며 스산하게 말했다.

　"과연 대단한 위세로군."

　악노귀의 얼굴에도 이제는 비웃음이 싹 가셔 있었다. 그가 죽장 끝으로 도장의 가슴을 겨눈 채 호시탐탐 기회를 노리며 신중하게 입을 떼었다.

　"너, 말코도사의 검력도 대단했다. 하지만 역시 쉽지 않을걸?"

　"그래? 여전히 깨닫지 못하다니, 기어이 관을 봐야 눈물을 흘릴 미련한 늙은이였군."

　팟―!

　무릎을 굽힌 것 같지도 않았는데 마현 도장의 몸이 눌렸던 용수철이 퉁겨지듯 갑자기 뻗어 나갔다. 발가락 끝의 힘만으로 보여준 것이라고는 믿어지지 않을 만큼 놀라운 탄력이었다.

　"헛!"

　다급히 숨을 들이킨 악노귀가 죽장을 돌려 가슴을 보호하며 다시 한 걸음 물러섰다.

　씨이잉―!

　창백한 검광 한 가닥이 유등의 불빛을 반사시키며 떨어졌다. 악노귀가 그의 독문(獨門) 수법인 절영장법(切影杖法)을 펼쳐 그것을 맞아가자 죽장 끝에서 휙휙거리는 사나운 바람 소리가 끊이지 않고 일었다. 그러나 처음에는 한 가닥이던 검광이 두 번째에는 두 가닥이 되었고 세 번째에는 네 가닥이 되더니, 여섯 번째 초식이 펼쳐졌을 때는 서른두 가닥이 되었다. 그물처럼 총총하게 얽혀진 검광이 팔방을 두텁게 가두고 몰아치는데 죽장 끝의 변화만으로는 그것을 다 물리칠 수 없어 보였다.

악노귀의 얼굴빛이 창백해졌다. 마현 도장의 검술이 고명하기 짝이 없다는 소문은 들었으나 막상 겪어보자 과연 놀라지 않을 수 없었던 것이다. 가슴이 절로 서늘해졌다.

"그것이 청성의 송풍검법(松風劍法)이렷다!"

노귀의 외침이 이제는 사나운 휘파람 소리와 함께 희고 검은 그림자만 가득한 격전장 속에서 터져 나왔다.

송풍검법이 청성이 자랑하는 절기라더니 과연 헛되지 않다는 생각이 노귀에게 부쩍 투지를 불러일으켰다. 악노귀가 갈의(葛衣) 자락을 펄럭거리며 길게 휘파람을 불었다.

"좋다, 좋아. 오늘 한번 멋지게 어울려 보자!"

노귀의 죽장 끝에서 더욱 매서운 바람 소리가 일었다. 번쩍이는 그의 묵빛 죽장이 장대처럼 늘어났다가 곤봉인 듯 작아지고, 활처럼 휘어졌다가 채찍처럼 갑자기 풀리며, 찍고 때리고 휘감다가는 쓸어가는 어지러운 변화를 일시에 쏟아놓았다. 그의 절영장법은 과연 강호의 일절로 불리기에 부족함이 없을 만큼 교묘하고 사납기 짝이 없었다. 마현 도장의 눈에 은은히 감탄의 빛이 떠올랐다.

"노귀의 죽장이 천계(天界)를 어지럽힐 만하다더니 영 헛소리는 아니었구나! 받아랏!"

마현 도장도 모처럼 가슴속에 통쾌한 호기가 치솟는지 낭랑하게 외치며 검에 실린 내력을 더욱 북돋았다. 그의 송풍검법이 향풍부절(香風不絶)의 연환검세(連環劍勢)에서 돌연 설백창송(雪白蒼松)의 수법으로 바뀌었다. 그러자 물이 흐르듯 끊이지 않고 이어지던 검법이 돌변하여 능숙한 대장장이가 망치로 달구어진 쇳덩이를 두드리듯 온 힘을 다하여 무겁게 내려치고 베어냈다. 얼굴빛이 장중해지고 입에서는 낮고 무거운 기합 소리가 끊이지 않았다. 한번 내려치고 한번 무찔러 갈 때마다 신중하기 짝이 없는 것이 마치 격검(擊劍)을 수련하는 자와도 같았다.

그것을 맞는 악노귀의 죽장은 현란함으로 장중함을 어지럽히고, 가벼움으로 무거움을 밀쳐 내겠다는 듯 더욱 재빠르고 날카로워졌다. 그가 절영장법 중의 절초인 신원여의(神猿如意)의 수법을 펼치자 마치 구름을 탄 듯 가볍게 움직이는 중에 묵죽장(墨竹杖)의 그림자가 천 개 만 개로 화하여 석실 안을 온통 휩쓸어갔다.

서너 번 숨을 바꾸어 쉬는 동안에 어느덧 오십 초가 물 흐르듯 흘러갔다. 그때까지 누구도 우위를 점하지 못한 팽팽한 형세였으나 초수가 거듭되면서 조금씩 유불리(有不利)가 드러났다. 두 사람이 지닌 바 내공의 깊이는 엇비슷했고, 몸에 익힌 절기의 기묘함 또한 고하를 가리기 힘들었다. 그러나 그들이 사용하고 있는 병장기의 효용에서 이제는 감출 수 없는 차이가 나타나고 있었던 것이다.

좁은 석실 안에서 석 자 두 치 길이의 검과 여섯 자 남짓한 길이의 죽장은 아무래도 활동성에서 같을 수가 없었다. 거리를 좁히기 위해 파고드는 마현 도장을 떼어놓기 위해 한 걸음씩 물러서던 악노귀는 뒤쪽으로 뻗어 있는 죽장의 끝이 단단한 석벽에 닿는 걸 느끼고 속으로 '아차!' 하고 부르짖었다. 옆으로 돌기에도 석실의 공간은 넉넉하지 못했다.

당황하자 죽장이 석벽에 부딪치는 일이 더 많아졌다. 한번 부자유스러움을 느끼고 나서는 운신과 죽장의 움직임이 그만큼 조심스러워질 수밖에 없었다. 어느덧 악노귀는 초식의 제약을 받게 된 반면, 마현 도장은 전혀 그렇지가 않았다. 그의 검이 무디어진 악노귀의 죽장을 매섭게 몰아붙이며 더욱 날카롭게 날아들었다.

짜아악—!

악노귀가 석벽에 등을 댄 채 미끄러지듯 옆으로 이동하자 그를 스쳐 지나간 마현 도장의 검이 단단한 석벽에 긴 홈을 남겼다. 새파란 불똥들이 퉁겨져 나와 눈을 찔렀고 어지럽게 날리는 돌 가루가 볼을 때려 왔다. 악노귀의 얼굴에 낭패한 기색이 떠올랐다. 한번 석벽에 등을 대고 말자 좀체 앞으로 나설 기회를 잡기 힘들었던 것이다. 뒤가 이처럼 가로막혀서는 긴 죽장을 휘두르는 데 더 어려움을 느낄 수밖에 없었다.

"늙은 도둑놈이 기어이 사람을 이처럼 핍박하는구나!"

분노한 악노귀가 성난 범처럼 으르렁거리고 죽장을 던져 버렸다. 이렇게 된 이상 죽더라도 함께 죽겠다는 오기가 불끈 솟구쳤던 것이다.

이제는 효용을 완전히 잃은 죽장을 던져 버린 그가 두 주먹을 불끈 쥐고 부드득 이를 갈았다. 그의 핏발 선 눈이 마현 도장을 잡아먹을 듯 노려보았다. 주름진 얼굴에 붉은 핏대가 솟아 그의 용모를 노귀(老鬼)라는 이름에 걸맞게 만들어주었다. 그 끔찍한 모습에 마현 도장이 깜짝 놀라 주춤했다.

"받아랏!"

사납게 외친 악노귀의 좌권(左拳)이 예기(銳氣)가 둔해진 마현 도장의 검신을 힘껏 갈겼다. 동시에 활짝 펼쳐진 우수(右手)를 칼날처럼 세워 도장의 옆머리를 때렸다.

땅—!

악노귀의 뜻밖의 주먹에 맞은 검이 맑은 소리를 내며 부러질 듯 크게 휘었다. 그 탄력이 호구에 고스란히 전해져 와 손아귀가 얼얼했다.

"헛!"

몸을 붙이고 때려오는 악노귀의 갑작스런 육박(肉薄)에 당황한 마현 도장이 경악성을 터뜨리며 재빨리 반걸음 물러섰다. 그러자 악노귀의 수도가 그의 이마를 아슬아슬하게 스치며 지나갔다. 놀람으로 등줄기가 서늘해지는데, 수도에 실려 있던 두텁고 무거운 경력(勁力)의 여파가 뒤따라 밀려들어 이마를 쳤다.

"이크!"

마현 도장이 저도 모르게 목을 움츠리며 소리쳤다. 그 눈 깜짝할 틈에 더욱 다가든 악노귀의 불 같은 눈동자가 이마에 와 닿았다. 이렇게 되어서는 상황이 뒤바뀐 꼴이 되어버렸다. 이제는 마현 도장이 검격(劍擊)의 거리를 갖기 위해 한사코 악노귀를 떼어놓아야 하는 처지가 된 것이다.

악노귀의 거친 숨소리와 콧김이 얼굴 가득 뜨겁게 느껴졌다. 이를 악문 그는 기합 소리 한번 내지르지 않은 채 오직 찢어질 듯 눈을 부릅뜨고 달려들 뿐이었다. 그의 권장(拳掌)이 바람개비처럼 어지럽게 맴돌며 한꺼번에, 또는 번갈아 때리고 눌러왔다. 그때마다 거센 경력들이 두터운 바람 소리를 내며 뒤따라 밀려들었다.

"음, 이제 보니 미친 늙은이였군. 귀신이 되는 게 그렇게 소원이라면 아니 들어줄 수 없지!"

몇 번을 이리 밀리고 저리 채이던 마현 도장이 화가 솟구쳤는지 등 뒤로 검을 감춘 채 좌장(左掌)에 내력을 실어 힘껏 뿌렸다. 육십 평생을 갈고닦은 그의 정순한 내력이 청성의 제일신공이라는 쇄심장(碎心掌)에 실려 악노귀의 가슴을 눌러갔다.

"흠—!"

그 장법의 무서움을 익히 아는 악노귀가 조금도 방심하지 못하고 왼

팔로 오른 팔꿈치를 떠받치듯 하며 일장을 마주 뻗었다.

쇄심장은 그 이름처럼 은연중에 흔적없이 내부를 산산이 부수는 무서운 위력을 가진 장법이었다. 처음에 다가오는 기운은 봄바람처럼 훈훈하고 가벼워 자칫 방심하기 쉬웠다. 그러나 그것은 무당파가 자랑하는 면장(棉掌)의 수법 못지 않게 지독한 것이어서, 일단 적중당하면 겉은 멀쩡한데 속은 모래알처럼 부서져 귀신도 모르는 사이에 혼백이 떠나 버리는 것이다. 훈훈한 기운 뒤에 감추어져 있는 경력의 날카로움과 넓음 때문이었다.

퍽—!

가슴 앞에서 두 사람의 장력이 격돌하자 두터운 가죽 부대가 터지는 듯한 답답한 소리가 났다.

"음—!"

장법에 있어서는 아무래도 악노귀가 반 푼쯤 손해를 본 모양이었다. 그가 실낱같은 신음을 흘리며 어깨를 부르르 떨고 주춤했다. 우장(右掌)을 타고 밀려든 쇄심장의 여력을 다 해소하지 못한 것이다. 그러나 마현 도장 역시 악노귀의 두터운 내력에 적지 않게 놀라고 있었다. 그 또한 육십여 년을 하루같이 갈고닦은 충실한 내공을 지니고 있었던 것이다.

서로 반걸음을 물러서자 가슴을 맞댈 듯 붙어 있던 두 사람 사이에 한 걸음의 거리가 생겼다. 검을 뻗어 찌르기에는 아직 적당치 않은 거리였지만 주먹을 뻗어 치고 손바닥으로 쓸기에는 가장 알맞은 거리였다. 먼저 정신을 차리고 기력을 추스른 마현 도장이 이얍! 하는 기합성을 터뜨리며 재빨리 천강장(天罡掌)의 수법으로 바꾸어 삼 장을 때려냈다.

과격맹렬(過激猛烈)하기로 이름 높은 괴두삼식(魁頭三式)이 어느 것이 먼저이고 어느 것이 나중인지 분간할 수 없을 만큼 쏟아졌다. 때리고 누르고 밀어간 수법이 마치 한 번에 일어난 듯했다. 그 일초삼식(一招三式)에 남은 내력을 아낌없이 쏟아낸 듯 장력이 미치기도 전에 은은한 뇌성(雷聲)이 먼저 일어 주위를 뒤덮었다.

악노귀는 눈앞에 밀려드는 장력을 보면서 이것이 자신의 최후임을 느꼈다. 그의 핏발 선 눈이 터질 듯 부릅떠졌고 악다문 이빨이 입술을 깨물어 선혈이 흘러내렸다.

"이놈!"

악노귀의 부르짖음이 벼락처럼 머리 위에 떨어졌다. 그가 마현 도장의 장력은 무시한 채 불쑥 왼손을 뻗어 도장의 옷깃을 잡아당기며 오른손으로 남은 내력을 몽땅 쏟아 부은 일장을 갈겼다.

펑, 펑, 펑—!

다시 가죽 북 터지는 듯한 소리가 연달아 울렸다. 마현 도장이 눈살을 잔뜩 찌푸린 채 어깨를 풍 맞은 사람처럼 와들와들 떨었다. 악노귀는 내팽개쳐진 듯 뒤로 날려갔다. 석벽에 부딪친 그가 울컥울컥 선혈을 토해내며 가까스로 기대서서 마현 도장을 노려보았다. 그러나 그 눈에는 이미 초점이 흐려져 멍할 뿐이었다.

"흐흐, 이 악불위(岳佛慰)가 악불위가……."

무슨 말인가 하려는 듯했으나 그때마다 선혈이 넘어와 말을 잇지 못했다.

"악랄한 놈!"

가쁜 숨을 어깨너머로 몰아쉬던 마현 도장이 문득 눈을 부릅뜨고 거칠게 욕설을 내뱉었다. 악노귀의 장력(掌力)에 실려 스며 들어온 기운이 심상치 않음을 느낀 것이다. 가슴이 답답하고 곧 토할 듯 울렁거리는 증상을 좀체 다스릴 수가 없었다.

한참을 끅끅거리던 마현 도장이 가까스로 기력을 모아 검을 겨누었다. 그것을 바라보는 악노귀의 눈 깊은 곳에 차가운 비웃음이 떠올랐다. 그리고 처참한 모습으로 변한 그의 노구가 천천히 주저앉았다. 여전히 입에서는 검붉은 선혈이 뭉클뭉클 흘러내리고 있는 것이, 그의 내부는 진동되어 완전히 부서져 버린 듯했다.

악노귀는 숨이 멎었지만 그의 눈 속에는 여전히 비웃음이 남아 떠돌았다. 그것을 노려보던 마현 도장이 검을 내려뜨린 채 한숨을 쉬고 외면했다.

"과연 대단하오! 역시 청성파의 수단은 악랄하고 무섭단 말이야."

한쪽 구석에 단목기를 붙여 세운 채 그 곁에서 묵묵히 구경만 하고 있던 남궁적이 손뼉을 치며 이죽거렸다. 그를 바라보는 마현 도장의 얼굴에 씁쓸한 감회가 떠올랐다.

"죽고 사는 일이다. 인의(仁義)를 따질 만한 형편이 못 되지."

"맞소, 맞아! 바로 그런 매력 때문에 내가 강호를 떠나지 못하는 거지. 하나뿐인 목숨을 걸고 하는 도박보다 짜릿한 게 어디 있겠어?"

남궁적의 말에 이상한 기미를 느낀 마현 도장이 번쩍 정신을 차리고 애써 치솟는 기혈을 눌러 참으며 눈빛을 형형하게 했다.

"도박이라니? 너는 어찌 죽고 사는 일을 그처럼 가볍게 말한단 말이냐?"

"무식한 돼지머리 저두아(猪頭兒)가 들으면 펄펄 뛸 소리로군. 도박이 가볍다니? 죽고 사는 게 걸린 일인데 그게 가볍단 말이야?"

남궁적이 발 아래 걸쭉한 침을 내뱉고 나서 눈을 부릅떴다. 저두아는 남궁적의 패거리에 들어 있던 자로서 남창부의 뒷골목에서 온갖 못된 짓으로 밥벌이를 삼아 살아가는 망나니였다. 남궁적은 그놈이 도박이라면 제 처자식마저 내걸 위인이라는 것을 잘 알고 있었다.

"저두아?"

그놈을 알 리 없는 마현 도장이 이맛살을 찌푸렸다.

"아무튼 누군가에게 있어서 도박은 목숨보다 오히려 무거울 수도 있다는 말이외다. 그러니 모르면서 함부로 무겁다 가볍다 단정을 해서는 안 된다는 말씀이외다. 세상 이치란 게 다 그런 거외다. 나에게 중요한 것이 남에게는 우스갯거리밖에 안 될 수도 있고, 내가 똥 친 막대기처럼 여기는 것도 남에게는 소중할 수 있소이다. 중놈은 부처를 제 어미 아비보다 중하게 여기나 나에게는 그야말로 똥 친 막대기만도 못하지. 그러니 옳고 그름은 다분히 나의 주관에 의지하는 바가 크다는 게 어쩔 수 없는 진리지. 흠, 흠."

마치 지고한 도리라도 설법하고 있는 것처럼 눈마저 지그시 내리깐 채 엄숙하게 말하는 것이 능청스럽기 짝이 없어 보였다. 단목기는 웃음을 참기 위해 얼굴을 딱딱하게 굳혀야 했다. 가만히 남궁적의 사설을 듣고 있던 마현 도장의 얼굴에 시퍼런 분노의 빛이 짙어져 갔다.

"이놈! 네놈 주제에 감히 내 앞에서 설교를 하려는 것이냐!"

그가 노기를 눌러 참기 힘든 듯 어깨로 숨을 몰아쉬며 씩씩거렸다. 남궁적의 느물대는 눈이 그런 마현 도장을 지그시 바라보았다.

"내 주제가 어때서? 적어도 지금 이 석실 안에서만은 나에게 그렇게 말할 자가 없어 보이는데?"

남궁적이 짐짓 누가 또 있는가 살펴본다는 듯 가슴을 편 채 외눈을 번쩍이며 석실 안을 휘둘러보았다. 그의 말을 들은 마현 도장의 얼굴에 당황한 기색이 빠르게 스쳐 지나갔다. 그는 악노귀와의 사력을 다

한 일전으로 양패구상(兩敗俱傷)하여 아직 운신이 자유롭지 못하다는 사실을 새삼 떠올렸다.

"그러니 내가 옳다면 그게 옳은 거야. 동의하기 싫은 놈 있으면 어디 나서보라고!"

한껏 기세가 살아난 남궁적이 허리에 차고 있는 칼을 툭툭 두드리며 눈을 부라렸다. 마현 도장은 끙, 하고 탄식할 수밖에 없었다. 소태 씹은 듯한 얼굴로 한숨만 거푸 쉬면서 그는 자신이 이 무지한 놈의 농간에 놀아났다는 것을 비로소 깨달았다. 급한 마음에 깊이 생각해 볼 여유를 잃었던 탓이다.

"두 마리의 호랑이가 싸우면 결국 모두 상처를 입고 만다는 것을 이제야 깨닫다니……."

"당신은 배운 것만 아는 답답한 도사일 뿐이니 세상의 수많은 쓴 경험들에 대해서 뭘 알겠소? 너무 그렇게 자책하는 것도 수양에 좋지 않다오. 그럼 난 이만 가오."

남궁적이 뉘우치고 후회하는 늙은 도사 앞에서 한껏 거드름을 피웠다. 마치 그가 도력이 높은 진인(眞人)인 것 같았다.

그가 단목기를 부축하여 나가려고 하자 도장이 앞을 가로막았다. 그의 얼굴에 낭패한 기색과 함께 당황함이 가득 떠올랐다.

"너, 너…… 한 입으로 두말을 하겠단 말이냐?"

그래도 마음에 한 가닥 꺼려하는 바가 있었던지 그 말에는 남궁적도 선뜻 대꾸하지 못하고 볼만 씰룩거렸다.

"음…… 사내대장부가 스스로 약속을 저버릴 수도 없고…… 허……."

마현 도장의 얼굴에 금방 화색이 돌았다. 그가 눈을 반짝이며 한 걸음 다가서서 손을 내밀었다.

"맞다. 내가 보기에도 너는 과연 영웅호한(英雄好漢)의 기질이 있는 자다. 그러니 결코 약속을 저버리는 소인배의 짓을 해서는 안 되지. 암, 그렇고 말고."

머리마저 끄덕이며 한껏 치켜세우는 늙은 도사의 말속에 간절함이 깃들어 있었다.

그것을 본 단목기가 가만히 한숨을 쉬었다. 그는 속으로 이 늙은 도사의 처지가 참 딱하다고 생각했다. 자신이 원하는 것을 얻기 위해 목숨을 가볍게 여기고 살인마저 불사했는가 하면, 이제는 체면도 내던져 버린 채 사정하는 그 모습이 초라하기 짝이 없어 보였던 것이다. 이것이 사람들의 본성인가? 하고 생각하자 삶이라는 것마저 누추(陋醜)하게 여겨졌다.

"하지만 영웅호한은 또한 과단성이 있어서 눈앞의 기회를 스스로 차버리는 어리석은 짓은 하지 않는 법이지. 그러니……."

남궁적이 일부러 그러는 듯 말꼬리를 흐리며 도장의 눈치를 보았다. 그의 말에 마현 도장의 얼굴이 다시 푸른빛으로 질려갔다. 이제는 남궁적의 말 한마디에 기쁨과 슬픔, 희망과 절망이 가볍게 뒤바뀌는 처지가 되어 있는 그였다.

"세상 인심이라는 게 손바닥을 뒤집는 것처럼 가볍고 경솔하기 짝이 없다더니 오늘 보니 과연 그렇구나."

탄식한 단목기가 머리를 저으며 손에 쥐고 있던 두 장의 비급 조각을 마현 도장에게 내밀었다. 도장이 주름진 손을 뻗어 빼앗듯 그것을 낚아채 얼른 품에 쑤셔 넣었다. 다시 한 번 탄식한 단목기가 남궁적의 어깨를 쳤다.

"그만 내주고 가자. 원래 청성파에서 나온 물건이니 다시 청성으로 돌아가는 것이 옳을 것이다."

"음, 그것도 일리가 있는 말이야."

고개를 끄덕인 남궁적이 지그시 마현 도장을 바라보았다. 도장의 얼굴에 간절함이 가득했다. 그는 마치 판관 앞에서 생사를 결정 짓는 판결을 기다리는 사람이라도 된 듯 남궁적의 입만을 뚫어져라 바라보고 있었다.

"조금만 더 생각해 보고."

그런 도장의 애가 타는 심정과는 상관없이 무성의하게 말한 남궁적이 숨이 멎어 있는 악노귀에게 다가갔다. 마현 도장이 허탈한 얼굴로 그런 남궁적을 바라보았다. 눈 속에는 주체할 수 없는 분노가 이글거렸지만 태도는 여전히 갈구하는 자의 비굴함을 버리지 못하고 있었다.

악노귀의 허리띠를 풀어낸 남궁적이 그것을 자신과 단목기의 허리띠에 묶어 늘어뜨리고 길이를 재보더니 다시 돌아섰다.

"음, 이것 가지고는 안 되겠군. 역시 도장 당신의 것도 필요하겠어."

그가 눈으로 마현 도장의 허리띠를 가리켰다. 도장이 무슨 말인지 이해하지 못하겠다는 표정을 짓자 남궁적이 친절한 웃음을 띠고 나긋나긋하게 말했다.

"나 혼자 몸이라면 그 빌어먹을 소나무를 딛고 뛰어오를 수 있겠지만 보다시피 중한 환자가 있어서 말이오. 아무래도 위에서 그를 끌어올리자면 줄이 좀 부족할 듯한데…… 이렇게 합시다. 도장의 그 허리띠와 비급을 맞바꾸면 어떻겠소?"

체면 따위는 땅에 떨어진 지 이미 오래전이었다. 도장이 생각할 것도 없이 허리띠를 풀어 남궁적에게 던져 주었다. 팔 하나를 달라고 해도 서슴지 않을 작정인데 허리띠쯤이야 백 번이라도 풀어줄 수 있다는 기색

이었다. 그 때문에 도복이 풀어 흩어져 꼴이 우습게 되었지만 마현 도장
의 얼굴에는 빨리 이 상황에서 벗어나고 싶다는 간절함만 가득했다.

"좋아, 좋아. 참을성이 그처럼 많고 욕심이 없으니 당신은 과연 수양
이 뛰어난 도사였군. 그렇다면 이 책을 주어도 아까울 게 없지."

남궁적이 비로소 품에서 칠십이파검주해서를 꺼내 던졌다. 절세의
비급이 땀 냄새 나는 허리띠 하나와 바꾸어지는 순간이었다. 마현 도
장이 매가 병아리를 채듯 재빠르게 그것을 낚아채 품에 넣고 뛰어 물
러섰다. 혹시라도 그새 마음이 변하여 다른 트집을 잡아올까 봐 겁난
다는 듯했다. 피식 웃은 남궁적이 그 모든 일들을 바라보며 좌대 위에
묵묵히 앉아 있는 하란노도의 유체를 향해 머리를 끄덕했다.

"늙은이, 난 가우. 시간이 나면 또 오리다."

단목기의 손을 잡고 떠나려던 그가 한쪽 구석에 붙어 서서 경계의
눈빛을 번쩍이고 있는 마현 도장을 돌아보았다.

"당신은 안 갈 거요, 늙은 사형?"

그러나 마현 도장은 아무 대꾸도 하지 않고 오직 무서운 눈길로 남궁
적을 노려볼 뿐이었다. 마치 어둠 속에서 적의를 드러낸 채 웅크리고 있
는 야수의 그것 같았다. 단목기가 한숨을 쉬며 남궁적의 팔을 끌었다.

"그는 가고 싶어도 지금은 갈 수 없을 거다."

악노귀와의 싸움에서 입은 내상을 다스리고 다시 내력을 회복하려
면 적어도 보름 정도는 꼼짝하지 않고 정양해야 할 것이었다. 음, 하고
머리를 끄덕인 남궁적이 더 이상 아무 미련도 없다는 듯 돌아섰다.

"정말 후회없는 거냐?"

자신의 가슴에 허리띠를 묶어주고 있는 남궁적을 물끄러미 바라보던

단목기가 불쑥 그렇게 물었다. 남궁적이 그를 바라보고 피식 웃었다.

"내가 까막눈이라는 거 알면서 그래. 그까짓 책 나부랭이는 아무 쓸모가 없어."

그가 자신의 머리를 손가락으로 쿡쿡 찔렀다.

"그 빌어먹을 늙은이가 이 속에 몽땅 넣어줬다. 내가 까막눈이라는 걸 알면서도 죽기 전에 그 책을 남겨준 걸 보면 그 늙은이는 속으로 내가 그것을 청성파에 가져다 주기를 바라고 있었던 게 틀림없어. 음흉한 늙은이지. 이제 뜻대로 되었으니 저승에서도 흡족해하고 있을 거다."

"그러면 그것을 왜 나에게 주려고 했지?"

남궁적이 그 말에는 대꾸하지 않고 다시 씩 웃어 보이기만 했다. 단목기는 그가 어쩌면 자신을 시험해 보려고 했던 것인지도 모른다고 짐작했다. 남궁적은 어떤 면에서 오랫동안 수도한 자보다 오히려 뛰어난 선기(禪氣)를 보여주기도 했다. 아직 혈기가 왕성한 나이임에도 불구하고 삶과 죽음에 대해 초탈한 모습을 보여준다는 것이 그 좋은 예였다.

그가 무례하고 엉뚱하며 백정처럼 무지막지한 면이 있었지만 며칠을 함께 지내다 보니 그것들보다는 그의 대범함과 화통한 성격이 더 많이 눈에 들어왔다. 통이 큰 자였던 것이다.

"간다."

단목기의 어깨를 한번 두드려 준 남궁적이 허리띠 한 끝을 입에 물고 소나무 위에 올라섰다. 두어 번 몸을 굴러 휘어지는 나무의 탄력을 빈 그가 힘껏 뛰어올랐다. 그의 신형이 까마득한 절벽을 타고 날랜 매처럼 솟구쳐 올라갔다. 사 장(四丈) 남짓한 높이를 단번에 뛰어오르는 그 모습이 여느 고수의 경공신법에 결코 뒤지지 않을 만큼 매끄럽고 날렵했다.

"자, 올라와!"

바위 틈새에 단단히 몸을 고정시킨 남궁적이 그렇게 소리치고 허리 띠를 감아 올리기 시작했다. 단목기의 몸이 두레박처럼 위로 끌어 올려졌다.

*   *   *

강물은 밝은 햇빛 아래 한가롭게 뒤채며 유유히 흘러갔다. 세월의 수상함이나 인정의 메마름 따위와는 아무 상관도 없이 그것은 어제나 오늘이나 변함없이 흘러갈 뿐이다. 그 강가에 앉아 가만히 흐름을 바라보고 있으면 마음의 근심 걱정도 그것에 씻겨 흘러가 버리고 봄날의 바람처럼 부드러운 나른함이 찾아오곤 했다.

강 건너의 산(山) 빛이 어느덧 애잔해져 가고 있었다. 봄을 떠나보내고 벌써 가을을 바라보고 있었던 것이다. 서서히 강안(江岸)을 향해 다가가는 뱃전에 서서 소옥은 낯익은 풍경들이 조금씩 다가오는 걸 바라보고 있었다. 저 나루를 떠나올 때 물에 비치는 산 그림자를 보고 사부를 생각했으며, 뒤돌아보고는 점점 멀어지는 형산(衡山)의 영봉(靈峰)들이 아득하게만 여겨져 남몰래 울었던 기억이 새로웠다.

이제 그 부두를 바라보고 다시 돌아가고 있었다. 뻐꾸기 울던 봄날은 어느덧 풀벌레 울음소리 애처로운 가을이 되어 있었다. 두근거리는 마음으로 부두를 떠났던 한 여인은 이제 차갑고 싸늘한 가슴을 한 채 전혀 다른 사람이 되어 돌아가고 있었던 것이다. 강을 건너올 때와 다시 건너갈 때가 이처럼 다를 수 있다는 것이 믿어지지 않았다. 산은 그 산이고 강은 여전히 그 강인데 자기 자신만 전혀 다른 사람이 되어버린 것 같은 소외감이 소옥을 마음 아프게 했다.

고개를 떨구자 물살에 밀려 흔들리는 산 그림자 위로 일그러지는 자신의 모습이 비쳐졌다. 그 모습 위에 한 사람의 얼굴이 겹쳐졌다가 물결을 타고 흐려지더니 다시 한 사람의 모습이 떠올랐다. 처음의 얼굴은 단목기(丹木奇)의 것이었다. 그리고 나중의 모습은 상필지(商弼知)의 것이 틀림없었다.

'그는 어떻게 되었을까?'

문득 그런 궁금증이 고개를 들었다. 그날, 멀리 자운강(慈雲江)이 있다는 억새 벌판에서 귀수삼선(鬼手三仙)과 싸우던 그의 모습이 언뜻 떠올랐다. 그리고 자신은 뇌음신궁(雷音神弓) 공손표(孔孫彪)의 활대에 맞고 의식을 잃었다. 그 다음부터는 그에 대한 기억이 없었다.

돌이켜 생각해 보면 상필지에게는 군자다운 의젓함과 따뜻함이 있었다. 그 기억이 소옥으로 하여금 문득 그에 대한 그리움을 느끼게 했다.

형산을 바라보고 상필지를 떠올리자 다시 한 얼굴이 그녀의 가슴속에서 되살아났다. 입가에 걸린 시원한 웃음이 인상적이었던 호방한 사내 송청림(宋淸琳)의 얼굴이었다. 어딘가 우직한 면이 있었지만 그 또한 자신에게 잘해주었다는 생각이 소옥으로 하여금 그에 대한 그리움까지 불러일으켰다.

생각해 보면 그동안 좋은 사람들을 많이 만난 것 같았다. 아름답고 영리한 상첩영(商疊瑛)을 만난 게 그랬고 고집스러운 아미파의 화운금검(火雲金劍) 정현 사태(精玄師太)를 만난 것도 그랬다. 괴팍한 노사태가 자신에게 잊을 수 없는 가르침을 남겨주었다고 생각하자 그녀에 대한 그리움도 새롭게 샘솟았다.

그밖에 괴이사기(怪異四奇)라고 불리던 그들 네 명의 주책바가지 늙은

이들을 만난 것도 좋은 인연이라면 인연이었다. 특히 그들 중 엉뚱하고 고집스럽기가 성질 난 멧돼지 같던 풍치 화상(風痴和尙)이 가장 보고 싶었다. 그들은 지금 어디에서 또 무슨 풍파를 일으키고 있는지 궁금했다.

그리고 단목기가 있었다.

'사형…….'

마음속에 가만히 그렇게 불러보았다. 그러자 참을 수 없는 아픔 한 줄기가 그녀의 가슴 깊은 곳에서 고개를 들고 일어섰다. 안타까움과 분노, 애틋함과 증오가 뒤범벅이 된 그런 아픔이었고 혼란이었다.

불구대천(不俱戴天)의 원수이면서 사형이자 생명의 은인이기도 하다는 것이 그녀로 하여금 마음의 갈피를 잡을 수 없게 했다.

게다가 가슴속에 일고 있는 이 한 가닥의 안타까움과 애틋한 감정은 또 뭐란 말인가. 언제부터인가 그를 생각하면 가슴 한쪽이 은은히 아파오면서 코끝이 알싸해졌다. 그 알 수 없는 마음을 무어라 불러야 하는 건지…….

복잡한 은원의 실마리가 어쩌면 사부에게서부터 풀어질 수 있다는 생각이 갑자기 소옥의 마음을 급하게 했다.

'사부님께 여쭈어보면 일의 전후 사정을 알 수 있게 될 거야.'

멀리 구름에 가려져 있는 형산의 영봉들을 바라보며 입술을 지그시 깨물었다. 그곳에 사부님이 계실 것이고, 그동안 알지 못하고 있던 진실들이 지금 자기가 오기만을 기다리고 있다고 생각하자 더욱 조바심이 났다.

어느덧 강을 가로질러 온 배가 나루에 닿았다. 뱃전에 서서 조바심을 내고 있던 소옥이 제일 먼저 뛰어내렸다. 배를 타고 강을 건너가기 위해 기다리고 있는 사람들을 헤치며 언덕을 바라보고 걷는 그녀의 걸음이 허둥대는 듯했다. 어쩌면 사부가 위험에 처해 있을지도 모른다던 무명자(無名子) 종유상(鐘裕相)의 말이 형산에 가까워지자 더욱 급하게 그녀의 등을 떠밀었던 것이다.

빠른 걸음으로 사공의 모옥(茅屋)을 왼쪽에 두고 지나쳐 오래된 매화나무 몇 그루가 무성한 잎을 흔들며 서 있는 언덕 위로 뛰어올랐다. 여기서부터 형산(衡山)의 칠십이봉(七十二峰) 중 마흔두 번째 봉우리인 북쪽 제석봉(帝釋峰)까지는 보통 걸음으로 사흘 거리였다. 그러나 잰걸음으로 내처 걷는다면 이틀이면 충분했고, 지름길을 택해 달려간다면 하루가 조금 못 되는 시간이면 될 것이었다.

산자락을 끼고 드문드문 앉아 있는 마을 몇 곳을 지나쳐 남옥산(南玉山) 서쪽 능선을 넘자 이제는 사람의 왕래를 찾아보기 힘든 깊은 산중이 되었다. 해는 아직 서쪽 하늘을 두어 뼘쯤 남겨둔 채 머리 위에 떠 있었다. 서두른다면 날이 지기 전에 형산 기슭에 도착할 수 있을 것이다.

그쯤에서 인기척이 없다는 것을 확인한 소옥이 재빨리 발을 놓아 지름길을 타고 달리기 시작했다. 갈수록 숲이 깊어졌다. 우거진 잡풀들과 뒤엉킨 나뭇가지들 때문에 두어 발자국 앞을 알 수 없었다. 겨우 흔적만 남아 있던 길도 뚝 끊어져 한동안 보이지 않다가 다시 드러나는 일이 몇 번인가 거듭되었다.

무서움을 느낄 만도 하건만 마음이 급하고 그에 따라 발걸음이 더욱 급해진 소옥은 그런 것에 정신을 팔 여유가 없었다. 벌써 한 시진 가까이나 쉬지 않고 거친 길을 달려왔지만 숨도 가빠지지 않았다. 기력이 아직도 충실했고 오히려 쓸수록 더 충만해져 가는 것 같았다.

소옥은 자신의 이런 변화가 그날 단목기가 목숨을 걸면서까지 생사현관을 타통시켜 준 때문이라는 것을 알았다. 내력이 부쩍 증진된 것은 물론, 이제는 쓰면 쓸수록 몸 안에 흐르는 기운이 더욱 굳세고 왕성해져 갔던 것이다.

개울가에 앉아서 물을 움켜 마시고 잠시 정신을 추스르며 이제 이 산을 가로지르는 길도 얼마 남지 않았을 것이라고 짐작했다. 산을 내려가면 다시 관도(官道)에 이어지고, 조금만 더 걸으면 운성현(雲晟縣)에 닿을 것이다. 그때쯤 날이 저물 것이니 거기서 하루 밤을 쉬고 나면 다음 날 아침에는 멀리 구름 속에 숨어 있는 제석봉을 바라볼 수 있게 될 것이었다.

맑고 차가운 물에 수건을 적셔 얼굴을 훔치고 난 그녀가 성큼 개울을 뛰어 건넜다. 그리고 내처 달려 산모퉁이를 돌았을 때였다.

이제 길은 완연히 아래로 쏠려 있었다. 숲이 끝나가는지 앞을 가리던 나뭇가지들도 성기어져 있었고, 크고 작은 바위들이 밀려드는 석양빛을 받아 붉게 물들어가고 있었다. 그것들 너머로 멀리 머리띠처럼 풀어져 있는 관도(官道)가 내려다보였다.

그리고 그것을 굽어보는 듯한 커다란 바위 위에 그가 또 다른 바위처럼 웅크리고 앉아 온몸으로 금빛의 노을을 받아들이고 있었다.

'흑!'

그를 처음 발견한 순간 소옥은 크게 놀라 급히 숨을 들이키고 걸음을 멈추어야 했다. 인적이라고는 없는 산속을 내내 달려오다가 갑자기 사람을 만난 놀라움 때문이기도 했지만, 거친 짐승의 가죽을 겉옷 대신 두르고 앉아 있는 사내의 모습이 그녀를 더욱 놀라게 했던 것이다.

길고 무성하게 자라 있는 머리카락이 바람결을 따라 어깨 위에서 한가롭게 출렁거렸다. 허리에 매달려 있는 한 자루의 만도(彎刀)가 거친 그의 모습을 더욱 거칠게 보이도록 했다. 무심한 모습으로 그렇게 앉아 관도를 내려다보고 있던 사내가 천천히 고개를 돌렸다.

만주제일의 용사(勇士)라는 금적비마(金狄飛魔) 모용탈(慕容奪)이었다.

그러나 소옥은 그를 알지 못했다. 한 번도 본 적이 없었던 것이다. 다만 그가 두르고 있는 거칠고 위험한 기운 때문에 경각심을 높인 채 함부로 지나갈 생각을 하지 못하고 있을 뿐이었다.

그런 소옥의 마음을 아는지, 모용탈이 한번 힐끗 그녀를 바라보고는 이내 외면하고 다시 발 아래 멀리 내려다보이는 관도에 시선을 두었다. 가로막을 생각도 적의도 없다는 뜻이었다.

'이상한 자로군.'

모용탈의 뒷모습을 망설이며 바라보기만 하던 소옥이 머리를 흔들었다. 그가 수상한 자든지 아니든지 지금은 그런 것에 신경을 쓸 때가 아니었다. 어쨌든 가로막을 생각이 없다니 그냥 제 갈 길만 가면 그만인 것이다. 소옥은 더 망설이지 않고 모용탈이 앉아 있는 바위를 돌아 길을 찾아 나갔다.

가파른 바위 비탈길을 내려가는 동안 내내 모용탈의 뜨거운 시선이 뒷덜미에 느껴졌다. 절로 사람을 흥분시키는 그런 묘한 기운이었고 묘한 자였다. 서너 개의 큰 바위를 더 지나 이제는 그의 시선 밖으로 완전히 물러섰다. 비로소 걸음을 멈춘 소옥이 무의식적인 듯 뒤를 한번 돌아보고 가슴을 쓸었다.

'내가 괜히 긴장하고 있었나 보다.'

어쩌면 그자도 자신과 같이 이 길을 따라 산을 넘어온 자일지 모른다고 생각했다. 우연히 같은 방향을 바라보고 있었다면 그것으로 그만일 뿐, 더 이상 신경 쓰거나 마음에 담아두고 있을 이유가 없었다.

하지만 그런 마음은 관도로 내려와 운성현(雲晟縣)을 눈앞에 바라볼 때 덧없이 사라져 버렸다. 다시 팽팽한 긴장과 함께 불쾌한 느낌이 찾아왔던 것이다. 뒷덜미에 와 닿는 불길한 느낌으로 힐끗 뒤돌아보자 저만큼 떨어진 곳에서 한가롭게 따라오고 있는 모용탈이 보였다.

그를 바라보는 것만으로도 왠지 마음이 불안하고 기분이 나빠졌다. 그가 딱히 어떤 위협적인 행동을 보였다거나 말을 걸어온 것도 아니었지만 가슴 가득 와 닿는 그의 기운을 생생하게 느낄 수 있었기 때문이다. 그것은 황량한 벌판처럼 거칠고 큰 기운이었고, 밀려드는 비구름처럼 빠르게 덮여오는 불안감이기도 했다.

'내가 너무 신경을 날카롭게 하고 있다.'

우연히 같은 길을 가게 된 사람에 불과한 건지도 모른다고 중얼거리며 소옥은 곤두서는 자기 자신의 마음을 애써 그렇게 달랬다. 해는 벌써 떨어졌고, 날은 이제 잿빛 어둠 속으로 가라앉아 있었다. 갈증과 함께 시장기가 그녀를 재촉했다.

운성현의 불빛을 향해 걸음을 빨리하던 소옥은 들에서 돌아오고 있는 농부들 곁을 스쳐 지나가며 다시 뒤를 돌아보았다. 그래도 여전히 떨쳐 버리지 못한 한 가닥 불안감 때문이었다. 짙어지고 있는 어둠 저편에서 성큼성큼 걸어오고 있는 모용탈의 모습이 마치 먹이를 찾아 막 산에서 내려온 한 마리의 커다란 곰처럼 위험스럽게 보였다.

"쳇, 바보같이……."

쓸데없는 걱정을 하고 있는 자기 자신에 대해 그렇게 책망했다. 수레를 밀며 앞서 가고 있던 젊은 농군 한 명이 그 중얼거림을 들었는지 의아한 얼굴로 돌아보았다.

*　　　*　　　*

"저 물건도 너를 찾아온 거냐?"

어두운 개울가에 모닥불을 피워놓고 앉아 멧비둘기를 구워 먹고 있던 남궁적이 뜯고 있던 뼈를 들어 가리키며 그렇게 물었다.

주황빛으로 너울대는 모닥불에 비친 단목기의 안색이 더욱 창백해져 있었다. 그는 대충 풀을 뜯어 깔아놓은 자리 위에 모로 누워 있었는데, 이 며칠 동안 상태가 더 나빠진 모양이었다.

눈이 침침해진 듯, 몇 번 눈두덩을 비비고 난 단목기가 천천히 일어나 앉았다. 하나뿐인 손을 들어 불빛을 가리고 유심히 바라보자 자갈밭 건너의 어둠 속에 서 있는 한 사람의 모습이 흐릿하게 보였다. 숲을 등지고 선 그자는 훌쩍 큰 키에 상투를 틀고 있었는데, 이쪽을 바라보는 눈빛이 싸늘하게 빛났다.

"음, 알 수 있을 것 같군."

"그래?"

침음성부터 발하는 단목기의 말투가 심상치 않았지만 남궁적에게는 그런 게 아무 문제가 아닌 듯했다. 그가 다시 고기를 뜯는 일에 열중하며 웅얼거렸다.

"적이면 지금은 싸울 마음이 없으니까 갔다가 내일 날이 밝으면 오라고 하고, 친구라도 가라고 해. 지금은 다 귀찮거든."

그에게는 모든 사람이 적 아니면 친구라는 이 두 부류로 나뉘어질 뿐인 모양이었다. 몇 번 밭은기침을 하고 난 단목기가 불빛에 이글거리는 남궁적의 얼굴을 멍하니 바라보았다. 그는 이 돌덩이 같기만 한 자가 많이 지쳐 있다는 것을 알았다. 벌써 닷새 동안이나 몸이 성치 않은 자신을 이끌고 거친 길을 쉬지 않고 달려온 것이다. 무쇠로 빚은 사람이라고 할지라도 몸과 마음이 모두 피곤해질 만했다.

단목기는 자기 자신의 초라해진 몰골을 한번 내려다보았다. 마음에 쓸쓸하고 적막한 느낌이 가득 들어차 절로 한숨이 나왔다.

"그는 아마도 신기구편(神技九鞭) 갈평(葛坪)이라는 자일 거다."

"그래? 호북(湖北)의 구절편(九絶鞭) 갈평이 바로 저기 있는 저 갈평이라는 거지?"

문득 비둘기 다리를 물어뜯던 일을 멈춘 남궁적이 다시 한 번 확인하려는 듯 그렇게 물었다.

안하무인(眼下無人)처럼 굴던 그도 신기구편(神技九鞭) 갈평(葛坪)이라는 이름은 들어 알고 있는 모양이었다. 그만큼 갈평이 강호에 널리 알려진 고수라는 뜻이기도 했다.

"저자도 그 도사 늙은이와 한패인가?"

"그와 금적비마 모용탈이라는 자가 남아 있지."

"모용탈도?"

놀란 듯 외치고 나서 물끄러미 머리 위의 별들을 바라보던 남궁적이 들고 있던 비둘기 다리를 던져 버렸다.

"제기랄! 농장의 그 내시 놈은 재주도 많군. 어떻게 저런 고수들을 그리도 많이 끌어 모았을까? 권력이라는 게 좋긴 좋은 모양이다."

제독태감 장가령의 수단에 탄복했다는 건지, 그에게 놀아나는 일류 고수라는 자들을 탓하는 건지 모호한 비아냥거림을 던진 남궁적이 단목기를 바라보고 고개를 끄덕였다.

"저런 자들이 다섯 명씩이나 동원된 걸 보면 네가 정말 둘도 없는 고수였는가 보다."

단목기의 창백한 입가에 쓸쓸한 미소가 걸렸다.

"과찬이지."

단목기를 죽이기 위해 뒤따라온 자라면 어차피 싸워야 할 일이었다. 더 미적거릴 것 없이 죽든 살든 빨리 끝내 버리자는 듯 남궁적이 손에 묻은 기름을 옷자락에 쓱 문질러 닦고 벌떡 일어섰다. 단목기가 그의 옷깃을 붙잡았다.

"너는 상대가 되지 못한다."

자존심이 상한 듯 눈살을 찡그리고 내려다보는 남궁적의 눈이 번쩍하고 빛났다.

"그럼 죽기밖에 더하겠어?"

잠시 우물거리며 알아들을 수 없는 말로 무어라고 중얼거린 그가 모닥불 위에 걸쭉한 침을 내뱉고 뻣뻣하게 머리를 들었다.

"할 수 없는 일이지. 최선을 다했으니까 무명자도 뭐라고 하진 않을 거야. 약속을 지키지 못했다고 내 무덤에다 침을 뱉어도 할 수 없는 일이고."

허리에 매달려 있는 칼을 한번 두드려 본 그가 어둠을 등지고 여전히 나무토막처럼 서서 이쪽을 바라보고 있는 갈평에게 버럭 소리쳤다.

"이봐, 그렇게 장승처럼 서 있지만 말고 이리 오라구! 붙어보겠으면 한바탕 시원하게 붙어보잔 말이야!"

단목기는 마음이 아팠다. 그대로 두었으면 남창부에서 건달패들을 거느리고 황제처럼 거드름을 피우며 잘 살고 있었을 남궁적이었다. 그런데 그가 오늘 이 새벽에 낯선 곳에서 덧없이 죽게 될지도 모르는 것이다. 이제 자신이 죽는 것은 조금도 아깝지 않았다. 이렇게 비참해진 모습으로 살아가느니 차라리 죽어버리는 것이 깨끗할지도 모른다는 생각마저 들었다.

"그럴 것 없다. 나를 두고 가버려. 너는 이미 약속을 지키고도 남았다."

"음?"

남궁적이 무슨 말이냐는 듯 눈을 부릅뜨고 단목기를 노려보았다.

"지금 나에게 후레자식이라고 욕을 한 것이냐?"

"……?"

"그게 그 말이지 뭐야? 신의없는 놈은 후레자식이다. 내가 제일 싫어하는 욕이지. 죽는 것쯤은 아무것도 아니다. 후레자식이라는 욕을 먹으며 살 수는 없어!"

"음……."

단목기의 눈빛이 흔들렸다. 머리를 떨구고 침음성을 발한 그가 쓸쓸한 얼굴로 외면하고 모닥불 아래 반짝이며 흐르는 개울을 바라보았다.

"좋아, 여기서 함께 죽는 것도 괜찮겠지. 그렇게 된다면 이 빚은 저승에 가서 갚도록 하마."

흰 이를 드러내며 소리없이 웃어 보인 남궁적이 칼자루를 불끈 쥐고 소리쳤다.

"개자식아, 와라! 사내답게 한번 싸워보자! 그게 정 겁나면 그냥 가던가. 언제까지 거기 서서 쥐새끼처럼 엿보고만 있을 거냐!"

어둠 속에서 갈평의 이가 싸늘하게 반짝였다. 웃고 있는 모양이었다. 드디어 그가 걸음을 떼어 숲이 끝나는 둔덕에서 내려오기 시작했다. 자갈을 밟으며 저벅저벅 다가오는 발자국 소리가 점점 크게 들렸다. 남궁적이 꿀꺽, 마른침을 삼켰다. 그 소리가 단목기의 귀에까지 들렸다.

그는 이런 꼴이 되어 있는 자기 자신에 대하여 처음으로 화가 났다. 갈평이 고수이긴 하지만 자신의 몸이 예전과 같다면 결코 두려운 상대가 아니었다. 그랬더라면 갈평 혼자서 저처럼 서슴없이 다가올 리도 없었을 것이다. 몸을 다치고 기력을 잃으니 온통 분한 일뿐이었다.

가까이 다가오는 갈평을 보던 남궁적이 허리를 약간 숙였다. 발끝으로 자갈을 밀어내며 땅을 고르는 것이 곧장 치고 들어갈 모양이었다. 그의 어깨 너머로 불길처럼 이는 투지가 보였다. 죽음에 대한 두려움 따위는 처음부터 알지 못하는 자인 듯했다.

갈평에게는 그런 남궁적에 대한 두려움이 없었다. 이제는 아무 거리낌 없이 다가온 그의 눈이 남궁적을 지나쳐 오직 단목기에게만 멎어 있었다.

"먹자."

남궁적의 코앞에까지 다가온 그가 문득 웃으며 품에서 술 호로(葫蘆)를 꺼내 들어 보였다.

"어?"

그 뜻밖의 행동에 어리둥절한 남궁적이 외마디 소리를 지르고 눈을 크게 떴다.

당황하기는 단목기 또한 마찬가지였다. 남궁적을 지나쳐 마주 보고 불가에 털썩 주저앉은 갈평이 타 들어가고 있는 멧비둘기를 스스럼없이 집어 들었던 것이다. 후후 불어서 재를 털어내고 탄 곳을 떼어낸 그가 한 입을 베어 물었다.

호로를 기울여 술을 몇 모금 마시고 다시 고기를 뜯는 그의 모습이 마치 처음부터 그 자리에 그렇게 있었던 자인 것 같았다.

"뭐야?"

이제는 불가에서 쫓겨난 것이 분한 듯 남궁적이 인상을 쓰며 그런 갈평을 내려다보았다. 그러거나 말거나 다시 몇 모금의 술을 마시고 난 갈평이 옷소매로 입가를 문지르며 단목기를 물끄러미 바라보았다.

“공자께서는 안 드시려오?”

“……?”

단목기의 의아한 눈길이 갈평의 야윈 볼과 번쩍이는 눈에 멎은 채
떠나지 못했다.

‘공자라니?’

그는 갈평이 자신을 부른 호칭에 당황했다. 강호에 나온 이래 아직
그렇게 불러주는 자를 보지 못했던 것이다. 동창의 수하들은 말할 것
도 없고, 그를 아는 사람들 모두가 영주라는 호칭으로 불렀을 뿐이다.
단목기도 그것을 당연히 여기고 있었다. 그런데 공자라니…….

“줘봐.”

곁에 주저앉은 남궁적이 단목기 대신 술 호로를 빼앗아 입에 처박았
다. 그의 목울대가 크게 오르내렸다. 겉으로는 태연한 척했지만 그도
긴장으로 속이 타 들어가고 있었던 것이다.

“카, 좋다!”

입가를 문지르며 버럭 소리친 남궁적이 마지막 한 마리 남아 있던
멧비둘기를 불에서 건져 내 쭉 찢어 입에 넣었다. 뜨거운 숨을 불어낼
때마다 허연 입김이 풀풀 뿜어져 나왔다.

단목기는 먹고 마시기에 여념이 없는 그들을 멍하니 바라보기만 했
다. 사정이 어떻게 돌아가고 있는 건지 짐작조차 할 수 없었다.

“무사한 것을 보았고…….”

비둘기 한 마리를 깨끗하게 먹어치운 갈평이 비로소 만족한 듯 느긋
해진 얼굴로 단목기와 남궁적을 번갈아 바라보며 입을 열었다. 고기를
뜯던 행동을 뚝 멈춘 남궁적이 긴장으로 눈을 부릅떴다.

“공교롭게도 간교하기 짝이 없는 주문룡이 먼저 죽었으니 앞으로도

무사할 것 같소.”

그는 숲에서 남궁적의 손에 어이없게 죽임을 당한 화양선생(華陽先生) 주문룡(朱文龍)을 본 모양이었다.

“당신은 제독태감의 명을 받고 온 게 아니었소?” .

단목기가 의아하여 묻자 갈평이 기름 범벅이 된 손을 옷자락에 문질러 닦으며 희미하게 웃어 보였다.

“이번 일은 매우 복잡해서 그렇다고도, 아니라고도 말하기가 뭣하오.”

*　　　　*　　　　*

‘대체 저자의 속셈은 뭐야?’

땀내나는 이불을 덮고 누워 뒤척이던 소옥은 더 참지 못하고 벌떡 일어나 앉고 말았다.

운성현에 들자마자 제일 먼저 눈에 띄는 주루에 들어 허기진 배를 채웠다. 포만감으로 마음이 느긋해지자 이제는 다른 곳을 둘러볼 여유가 생겼다. 그리고 그것은 허기졌을 때보다 더 큰 불안감을 소옥에게 가져다 주었다. 그녀와 두 개의 탁자를 사이에 두고 거기 모용탈이 태평스럽게 앉아 역시 술과 고기를 먹고 마시는 일에 여념이 없었던 것이다.

그때까지도 애써 우연히 같은 길을 가게 되었을 뿐이라고 생각했으나 점원을 따라 방에 들어와 누우면서 그것이 잘못된 생각이라는 것을 절실히 느껴야 했다. 그녀가 방에 들어가자 곧 모용탈도 옆방에 들었던 것이다. 그리고 지금은 얇은 벽 너머에서 그의 코 고는 소리가 우렁차게 들려오고 있었다.

생전 처음 보는 자가 왜 자신을 뒤따르고 있는 건지 알 수 없었다.

어쩌면 그는 자신이 올 것을 미리 알고 길목을 잡아 기다리고 있던 건지도 모른다는 생각이 들었다. 그랬기에 남옥산(南玉山)을 넘는 지름길 끝에 주저앉아 태연히 노을을 바라보고 있었던 것이다.

만약 그것이 용화진경(龍華眞經) 때문이라면 저 짐승처럼 거칠게 생긴 자는 다른 놈들과 달리 매우 끈질긴 놈인 게 분명했다. 산동의 신창(神槍) 양소문(楊召雯)이 스스로의 교만 때문에 무명자에게 덧없이 죽은 후 용화진경을 노리고 달려들던 자들이 씻은 듯 사라졌다. 그런데 저 알 수 없는 자만큼은 아직도 뒤를 따르고 있는 것이다.

'아닐지도 몰라.'

그런 생각을 하던 소옥은 머리를 설레설레 저었다.

그가 정말 용화진경을 노리고 있었다면 서로 마주쳤던 그때 아무도 없는 그곳에서 달려들어 결판을 내는 게 속 편했을 것이다. 그런데 그렇게 하지도 않고 무엇 때문에 뒤를 졸졸 따르기만 하는 건지 알 수가 없었다.

'두고 보면 알겠지.'

마음 편하게 생각하자고 스스로를 다독이며 다시 누웠지만 이번에는 벽을 타고 우렁차게 들려오는 코 고는 소리 때문에 잠들 수가 없었다.

그렇게 뜬눈으로 밤을 보내고 새벽이 되었다. 소옥은 부스스한 얼굴을 가릴 생각도 하지 않고 아래층으로 내려가 종업원과 주방장을 닦달해 이른 아침을 내오게 했다. 그렇게 한바탕 부산을 떨고 서둘러 식사를 하는데 모용탈이 기지개를 켜며 내려왔다. 종업원은 그의 험상궂은 얼굴과 산만한 덩치를 보고는 스스로 알아서 주방에 들락거리며 음식을 내왔다.

'재수없는 놈.'

입맛이 싹 가셨다. 그를 째려보고 젓가락을 내려놓은 소옥이 느긋하게 식사를 하고 있는 모용탈을 두고 일어섰다. 연신 하품을 하며 청소를 하고 있는 종업원의 발 아래 은자를 던지고 거칠게 주루의 문을 밀치고 나가자 서늘한 안개가 몸을 감아왔다.

이제 형산까지는 빠른 걸음으로 하룻길에 불과했다. 소옥은 오늘이 가기 전에 사부를 다시 만날 수 있다는 생각에 들떠 조금 전 주루에서의 불쾌했던 감정을 모두 잊었다. 아직 동터 오기 전의 이른 새벽이라 거리에는 지나다니는 사람도 없었다. 땅을 박찬 그녀의 신형이 쏘아진 살처럼 어둠을 뚫고 박혀 들어갔다.

현을 벗어 나오자 곧장 형산을 바라보고 내달려 점심때쯤에는 병점산(兵點山) 기슭의 마현(馬縣)에 이르렀다. 병점산은 그 모습이 마치 병사들이 줄지어 서서 점호를 받고 있는 듯한 모습을 연상시켜 주는 산이었다. 그래서 그것의 이름이 병점산이라고 언젠가 사부가 말해 주던 것이 떠올랐다. 우뚝 솟아 있는 바위 봉우리 아래 백여 개에 달하는 입석(立石)들이 송곳을 꽂아놓은 듯 흩어져 있는 모습은 언제 보아도 기괴하고 신비로웠다.

그 병점산을 뒤에 두고 있는 마현은 제법 크고 번화한 현이었다. 소옥은 관아가 들어 있는 현성(縣城)의 고대(高臺)를 왼쪽으로 보며 천천히 걸었다. 가끔씩 사부와 함께 이곳의 저잣거리에 내려와 생활에 필요한 물건들을 구입하던 일이 떠올라 마음이 훈훈해졌다.

이제 형산까지는 반나절 길이 남았다. 현을 벗어나자 관도를 버리고 인적이 없는 산길을 택한 소옥은 오직 앞만 바라보고 뛰었다. 스쳐 가는 바람 속에서도 익숙한 풍향곡(風向谷)의 냄새가 맡아지는 것 같아 그녀의 걸음을 더욱 급하게 했다.

나뭇가지 사이로 멀리 눈에 익은 제석봉(帝釋峰)의 웅자(雄姿)가 언뜻

언뜻 드러났다. 사부가 홀로 머물고 있을 풍향곡이 눈앞에 보이는 것만 같아 벌써부터 가슴이 콩닥거리며 뛰었다. 그렇게 서두르며 두 개의 능선을 넘어 떡갈나무 숲 속에 감추어져 있는 개울을 향하고 내려갔다.

맑은 물 위에 떠 있는 나뭇잎들을 후후 불어내고 한 움큼 움켜 마시자 가슴이 다 시원해졌다. 이마에 송골송골 맺혔던 땀방울마저 씻겨 나가는 듯했다. 소옥은 머리 위의 하늘을 한번 올려다보았다. 유유한 구름장 너머에 아직 한낮의 태양이 남아 있었다. 무성한 떡갈나무 잎들이 바람에 가볍게 흔들릴 때마다 낮게 바스락거리는 소리가 들렸다. 매미들이 그 사이사이에 숨어서 얼마 남지 않은 삶을 안타까워하듯 극성스럽게 울어댔다.

물을 적셔 흩어진 머리를 매만지고 옷깃을 단단히 여민 소옥이 벌떡 일어섰다. 성큼 다가와 있는 형산 자락이 손짓해 부르는 듯했다.

"응?"

막 개울을 떠나려던 소옥이 멈칫 멈추어 섰다. 인기척이 느껴졌던 것이다. 여기까지 오는 동안 아무도 없었고, 거구의 야만스럽게 생긴 그자가 뒤따르는 기척도 느끼지 못했다. 방심하고 있던 중에 갑자기 감지되는 인기척은 그녀를 더욱 긴장시켰다. 살갗에 차가운 소름이 달려갔다.

재빨리 주위를 둘러본 소옥은 우선 낮은 물가를 떠나야 한다고 생각했다. 그녀가 무릎을 쭉 폈다. 떡갈나무 둥치를 한번 차고 탄력을 빌어 뛰어나가는 것이 놀란 다람쥐가 재빨리 달려가는 듯했다.

"누구냐!"

한번 몸을 움직여 개울 위의 오솔길에 올라선 소옥이 낮고 날카롭게 외쳤다.

"음, 들켰군."

사람보다 걸쭉한 음성이 먼저 숲을 흔들며 나왔다. 어딘지 듣기 어색한 억양이었다. 소옥이 고개를 갸웃했다.

나뭇가지 부러지는 소리와 함께 버석거리며 낙엽을 밟는 소리가 들리더니 짐승 가죽을 두른 그 야만스러운 사내가 모습을 드러냈다. 한 마리 시커먼 곰이 숲을 헤치고 나오는 것 같았다.

그를 본 소옥의 눈썹이 칼끝처럼 치켜 올라갔다. 이제는 이자가 자신의 뒤를 따르고 있는 것임이 분명해졌다.

"너는 누군데 내 뒤를 밟는 거지?"

유심히 소옥을 바라보던 사내가 흰 이를 드러내며 히죽 웃었다.

"모용탈."

"모용탈!"

비로소 그가 누구인지를 안 소옥이 깜짝 놀라며 본능적으로 한 걸음 물러섰다. 어깨를 타고 긴장의 잔물결이 빠르게 스쳐 지나갔다. 그녀도 강호의 칼바람 속에 나선 지난 몇 달 동안 이 사내의 이름을 익히 들어 알고 있었다.

"당신이 금적비마(金狄飛魔) 모용탈(慕容奪)이란 말인가요?"

사람들은 한결같이 그가 만주에서 온 맹수 같은 사내라고 입을 모아 말했다. 중원에 들어온 이래 한 자루 만도(彎刀)로 무패의 신화를 쌓아가고 있는 자였던 것이다.

"너는 소양진(蘇陽進)의 딸이자 곤륜파의 제자이고, 유룡검(遊龍劍) 칠십이식(七十二式)을 전해 받았으며, 용화진경(龍華眞經)을 지니고 있다는 소소옥(蘇素玉)이 맞겠지?"

그가 낯빛을 엄하게 한 채 이글거리는 눈으로 내려다보며 천천히 말했다. 얼굴을 뒤덮다시피 하고 있는 무성한 구레나룻 속에서 두 개의 눈이 횃불처럼 이글거렸다.

누가 자신에 대하여 알고 있다는 것은 이제 그다지 놀라거나 신기해 할 일이 아니었다. 강호에 나서자 자신도 모르게 이미 많은 사람들의 입에 오르내리게 되었던 것이다. 그것보다는 이자가 어떻게 자신이 가는 길을 이처럼 정확히 알고 있는 건지가 의문이었다. 소옥이 입술을 잘근 깨물고 모용탈을 노려보았다.

"당신은 마치 내 그림자 같군. 용화진경 때문인가요?"

모용탈이 그녀를 보며 흰 이를 드러내고 다시 한 번 웃었다.

"아니."

"아니?"

그럼 무엇 때문이란 말인가? 소옥이 고개를 갸웃하자 모용탈이 무성한 자신의 구레나룻을 쓸며 느긋하게 말했다.

"거기에 관심을 두고 있는 자들은 따로 있지."

그러더니 소옥의 등 뒤 개울 건너의 숲을 향해 손짓하는 것이었다.

"이봐, 강시들. 여기쯤이 적당하지 않겠어?"

흠칫 놀란 소옥이 그의 손짓을 따라 돌아보았다. 언제 와 있었던 걸까. 거기 네 개의 그림자가 일어서 있었다. 기척도 호흡도 느껴지지 않는 것이 정말 강시가 아닌가 하는 생각이 불쑥 들었다.

흑의에 죽립을 깊숙이 눌러쓰고 하나같이 등 뒤에 검을 메고 있는 자들.

"동창!"

깜짝 놀란 소옥이 주춤 물러서며 그렇게 외쳤다. 그 복장으로 보아 동창에 있는 자들이 틀림없었던 것이다.

"맞았어. 열심히 내시의 밑을 닦아주고 있는 놈들이지."

모용탈이 그들을 노려보며 차갑게 비웃었다.

'일행이 아닌가?'

소옥은 그의 말투에서 적의까지 느끼고 의아했다. 그리고 동창에서 나온 자들이 자신을 가로막고 있다는 것도 이해할 수 없었다. 그들은 단목기의 뒤를 쫓고 있어야 옳았던 것이다. 하지만 어쨌든 자신을 찾아온 자들이었다. 그리고 그것이 좋은 뜻에서가 아니라는 것은 그들의 싸늘하게 가라앉아 있는 눈빛이 잘 말해 주고 있었다. '그렇다면 좋다' 하고 생각한 소옥도 눈빛을 다부지게 했다. 가슴속에 조금씩 일어서는 살기를 가만히 느껴보았다. 입술을 마르게 하는 긴장이 점점 짙어졌다.

'이 느낌이 좋다.'

그렇게 중얼거린 소옥이 흠칫 어깨를 떨었다.

'어느새 나는 피 냄새에 익숙해져 버린 것인가?'

한편으로 그런 회의가 스쳐 지나가 그녀를 놀라게 한 것이다.

흐흐, 하고 웃은 모용탈이 느긋해진 얼굴로 물러서더니, 이 일과 자신과는 아무 상관이 없다는 것을 몸으로 보여주겠다는 듯 부러진 나무 그루터기에 엉덩이를 걸치고 주저앉아 팔짱을 꼈다.

"이리 와봐!"

소옥이 아직도 개울 건너에서 말뚝처럼 서 있기만 할 뿐인 자들을 향해 손짓을 하며 뽀족하게 소리쳤다.

"대체 어떻게 된 일이지? 너희들은 단목 사형을 뒤쫓던 게 아니었나?"

"그놈들의 속셈은 다른 데 있었나 보다. 보기보다 엉큼한 놈들이야."

말이 없는 자들 대신 모용탈이 이죽거렸다. 그 말을 들은 소옥은 그들이 자신의 앞을 가로막은 건 용화진경 때문일 것이라고 생각했다. 그렇지 않고서는 자신을 뒤쫓을 리가 없었다.

"언제부터 동창에서 내 물건에 관심을 갖게 된 건지 말해 봐."

슬쩍 의중을 떠보자 또 모용탈이 끼어들어 대신 대답했다. 그 역시 동창의 살수들이 소옥에게 관심을 갖고 있다는 것이 의외인 모양이었다.

"재미있는 일이야. 나는 저놈들이 영주를 잡기 위해 나온 것인 줄로만 알았지. 그런데 꿍꿍이속이 따로 있었어. 영주를 뒤쫓은 것이 실은 이 아가씨를 잡기 위해서였단 말이지? 아주 재미있어."

모용탈이 빙글빙글 웃으며 소옥과 사내들을 번갈아 바라보았다.

"이봐, 너희들은 비급을 노리고 있는 거지? 대체 동창에서 그걸 가져다 뭘 하겠다는 거야? 설마 그 늙은 위충현이가 주제를 모르고 스스로 고수가 되기로 했단 말인가?"

사내들은 여전히 말이 없는데, 모용탈이 나무뿌리를 툭툭 차며 한가롭게 이죽거렸다. 그 말을 흘려들으며 소옥은 문득 추살대를 떠올렸다. 그렇다면 단목기가 벌써 그들의 손에 떨어진 게 아닌가 하는 불안이 불길처럼 달렸다. 그랬기에 저놈들이 이곳에 와 있는 것이리라.

"내 사형은 어떻게 된 거지?"

"죽었겠지."

숨소리마저도 죽인 채 침묵하던 자들 중 누군가가 처음으로 그렇게 대답해 왔다.

"뭣이!"

소옥의 고함 소리가 숲을 흔들었다.

"그대로 두지 않겠어!"

서로 낮은 곳에 내려서기가 싫어서 개울을 사이에 둔 채 먼저 움직이려 하지 않던 대치 상황이 한순간에 깨져 버렸다. 걷잡을 수 없는 분노와 불안이 소옥으로 하여금 더 참을 수 없게 한 것이다. 땅을 박찬 그녀가 곧장 그들을 바라보고 달려나갔다.

첨벙거리며 개울을 건너 둔덕 아래에 이르자 가만히 지켜보고만 있던 네 명이 동시에 움직였다.

둔덕 위는 운신이 힘들 만큼 우거진 숲이지만, 개울을 사이에 두고 좁게 펼쳐진 비탈은 비교적 여유로운 공간이었다. 소옥이 그곳에 이르자 뿌리를 내린 것처럼 움직임없이 서 있기만 하던 자들이 갑자기 몸을 던졌다. 구르듯 달려드는 기세에 위에서 내리누르는 힘이 더해져 사납기 짝이 없었다.

피웃—!

정면으로 다가선 자의 장검이 코앞으로 곧장 밀려들었다. 그와 동시에 좌우 측면에서도 살을 에이는 듯한 검기가 차갑게 파고들었다. 빠르고 힘이 있었으며 정교한 검격이었다. 그 한 번의 움직임에서 소옥은 이자들이 결코 만만치 않다는 것을 느꼈다.

그들의 날 선 검기 앞에서 주춤하는데 마지막 놈이 비탈을 박차고 몸을 날렸다. 제일 늦게 움직였지만 달려 내려오던 속도가 더해져 허공으로 솟구쳐 오른 그의 몸이 가장 먼저 소옥에게 닥쳐 들었다.

쉬익—!

독(毒) 오른 살모사(殺母蛇)의 숨소리처럼 낮고 날카로운 파공성이 머리 위에서 울렸다. 정수리 위로 떨어져 내리며 검을 쳐 나오는 자의 손속에서 한 점의 인정도 느껴지지 않았다. 단번에 소옥의 몸을 두 쪽으로 갈라 버릴 기세였다.

네 명의 합공(合攻) 속에 갇혀 꼼짝할 수 없어 보이던 소옥이 뒤꿈치로 땅을 찍고 몸을 눕혔다. 반듯하게 눕는 듯하던 그녀의 몸이 뒤에서 세게 잡아당겨진 것처럼 밀려났다. 네 가닥 검기가 간발의 차이로 그녀가 서 있던 공간을 하얗게 쪼개고 스쳐 지나갔다.

소옥은 개울 한가운데에 우뚝 몸을 세웠다. 머리 위에서 덮쳐들던 자가 동료의 어깨를 가볍게 차고 허공에서 몸을 틀어 다시 쇄도해 들었다. 동시에 나머지 세 놈도 따라 들어왔다. 움직임의 맥을 유지한 채 동선(動線)을 그대로 살려 이리저리 어지럽게 쏘아져 들어오는 자들의 몸놀림이 놀랍기만 했다.

이처럼 숙련되고 강온(强穩)의 조화를 품으며 직선과 곡선의 힘을 교묘하게 안배할 줄 아는 자들의 합공은 처음 대해보는 것이었다. 그러나 두려움을 느끼고 한번 물러서기 시작하면 걷잡을 수 없이 무너지게 된다는 것을 소옥은 이제 잘 알고 있었다.

싸움은 비무(比武)와 달라서 오직 이기기 위해 움직여야 했다. 그것이 살고 죽는 것에 직결되기 때문이다. 수단과 방법은 그 다음의 문제라는 생각이 번개처럼 소옥의 뇌리를 스쳐 갔다.

내지를 듯 검봉(劍鋒)을 흔들 하던 그녀가 갑자기 발목을 비틀어 개울물을 차올렸다.

촤악—!

차가운 물방울들이 허공을 뒤덮으며 넓게 퍼졌다. 오직 그녀를 바라보고 달려들던 자들이 눈을 찡그렸다. 뒤덮어오는 물방울들 때문에 시야가 가려졌던 것이다. 그들은 자신도 의식하지 못한 채 본능적으로 움찔했다. 그러자 빈틈없이 이어져 오던 합격(合擊)의 동선(動線)에 처음으로 끊어짐이 생겼다.

찰나의 순간이었지만 소옥에게는 그것이 커다란 구멍으로 보였다. 온몸에 가해지던 압력에서 갑자기 풀려난 듯한 가벼움이 그녀를 떠받쳤다. 그녀가 허리를 쭉 펴며 검에 내력을 실어 힘껏 쳐 올렸다.

눈앞을 가득 뒤덮은 영롱한 물방울들이 쨍, 하고 한낮의 햇빛을 튕겨내는 것 같았다. 놈은 허공에 걸린 찬란한 무지개를 언뜻 보았다. 그것이 자신의 검 아래 있어야 할 소옥을 대신하여 눈 속에 가득 들어찼다.

"큭!"

그리고 가슴을 달구어오는 고통에 자신도 모르게 저런 신음을 흘려야 했다.

그의 몸이 개울에 처박히는 것보다 먼저 붉은 핏줄기가 선연하게 무지개 위로 피어 올랐다. 차가운 물방울들이 진저리를 치며 흩어졌다. 수막(水幕)을 헤치고 나온 자들의 눈이 그것을 쫓았다. 소옥이 있어야 할 자리에 허리가 반쯤 잘려 꺾여진 자의 처참한 모습이 가득 들어차 있었다. 깨끗하게 절단되어 있는 갈비뼈의 허연 단면들이 살 속에 박혀 있었다. 언뜻 그자의 부릅떠진 눈동자 속에 담겨 있는 하얀 하늘이 보인 것도 같았다.

소옥은 어느 틈에 몸을 빼 다시 둔덕 위에 올라서 있었다. 그녀의 뒤에서 태연하게 다리를 흔들며 웃고 있는 모용탈의 모습이 보였다. 그가 건들거릴 때마다 나무 그루터기가 삐걱거리며 흔들리고 있었다.

눈앞에서 벌어진 일을 똑똑히 보지 못했다는 암담함이 남은 세 놈에게서 움직임을 빼앗아가 버렸다. 그들이 천천히 동료의 처참한 주검에 머물렀던 시선을 들어 올려 둔덕 위를 바라보았다. 검을 움켜쥔 채 차갑게 내려다보고 있는 소옥의 눈이 거기에 있었다.

"이제 알았겠지? 네놈들은 이 계집의 상대가 되지 못한다. 그러니 지금이라도 꺼져 버려."

모용탈이 그의 덩치에 어울리지 않는 경박함으로 입술을 비틀어 웃으며 그렇게 이죽거렸다.

"배신할 셈이냐?"

분을 삭이는 듯 한동안 거친 숨만 내뿜던 자들 중 누군가가 억눌린 음성으로 그렇게 말했다. 모용탈의 눈썹이 꿈틀, 치켜 올라갔다. 그가 걸터앉아 있던 나무 그루터기에서 내려와 소옥 곁에 섰다.

"배신이라니? 언제 우리가 신의로 맺어졌더냐? 다시 그런 잡소리를 한다면 목을 쳐버리겠다!"

"너는 제독태감 각하의 명을 저버리고 있다."

다른 음성이 또 그렇게 꾸짖어왔다. 모용탈의 안색이 점점 험악해져 갔다.

"명이라니? 어떤 개잡종이 나에게 명령을 한단 말이냐? 이 모용탈이 내시 놈의 명령이나 받고 있을 그런 쓰레기로 보였단 말이냐?"

이제는 누구도 말하지 않았다. 그럴 필요를 느끼지 못한 것이다. 한동안 무거운 침묵이 흘렀다.

한 놈이 말없이 돌아서자 다른 두 놈도 그 뒤를 따랐다. 아무 일도 없었다는 듯 태연한 걸음으로 그들이 첨벙거리며 개울을 건너 다시 숲을 뚫고 사라져 갔다. 개울에 혼자 남아 처박혀 있는 자의 공허한 눈길이 그 숲 너머에 닿아 있었다.

마주 보고 선 두 사람의 눈에서 불똥이 튀었다.

"해볼 테냐?"

한참 만에야 모용탈이 스산한 어조로 그렇게 말했다. 그에게서 조금씩 짙어지는 살기가 느껴졌다. 소옥의 가슴속에 문득 한줄기 서늘한 바람이 들었다. 두려움이었다.

처음 느껴보는 그 생소한 감정에 소옥은 어리둥절해졌다. 죽는다는

것에 대한 상상이 차곡차곡 쌓여오는 이런 경험은 없었다는 생각을 했
다. 가슴을 치받는 분노가 있었고, 살이 떨리는 살의(殺意)가 있었으며,
자제할 수 없는 적대감에 휩싸여 스스로를 잃어본 적은 있었다. 그러
나 죽을지도 모른다는 생각 앞에서 두려움을 느껴본 적은 아직 한 번
도 없었다.

지금 그것을 모용탈은 강요하고 있었다. 점점 뿌옇게 가라앉아 가는
눈빛과 스산한 어투, 칼집을 톡톡 두드리고 있는 손가락의 가벼운 움직
임 앞에서 소옥은 당황하기 시작했다.

'이길 수 있어.'

지그시 입술을 물며 그렇게 말해 보았다. 그럴 수 있다는 자신감이
살아났다. 하지만 꼭 그렇지 않을 수도 있다는 불길함이 이내 머리를
다시 들었다. 압박하듯 두텁게 눌러오는 모용탈의 기세가 느껴졌던 것
이다. 그것은 그에 대하여 가지고 있는 느낌 때문일 수도 있고, 그의
이름 앞에 붙어 다니는 살인마(殺人魔)라는 말이 가져다 준 편견일 수
도 있었다. 하지만 어쨌든 지금의 그는 소옥에게 죽음에 대한 생각을
하게 해주었을 뿐만 아니라 그것을 점점 더 강하게 해주고 있었다.

"저놈들은 하나하나가 모두 강한 놈들이다."

모용탈이 문득 손가락으로 개울에 처박혀 죽어 있는 자를 가리키며
말했다. 그자는 이미 핏기를 모두 빼앗긴 채 창백하게 변해 버린 주검
이 되어 있었다. 소옥은 모용탈의 손가락을 쫓아 힐끗 그것을 바라보
았다. 푸르게 변색되어 있는 입술이 더욱 끔찍한 느낌으로 다가왔다.

"네가 단번에 저렇게 만들 수 있었던 건 운이 좋았기 때문이다."

'아니야!' 라고 속으로 외쳤지만 그것을 입 밖으로 소리 내어 말하지
는 못했다. '정말 그랬던 것일까?' 하는 생각이 들었다. 모용탈의 말이

그녀에게 그렇게 생각하게 했다.

"그들이 너를 죽이겠다고 했을 때 나는 분명히 말해 주었지. 너희들은 그 계집의 상대가 아니다. 그러니 헛지랄하지 말아라라고 말이다."

"……."

"듣지 않다가 결국 저 꼴이 되었지."

"……."

"작고 예쁜 계집을 상대하는데 고자가 아닌 다음에야 어떤 사내놈이 감흥이 일지 않겠나? 저놈들은 자신도 모르게 너에 대한 경계심을 느슨하게 했던 것이다. 한주먹이면 쳐 죽일 수 있다는 자만심을 가진 거지. 그것이 화를 불러들인 거다."

"쓸데없는 소리!"

침묵을 지키고 있던 소옥이 발끈하여 소리쳤다. 모용탈이 무엇을 말하려고 하는지 짐작했기 때문이다. 그자들이 자신을 경시했기 때문에 당했을 뿐, 진정한 실력이 아니라는 말이었다.

"죽고 사는 게 걸린 일 앞에서 그런 생각을 했다면 그건 얼빠진 놈이겠지!"

"너는 아직도 멀었다."

표독스럽게 치떠진 소옥의 눈을 물끄러미 바라보던 모용탈이 그렇게 이죽거렸다.

"사람과 사람이 칼을 들고 부딪친다는 건 그렇게 단순히 말해질 수 있는 게 아니다."

"……."

"남자는 언제나 여자에 대해서 우월하다. 힘에 있어서라면 더욱 그렇지. 거기에다 묘한 감정까지 있으니 스스로 그런 함정에 빠질 수밖에. 게다가 너는 강하고 교활하다. 한번 붙잡은 기회를 절대로 놓치지 않더군. 너를 상대했던 놈들이 모두 죽거나 나자빠졌던 건 너를 제대로 알지 못하고 양보해야 한다는 본능에 더 민감했던 탓이다.”

마치 그동안 소옥이 겪어온 모든 싸움을 다 지켜보기라도 했던 것처럼 그렇게 단정해 말해 버리는 모용탈이었다. 소옥은 다시 그랬었나? 하고 생각했다. 모용탈의 확신에 차 있는 말은 그처럼 소옥의 내면을 그녀 자신도 모르게 지배해 가고 있었다.

“하지만 나는 그렇지 않다. 반드시 죽이고 말지.”

말을 마친 그가 소옥의 선택을 기다리겠다는 듯 어금니를 꾹 다문 채 이글거리는 눈으로 누르듯 바라보았다. 소옥은 다시 정말 그럴지도 모른다고 생각했다.

그의 말대로라면 모용탈은 자신의 본능과 감정마저 죽여 버렸을 만큼 냉혹하고 무자비한 자였다. 그렇게 단련된 것이다.

소옥은 아직까지 그가 한 번도 패하지 않은 자라는 것을 다시 떠올렸다. 그와 칼을 맞댔던 자들은 모두 죽었다. 단지 승리를 얻는 것뿐만 아니라 그는 자신과 상대한 자들을 반드시 죽이고 말았던 것이다. 사람들이 그를 잔혹한 살인마라고 부르며 치를 떠는 데에는 그런 이유가 있었다.

그는 늙고 젊음을 가리지 않았고, 여자와 아이들이라고 할지라도 한 점의 인정도 베풀지 않았다. 적이라고 여겨지면 언제나 가차없이 칼을 휘둘렀던 것이다. 어떻게 하면 사람이 그처럼 무감정해질 수 있는 건지 이해할 수 없었다.

그와 이야기하고 있는 동안 소옥은 검을 뽑아 들면 그 순간 모용탈의 무지막지한 칼이 자신의 목을 쳐버릴 것이라는 생각에 사로잡혀 꼼짝할 수 없었다. 그녀의 눈길이 수많은 사람들의 피와 원혼(冤魂)을 빨아들였을 그의 칼에 머물렀다. 번들거리는 낡고 검은 가죽의 칼집 안에서 웅웅 우는 칼울음 소리가 들리는 듯했다.

'길고 짧은 건 대봐야 안다.'

다시 시선을 돌려 모용탈의 이글거리는 눈길을 고스란히 받아들이며 그렇게 스스로에게 말해 보았다. 싸우면 반드시 진다고 할 수는 없었다. 몸 안에는 터질 듯 충만해진 기력이 있었고, 유룡검법(遊龍劍法)은 아직 한 번도 패해본 적이 없는 최고의 검법이었다. 게다가 사부로부터 물려받은 풍향검(風向劍)은 쇠를 무 베듯 하는 절세의 보검이 아니던가.

하지만 소옥은 선뜻 검을 뽑아 들 수 없었다. 기세에서 이미 모용탈의 거친 기운에 눌리고 있다는 것을 스스로가 잘 알았기 때문이다. 한 번 기세에서 밀리면 그 싸움은 어렵다는 것을 이제는 충분히 알고 있었다. 감정에 흔들려 홍분하는 것이야말로 가장 피해야 할 일이라는 것도 알고 있었다.

그런 면에서 본다면 눈앞에 버티고 서 있는 모용탈은 가장 이상적인 전사(戰士)라고 해야 할 것이었다. 자신의 감정을 죽일 수 있다는 것, 그리고 다스릴 수 있다는 것은 절기를 익히는 것보다 오히려 어려운 일인 것이다. 때문에 소옥은 이미 그것을 해낸 모용탈에 대해서 위축될 수밖에 없었다.

"이제는 알았겠지? 그걸로 충분하다."

소리없이 웃어 보인 모용탈이 한번 탁, 소리가 나도록 자신의 칼집을 두드려 보이고는 성큼 물러섰다. 소옥은 가슴을 누르고 있던 무겁고 답답한 기운이 갑자기 빠져나가는 것을 느꼈다. 허탈감이 현기증처럼 밀려와 머리 속을 흔들어댔다.

제2장

형산풍운(衡山風雲)

형산풍운(衡山風雲)

"당신도 그럼 추살대의 한 사람인가요?"

두 사람은 이제 아예 일행이라도 된 것처럼 나란히 산길을 가고 있었다. 그동안 소옥의 계속되는 질문에 시달린 모용탈은 맥이 빠질 지경이 되어 있었다. 그가 쓴 입맛을 다시며 머리를 설레설레 저었다.

"대체 이렇게 노닥거릴 시간이 있는 거냐?"

지난 아침나절만 해도 뒤도 돌아보지 않고 서둘러 달리기에만 정신이 팔려 있던 그녀였다. 그런데 형산 기슭에 이르자 마냥 느긋해진 것이 이상하기만 했다. 그러나 소옥은 내심 어떻게 하든 모용탈을 떼어놓을 염두를 굴리고 있는 중이었다. 이 위험한 자를 데리고 사부님께 갈 수는 없다는 생각에서였다.

"순순히 동행하게 해주는 대가로 내 물음에 다 대답해 주겠다고 약속하지 않았나요? 그러니 딴소리하지 말고 어서 말해요."

그녀의 태도는 계속 귀찮게 해서 그로 하여금 넌덜머리가 나 절로 떨어져 나가게 하려는 것 같았다. 아니면 꼬치꼬치 캐물어서 그가 대답하지 못하게 하려는 것인지도 몰랐다. 그러면 처음의 약속이 깨진 것이니 동행으로 삼을 수 없다고 버틸 수도 있었다. 음, 하고 신음하고 난 모용탈이 할 수 없다는 듯 대답해 주었다.

"그렇다. 나도 홍안령주를 잡기 위해 나선 사람들 중의 한 명이지."

"홍! 그리고 그자들이 내게서 비급을 탈취할 수 있도록 도와주라는 밀명도 받았겠지?"

"그랬지."

넌지시 떠본 말이었는데 의외로 모용탈이 순순히 시인했다. 오히려 당황한 소옥이 그를 멍하니 바라보았다. 모용탈이 히죽 웃어 보였다.

"비급 따위에는 관심없어. 그러니 걱정하지 않아도 된다."

"당신도 별수없는 속물이로군. 말로는 큰소리를 쳤지만, 실은 제독 태감이라는 그 내시의 명에 따라 움직이는 사람이지 뭐야."

발끈한 소옥이 소리치고 나서 입을 내밀고 흘겨보자 모용탈이 눈을 부릅떴다.

"말을 함부로 하지 마라!"

"단목 사형을 죽이라는 그자의 명에 따랐으니 무슨 변명거리가 있겠어요?"

소옥도 지지 않고 소리쳤다.

"음……."

모용탈이 대꾸할 말이 마땅치 않았던지 무거운 침음성만 발했다.

"당신은 그 대가로 무엇을 받게 되죠?"

"없다."

"없다고요? 그럼 대체 무엇 때문에 단목 사형을 죽이는 일에 팔 걷어붙이고 나선 거죠? 설마 그가 불구대천의 원수라도 된단 말인가요?"

"말해 줘도 너, 조그만 계집애는 이해할 수 없을 거다."

모용탈이 그렇게 말하고 그녀의 시선을 외면했다. 구레나룻 속에 감추어진 그의 얼굴이 붉어진 것도 같았다.

"말해 봐요."

다시 다그치자 그가 가볍게 한숨을 쉬고 나서 겨우 입을 열었다.

"그가 강하기 때문이지."

"뭐요?"

소옥이 뾰족하게 소리치고 걸음을 멈추었다. 그녀가 사나운 눈길로 모용탈을 찌를 듯 쏘아보았다. 어쩌면 이자는 자기보다 강한 사람은 결코 용납할 수 없다는 그런 멍청한 생각을 갖고 있는 건지도 몰랐다. 세상에서 더 이상 자신의 상대가 될 사람이 없다는 것을 확인해야만 속이 시원해져서 우쭐거릴 셈이라면 그것보다 어처구니없는 일은 없을 것이다. 소옥은 그것을 이해할 수 없었다.

"당신은 설마 천하의 고수들을 모두 찾아다니며 하나하나 꺾을 생각을 하고 있는 건가요?"

"그럴지도 모르지."

"세상에……."

소옥이 걸음을 멈추고 모용탈을 빤히 바라보았다.

"당신은 천하가 손바닥만하다고 생각하고 있나요?"

"넓겠지. 하지만 진정한 고수는 얼마 되지 않는다."

모용탈은 확신과 자신감에 가득 차 있었다. 소옥은 그가 천하제일의 고수가 되기 위한 열망에 빠져 있는 자라는 것을 알았다.

"천하제일인……."

가만히 중얼거려 보자 가슴이 뜨거워져 왔다. 강호에 몸담고 있는 자라면 누구나 한 번쯤 꿈꾸어보았을 것이고 누구나 그 말에 대한 열망으로 떨었을 호칭이 바로 그것이었다. 그 말 한마디 때문에 강호에는 피바람이 잘 날이 없으며 무수한 고수, 기인이사들이 덧없이 죽어갔다. 그럼에도 아직 그 명예를 좇아 부나비처럼 달려드는 자들은 어디에고 널려 있었다.

'과연 무엇이 그 사람을 천하제일인으로 만들어주는가?'

소옥은 문득 그런 의문을 떠올렸다. 강한 것만으로 그렇게 되는 것이라면 천하제일인이라는 말은 세상의 그 무엇보다 무지막지한 말에 지나지 않을 것이다. 하지만 그렇지 않다면 또한 그 말은 존재하지 않을지도 몰랐다. 그렇다면 끊임없이 강한 것을 추구한다는 것은 끊임없이 아름다워지기를 추구하는 것과 마찬가지로 인간이, 남자와 여자가 나누어 갖고 있는 맹목적인 욕망일 것이다.

그 욕망에서 벗어나기 위해 몸부림치는 사람이 과연 얼마나 될까. 부와 권력과 명예, 그리고 인간이 탐하는 모든 것들이 그 말속에 다 들어 있었다. 누구는 학문(學問)이니 시부(詩賦)로 천하제일이 되고자 하고, 누구는 지닌 바 부(富)로 그렇게 되고자 하며, 누구는 끝없는 권력욕으로 그것을 탐낸다. 그리고 지금 모용탈은 지닌 바 칼 한 자루의 힘으로 천하제일의 고수가 되고 싶어하는 것이다. 방법은 서로 다르겠지만 추구하는 바 욕망의 모습은 모두가 같았다.

'단목 사형도 그랬지.'

소옥은 다시 단목기를 떠올리고 우울해졌다. 그에게서 받은 느낌도 지금 모용탈에게서 받고 있는 것과 크게 다르지 않았던 것이다. 끊임없이 강해지기를 추구하는 사내. 그것이 그녀가 본 단목기의 모습이었다. 그러나 이제 그는 그 모든 것을 잃어버릴 위기에 처해 있었다. 그것이 자기 때문이라는 것을 생각하자 단목기에 대한 연민이 새삼 소옥의 가슴을 아프게 했다. 그것을 떨쳐 버리기라도 하려는 듯 소옥이 표독스럽게 모용탈을 쏘아보며 버럭 소리쳤다.

"어림도 없어! 당신은 결코 단목 사형을 이길 수 없으니 그 꿈은 개꿈이 되고 말걸?"

물끄러미 바라보던 모용탈이 히죽 웃었다.

"어째서 그렇게 생각하지?"

"그는 강하니까. 그리고 곤륜의 문하니까!"

"그거야말로 개소리다!"

이번에는 모용탈이 주먹을 불끈 쥐어 보이며 소리쳤다.

"너는 곤륜이 천하제일의 문파라고 여기는 모양이로군!"

'천하제일의 문파……'

화가 나서 외치는 모용탈의 말이 문득 소옥의 가슴을 쾅, 하고 두드렸다.

소옥은 항상 사문에 대한 자부심을 지니고 있었다. 그러나 그것은 천하제일이라는 말에 대한 자신의 애착과 욕망을 강하게 내비친 것에 지나지 않았다는 것을 깨달았다. 나의 사문은 천하제일이고, 나의 유룡검은 천하제일의 검법이라고 자부하며 오만하게 눈을 치떴던 일들이 보였다. 자기 자신은 그랬으면서 모용탈을 비난하고 비웃은 것이 부끄러워졌다.

그녀가 고개를 숙인 채 묵묵히 침묵할 뿐 대꾸하지 않자 모용탈은 스스로 화를 낸 것이 멋쩍어지고 말았다. 그가 홍, 하고 코웃음을 치고 나서 다시 이죽거렸다.

"만약 네가 정말로 그렇게 생각하고 있다면 개가 다 웃을 일이지. 단목기가 강하다고? 음, 그건 그럴지도 모르지."

문득 단목기와 마주쳤던 일을 떠올린 모용탈이 고개를 끄덕였다.

"하지만 그건 그가 강한 것이지 그가 곤륜의 문하라서 강한 것이라곤 할 수 없다. 내가 문파를 세운다면 이 모용탈의 문파가 천하에서 가장 강한 문파가 될지도 모르지. 어때? 너는 그렇게 생각하지 않나?"

다시 히죽 웃는 모용탈을 물끄러미 바라보던 소옥이 흥, 하고 코웃음을 쳤다.

"그거야말로 개소리지. 가장 무지하고 야만스런 문파라면 혹시 또 모를까."

"그렇다면 너는 오만하기 짝이 없는 중원의 백문백파(百門百派)가 그 야만스럽고 무지한 문파의 깃발 아래 무릎을 꿇는 걸 보게 될 거다. 그때 곤륜파를 가장 앞에 세워주지."

"뭐라고?"

발끈한 소옥이 검자루를 움켜쥐고 매섭게 모용탈을 노려보았다. 금방이라도 뽑아 후려칠 듯한 기세였디. 분노와 모욕감을 참을 수 없는 듯 거친 숨을 씩씩거리는 그녀를 보던 모용탈이 훌쩍 뒤로 물러서서 하하, 웃었다.

"아직은 아니다. 그러니 좀 기다려. 내가 단목기를 죽이고 나면 그 다음에 다시 너의 검을 받아주겠다. 사형이든 사제든 곤륜 문하라면 가리지 않고 기회를 주지. 한꺼번에 다 불러와도 좋다."

"흥!"

대꾸할 가치도 없다는 듯 코웃음 친 소옥이 몸을 돌려 날듯이 달려

나갔다. 더 이상 상대하기 싫다는 기색이 역력했다. 한번 소리없이 웃어준 모용탈도 그녀의 뒤를 쫓아 육중한 몸을 내던졌다.

*   *   *

한 걸음을 나갈 때마다 눈에 익은 풍경들이 새롭게 드러났다. 소옥의 마음은 구름 위를 날듯 황홀하게 들떠 있었다. 이 길을 조금만 더 달려나가면 이제 앞을 가로막아 서 있는 울창한 원시림(原始林)을 만나게 되고, 그 속을 반 시진쯤 이리저리 헤매면 북쪽 벼랑 아래 이르게 될 것이었다. 그것을 끼고 돌다가 만나게 되는 비좁은 바위틈을 빠져나가면 거기 풍향곡(風向谷)이 있었다.

두어 번 힘껏 발을 굴러 바위 봉우리 위에 올라서자 발 아래 파도처럼 일렁이는 원시림의 짙푸른 수해(樹海)가 내려다보였다.

"아!"

외마디 비명을 터뜨리며 감격으로 떨던 소옥이 던지듯 몸을 날려 바위들을 타 넘고 경사진 비탈을 구르듯 달려 내려갔다. 그녀의 눈에는 오직 울창(鬱蒼)한 수림(樹林)이 보일 뿐이었고 가슴속 가득 그 숲의 향기가 감동으로 메워져 올 뿐이었다. 뒤에 모용탈을 두고 있다는 것도 잊었다. 그리고 소옥은 더 뒤에 남겨져 있는, 이 몇 달 동안 자신이 지나온 험한 길들과 그곳에 뿌려졌던 피와 원한과 긴장마저도 모두 잊어버렸다.

그녀가 어머니의 품에 안기는 어린아이처럼 원시림의 어둠 속으로 두려움없이 뛰어들었다. 길이라는 것은 처음부터 없었다. 오직 방향이 있을 뿐이다. 덤불을 헤치고 썩은 나무 둥치를 돌아 달려나가는 그녀는 눈으로 길을 보며 가는 것이 아니라 감각으로 방향을 찾아 나가는 것 같았다.

'다시 와도 이건 찾아가지 못하겠군.'

모용탈은 그런 소옥을 행여 놓칠세라 바짝 뒤따르며 사방을 눈여겨 보아 두었다. 그러나 어느 곳이든 그 모습은 똑같기만 했다. 아름드리 나무들과 젖은 이끼와 종아리에 감기는 덩굴들. 햇빛마저 들지 않아 어두운데, 숲의 냉랭한 습기가 안개처럼 번져 있는 것까지 어느 곳이든 같았다.

아무리 보아도 길은 보이지 않았다. 모용탈은 문득 소옥이 과연 제대로 찾아가고 있는 것인지 의심스러워졌다. 아무 곳이나 마구 내달리면서 틈을 보아 자신을 떼어버릴 생각인지도 모른다는 의심이 더럭 들었다. 이런 곳에서는 한번 그녀를 놓쳐 버리면 다시 찾을 수가 없을 것이었다. 부쩍 다리에 힘을 실은 모용탈이 곧 소옥의 뒷덜미를 낚아채기라도 할 듯 그녀의 등 뒤에 바짝 따라붙었다.

그는 이제 주변을 살펴보는 것을 포기한 채 오직 소옥을 따라 움직였다. 그렇게 반 시진 동안 정신없이 내달리자 문득 거대한 회색의 절벽이 나타나 눈앞을 꽉 막아왔다.

아, 하고 탄성을 발한 소옥이 두 팔을 활짝 벌리고 달려가 그 회색의 차가운 절벽을 보듬어 안았다. 그것을 쓰다듬고 볼을 비벼대는 모습이 마치 길들여진 다정한 짐승을 대하는 것 같았다. 뒤에서 그 모습을 물끄러미 바라보며 모용탈은 내심 여자들이란 어쩔 수 없다고 혀를 찼다. 드디어 집에 돌아왔다는 기쁜 마음을 저렇게 경망스럽게 표현하는 것을 이해할 수 없었던 것이다.

"이제 다 왔나?"

불만을 섞어서 묻자 소옥이 그를 돌아보고 코웃음을 쳤다.

"빨리 일을 마치고 가자."

"그렇다면 당신은 여기서 기다리도록 해요."

"그럴 수는 없지. 여기까지 와서 대명이 쟁쟁한 곤륜여협(崑崙女俠)을 못 보고 간대서야 보람이 없지."

웃어 보인 모용탈이 오히려 앞서서 성큼성큼 걷기 시작했다. 그의 등을 노려보던 소옥이 쳇, 하고는 어쩔 수 없다는 듯 잰걸음으로 뒤따랐다.

"어?"

비좁은 바위틈을 힘들게 빠져나온 모용탈이 한소리 놀람의 외침을 터뜨리고 갑자기 굳어버린 듯 멈추어 섰다. 거기 그가 상상하지 못했던 풍경이 있었던 것이다.

"저리 비켜!"

소옥이 그의 어깨를 밀며 뛰쳐나와 정신없이 달려나갔다. 모용탈은 그런 소옥의 등 너머로 멍한 시선을 던진 채 벌어진 입을 다물지 못했다.

넓은 초지(草地) 위에 매화나무 숲이 있었고 푸른 대나무들이 무성하게 자라 있었다. 병풍을 두른 듯 계곡을 에워싸고 있는 절벽가로 울창한 참나무 숲이 펼쳐져 있었는데, 그 앞에 연잎을 가득 띄우고 있는 연못이 그림 같았다. 모용탈은 사슴 몇 마리가 풀을 뜯고 있는 그 연못과 그 너머에 구름처럼 번져 있는 작약들과 한 채의 아담한 모옥(茅屋)을 바라보았다.

소옥의 펄럭이는 옷자락이 막 연못을 돌아 그 모옥의 뜰을 가로질러

가고 있었다.

"사부!"

그녀의 낭랑한 외침이 메아리가 되어 돌아왔다.

"사부!"

소옥은 뛰는 가슴을 주체하지 못하고 거듭 소리쳐 부르며 모옥을 바라보고 달려갔다. 왈칵 목이 메어왔다. 억울한 일을 당한 아이가 엄마를 부르며 달려드는 그 모습이었고 그 심정이었다. 그러나 모옥의 닫혀진 문 앞에 이른 소옥은 멈추어 선 채 선뜻 그것을 열고 뛰어들지 못했다.

'이상하다?'

그녀의 마음속에 알 수 없는 불안과 의문이 가득 피어 올랐다.

'안 계신가?'

그럴 리가 없다는 것을 알면서도 또한 사부가 안에 없을 것이라는 생각을 떨쳐 버릴 수가 없었다.

가끔씩 생활에 필요한 물건을 구하기 위해 함께 저잣거리로 내려가거나, 삼 년에 한 번 지신을 집에 데려다 주기 위해 나서는 것 외에는 결코 이 풍향곡(風向谷)을 떠나는 일이 없던 사부였다. 저잣거리를 지나오면서 사부를 보지 못했으니 그곳에 간 것도 아닐 것이었다. 그렇다면 사부는 대체 어디에 있기에 소리쳐 불러도 대답이 없단 말인가.

갑자기 두려운 생각이 소옥을 꼼짝하지 못하게 옭아매 왔다. 허전하고 서운하며 서러운 마음이 그녀의 다리에서 힘을 빼앗아가 버렸다. 막막함이 밀려들어 어찌해야 할 것인지 갈피를 잡을 수 없었다.

한동안 망설이던 소옥은 입술을 잘근 깨물고 문을 밀었다. 텅 비어 있는 어둠이 그녀의 가슴속으로 왈칵 밀려들었다. 싸늘했다. 눈을 비비고 다시 안쪽의 어둠을 바라보던 그녀가 아! 하고 놀람의 외침을 터뜨렸다.

“이, 이게 대체…….”

집기들이 어지럽게 흩어져 있고 쓰러져 있는 방 안의 광경이 그녀의 넋을 빼앗아가 버렸다. 무엇에 홀린 듯 주춤거리며 들어선 소옥의 눈에 텅 비어 있는 사부의 침상이 보였다. 어둠 속에서 아직도 은은한 사부의 향기가 맡아지는 듯했는데, 그 침상 주위에 뿌려져 있는 선혈(鮮血)의 흔적들은 그녀의 정신을 아득해지게 했다.

“사, 사부…….”

떨리는 그녀의 음성이 어둠을 타고 웅웅 울렸다. 주춤거리던 그녀가 외마디 비명처럼 사부! 하고 소리치며 그 침상으로 달려들었다. 찢어진 휘장 자락이 펄럭였다. 싸늘하게 식어 있는 침상을 붙든 소옥의 두 손이 와들와들 떨렸다.

“대, 대체 이것이…… 어떻게 된…….”

사부의 흔적을 찾듯, 손바닥으로 그녀의 체온을 느끼려는 듯 침상을 쓸며 중얼거리는 소옥의 낯빛이 창백하게 변해 어둠 속에 떨구어졌다. 마음의 불안과 격동을 추스르지 못하고 차가운 침상에 이마를 비비며 떨던 그녀가 벌떡 일어섰다. 그리고 그때 비로소 서로 다른 세 가닥의 살기가 살처럼 쏘아져 와 그녀의 온몸에 박혀들었다.

“악!”

불에 데인 듯 놀란 외침을 터뜨리면서 소옥은 그 자리에 굳어버리고 말았다. 들보 위에서 떨어져 내리는 자의 검기가 곧장 그녀의 정수리에 박혀왔고, 침상 너머에서 소리없이 솟구쳐 오른 자의 창백한 검인

(劍끼)이 목을 쓸어왔다. 등 뒤에서 밀려드는 검기가 허리를 잘라오자 소옥은 움직일 수 있는 모든 공간을 빼앗긴 꼴이 되고 말았다.

혼백이 달아날듯 놀란 소옥이 본능적으로 얼굴을 기울였다.

핏ㅡ!

싸늘한 검인이 아슬아슬하게 그녀의 볼을 핥고 지나갔다. 그 차갑고 예리한 감촉이 굳어 있던 그녀의 정신을 깨뜨렸다.

"아!"

비로소 감각을 되찾은 소옥이 손가락을 퉁겨 눈앞에 뻗어 있는 검을 두드리며 쓰러지듯 모로 누웠다.

씨익ㅡ!

날카로운 쇳소리를 내며 스쳐 지나간 검이 그녀의 어깨를 다시 길게 그어놓았다. 미처 검을 뽑아 들 새도 없이 몰아쳐 오는 삼면의 검격은 신랄하고 악독했다. 그녀의 등 뒤에서 기척없이 뻗어 나온 한줄기의 검기는 아직 방향을 잃지 않고 있었다. 그것이 소옥의 등 복판을 쪼갤 듯 덮쳐들었다.

이를 악문 소옥이 침상보를 잡아채며 그 위로 뒹굴었다. 막 침상 위에 내려서서 빗나간 검을 끌어들여 또 한 번의 살검을 쳐내려던 자가 휘청거렸다. 그 잠깐 동안의 빈틈이 소옥에게 실낱같은 희망을 가져다 주었다. 수도(手刀)를 휘둘러 침상 위에 있는 자의 종아리를 후려치며 뒹구는 소옥의 등 뒤 옷자락이 길게 갈라졌고 그 사이로 속살이 드러났다.

"그만!"

문밖에서 거친 외침이 터져 나오더니 한줄기 차가운 빛이 뇌전처럼 뻗어 나와 소옥을 노리고 다시 달려드는 자의 허리를 쳐왔다.

"헛!"

등 뒤에서 집요하게 따라붙던 자가 헛바람을 들이키며 몸을 틀었다.

창—!

높고 맑은 쇳소리가 처음으로 터져 나와 방 안에 가라앉아 있던 음침한 어둠을 조각냈다.

침상 위에 서 있던 자가 소옥을 버리고 몸을 날려 곧장 새로운 침입자에게 덮쳐 들어갔고, 들보에서 뛰어내렸던 자는 이제 침상 위에서 몸을 일으키려는 소옥을 바라보고 부딪칠 듯 달려들었다. 비로소 소옥은 자신을 기습한 자들의 모습을 똑바로 바라볼 수 있었다. 흑의에 죽립을 눌러썼고, 얼굴마저 검은 수건으로 가려서 번쩍이는 두 눈만 드러나 있는 자들. 이곳에 오기 전 개울가에서 마주쳤던 바로 그자들이었다.

"비겁한 동창의 개들!"

이를 뽀드득 간 소옥이 어느새 가슴 앞에 닥쳐들고 있는 검봉(劍鋒)을 두려움없이 잡아갔다. 그녀의 다섯 손가락이 움켜졌다가 활짝 펴지며 일제히 날카로운 지력(指力)을 퉁겨냈다. 옷깃에 닿았던 검봉이 좌우로 흔들리며 찔러오는 곳을 알 수 없게 했다. 그것을 하나하나 깨뜨려 가는 소옥의 하얀 손가락이 춤을 추는 듯했다.

따당, 땅—!

맑은 쇳소리가 연이어 터져 나왔다. 손가락에 실린 소옥의 금황기(金黃氣)가 강철보다 오히려 굳세고 단단했다.

침상 아래에서는 모용탈의 만도(彎刀)가 으스스한 빛을 번쩍이며 흑의인의 전신을 감싸고 있었다. 그 안에 갇힌 자가 발악적으로 검을 어지럽게 뿌려댔지만 한 번도 모용탈의 휘어진 칼에 부딪치지 못했다.

뒤늦게 몸을 날려 달려든 자 또한 마찬가지였다. 모용탈의 칼은 살아 있는 요악(妖惡)한 생명체인 듯 방향과 거리를 종잡을 수 없게 하며 기묘하게 움직여 그 칼날이 닿는 범위를 순식간에 넓혀갔다.

거대한 몸을 이리저리 움직이고 두텁고 딱딱한 팔목을 풍차처럼 휘둘러 눈부시게 칼을 놀리고 있었지만 숨소리 하나 내지 않는 모용탈이었다. 문득 그가 왼손을 불쑥 내밀어 곁에서 내려쳐 오는 검을 잡아갔다. 잘 벼려진 강철의 검과 육장(肉掌)이 부딪치자 퍽, 하는 기이한 소리가 났다. 모용탈은 마치 손에 질긴 교룡피(蛟龍皮)의 장갑을 끼고 있는 것 같았다. 맨손으로 검인을 꽉 붙든 그의 팔뚝에 힘줄이 불끈 일어섰다.

“어?”

검을 내려쳤던 자의 입에서 외마디 경호성(驚呼聲)이 터져 나왔다. 모용탈의 손아귀에 잡힌 검이 마치 나뭇등걸에 깊이 박혀 버린 듯했던 것이다. 온 힘을 다해 팔목을 비틀어보았지만 그것을 움직일 수 없었다. 모용탈의 두터운 입술 끝이 말려 올라갔다.

“흠!”

비웃음이 가득 담긴 콧김을 내뿜은 그가 가볍게 손목을 떨치자 쨍! 하는 날카로운 소리를 내며 검인이 뚝 부러져 나갔다. 놀란 자가 반 도막 남은 검을 쥐고 훌쩍 뛰어 물러섰다.

“돌아간다!”

계획했던 일이 틀려 버린 것을 안 자가 버럭 외치며 땅을 박차고 몸을 날렸다. 그의 신형이 매끄럽게 창틀을 부수고 빠져나갔다. 그러나 만도의 창백한 칼날 아래 갇혀 있는 자는 몸을 뺄 수가 없었다. 그가 필사적으로 난검을 휘두르며 이를 갈았다.

"다음에 보자!"

검을 어지럽게 흔들어 거듭 잡아오는 소옥의 손을 뿌리친 자가 그렇게 외쳤다.

"그럴 것 없어!"

소옥이 표독스럽게 외치며 더욱 다가들었다.

그녀의 오른손은 이제 검자루를 쥐고 있었다. 그것을 뽑아 마주 후려쳐 눈앞에 있는 자의 몸을 두 쪽으로 갈라놓지 않고서는 이 분이 풀리지 않을 것 같았다. 막 풍향검을 뽑으려는데 주춤거리며 물러서던 자가 우수(右手)의 검을 더욱 어지럽게 휘두르며 좌수(左手)를 쭉 내뻗는 게 보였다. 그러자 펄럭이는 소맷자락 속에서 무엇인가가 번갯불처럼 번쩍였다.

핏―!

크게 놀란 소옥이 급히 머리를 뒤로 젖혔다. 작고 날카로운 파공성과 함께 그녀의 턱을 스쳐 날아간 것은 수전(手箭)이었다. 간발의 차이로 미간이 꿰뚫리는 것은 면했으나 가슴이 크게 떨렸다. 놀람으로 턱에 화끈거리는 통증마저 느끼지 못했다. 흑의인의 암습에 분노한 소옥이 '죽일 놈!' 하고 소리쳤을 때는 그의 모습도 창문 너머로 사라지고 없었다.

순식간에 일어났고 또 눈 깜짝할 사이에 사라져 버린 그 일련의 위기가 꿈속인 것처럼 그녀를 어리둥절하게 했다. 대체 무슨 일인가? 하는 의아함이 가시지도 않았는데 뒤에서 참혹한 비명이 들려왔다. 깜짝 놀란 소옥이 두 손에 잔뜩 내력을 갈무리하고 획 돌아섰다.

"아!"

　너무도 참혹한 모습에 소옥은 그만 굳어진 듯 온몸을 경직시킨 채 움직이지 못했다. 거기 모용탈의 만도에 갈기갈기 찢겨 해체되는 흑의인이 있었던 것이다.

　번쩍이는 칼이 눈에 보이지도 않을 만큼 현란하게 허공을 난도질하고 있었다. 수백 수천 개의 크고 작은 원들이 허공을 가득 뒤덮었다. 하나의 원이 그려질 때마다 잘게 절단된 뼈와 살 조각들이 떨어져 내렸다. 서걱서걱 하는 끔찍한 소리가 귀에 들렸다.

　우막(雨幕)처럼 자욱이 앞을 가린 피보라 속에서 흑의인은 형체를 잃어버리고 있었다. 건장하던 그의 몸이 머리통만 남아 쿵, 하고 바닥에 떨어지기까지는 두어 번 눈을 깜박일 시간밖에 걸리지 않았다. 그러나 그것이 소옥에게는 억겁(億劫)이나 되는 것처럼 길고 지루하게 여겨졌다. 그것을 다 보고 있어야 한다는 것이 더욱 그녀를 겁에 질리게 했다.

　후두두둑―!

　허공에 걸려 있던 육편(肉片)들이 혈우(血雨)에 섞여 요란한 소리를 내며 떨어졌다. 우박이 쏟아지는 것 같았다.

　“저, 저건 사람이 아니야…….”

　소옥이 새파랗게 질린 얼굴로 주춤주춤 물러섰다. 온몸에 피를 뒤집어쓴 모용탈이 그녀를 보고 히죽 웃었던 것이다.

　“다른 놈들은?”

　그가 만도를 털어 피를 뿌려내며 그렇게 물었다. 감정이 실려 있지 않은 억양이었다. 막 돼지를 잡고 난 푸줏간의 백정이라고 할지라도 저처럼 태연하지는 않을 것이었다. 옷소매를 들어 얼굴에 튄 피를 닦아내며 투덜거리는 모용탈을 보던 소옥이 두 손으로 얼굴을 가린 채 주저앉고 말았다.

"악마야, 저건 사람의 탈을 쓰고 있는 야차(夜叉)가 틀림없어……."

소옥의 가늘게 떨리는 중얼거림이 무거운 침묵 속에서 더 무겁게 들려왔다. 잔뜩 웅크리고 주저앉은 채 파들파들 떨고 있는 그녀를 물끄러미 바라보던 모용탈이 쯧, 하고 혀를 찼다.

한참이 지났지만 한쪽 구석에 웅크리고 앉은 소옥은 좀체 움직이려고 하지 않았다. 자신의 몸에서 멈추지 않고 흘러내리는 피로 인해 그녀의 엉덩이 밑이 흥건히 젖었다. 그녀는 자신이 그 핏물 위에 주저앉아 있다는 것도 모르고 있었다. 점점 풀려가는 눈을 한 채 움찔움찔 떠는 것이 너무 놀라 넋을 잃은 사람처럼 보였다.

그녀가 스스로 일어서기를 무료하게 기다리던 모용탈이 포기했는지 엉망으로 어지럽혀져 있는 방 안을 어슬렁거리기 시작했다.

"흠, 이건 지금 떨어진 피가 아니로군. 꽤 오래된 것이야."

허리를 구부정하게 숙이고 침상 아래에 번져 있는 혈흔(血痕)을 살펴보던 모용탈이 그렇게 중얼거렸다. 그가 다시 침상 위와 휘장 등에 묻어 있는 검붉은 핏자국들을 세심하게 살펴보았다.

"이봐, 네 사부는 죽었는가 보다."

그가 머리를 설레설레 젓고 나서 소옥을 돌아보며 말했다. 점점 고개를 떨구어가던 소옥이 깜짝 놀라 번쩍 머리를 들었다. 가라앉아 가던 의식을 되찾자 흐려지던 눈에도 다시 감정이 되살아났다. 그것은 아직도 사라지지 않은 두려움이었고 의아함과 분노와 절망이 복잡하게 뒤얽혀 있는 그런 것이었다.

"그, 그럴 리가 없어……. 사부님은, 사부님은……."

결코 누구에게 살해당할 분이 아니라고 말을 하려다가 멈추고 말았다. 빤히 바라보고 있는 모용탈의 무정한 눈과 마주친 것이다. 그가 보여주었던 악마 같은 짓을 떠올리자 진저리가 쳐졌다. 이처럼 무지막지하고 잔혹하기 짝이 없는 자에게 걸린다면 그 누구라도 오금이 저려 제대로 싸워보지도 못하고 말 것이라는 생각이 들었다. 그러자 모용탈의 발 아래 형체도 없이 흩어져 있는 골육(骨肉)의 파편들이 사부의 것인 듯한 착각이 들었다. 그것이 소옥에게 끔찍한 환상으로 다가왔고 더 큰 불안과 공포와 절망을 가져다 주었다.

"음……."

그녀의 흐려지는 의식 속에서 사부가 처참하게 죽어가는 환상이 끊임없이 새롭게 만들어졌다. 그것으로부터의 공포를 견디지 못한 소옥이 기어이 낮은 신음을 흘리고 모로 쓰러져 의식을 잃었다. 지나친 출혈로 인해 몸과 정신이 약해질 대로 약해져 있었던 것이다.

"저런, 악착같은 여나찰(女羅札)인 줄 알았더니 형편없는 약골이었군."

한심하다는 듯 바라보던 모용탈이 성큼성큼 걸어와 피가 엉겨 붙어 있는 손으로 소옥을 안아 일으켰다. 그녀의 상처에서 흘러내리고 있는 더운피가 새롭게 모용탈의 손을 물들였다.

"이 지경이 되고서도 지혈할 생각마저 하지 못하고 있었다니……. 쯧, 영 형편없는 풋내기야."

'비가 오나?'

소옥은 그렇게 생각했다. 먼 데서 희미하게 아침의 빛이 밝아오듯 그녀의 의식이 조금씩 살아나고 있었다. 그러자 귓가에 무엇인가를 두드리는 듯한 소리가 아득히 들려왔다. 차양 위에 떨어지는 빗소리 같기도 했고 창문에 모래가 뿌려지는 소리 같기도 했다.

서늘한 바람이 불어와 그녀의 이마를 식혔다. 이제는 좀 더 명료해진 그녀의 의식이 꿈틀거리며 깨어나기 위해 기지개를 켰다. 따뜻한 기운 한줄기가 볼을 훈훈하게 하며 지나갔다. 그리고 오랜 잠 속에서 깨어나듯, 가위눌리던 지루한 꿈에서부터 비로소 풀려나 한숨을 쉬듯 소옥이 천천히 눈을 떴다. 흐려진 시야에 어둠이 가득 담겨들었다.

조금씩 사물에 대한 초점이 맞추어졌다. 가장 먼저 보인 것은 이마 위에 가득히 박혀 있는 총총한 별떨기들이었다. 맑고 깨끗한 밤하늘 속에서 그것들이 물방울처럼 맺혀 흔들리고 있었다. 은하수가 있었고, 그것을 가로질러 반짝이는 삼성(三星)이 있었다. 먼 산마루를 향하고 유성 하나가 긴 꼬리를 끌며 떨어져 내렸다.

'어디서 누가 또 죽었나 보다.'

문득 그런 생각이 들었다. 그러자 사부에 대한 불길함이 다시금 사나운 불길이 되어 그녀의 정신을 태워 버렸다.

"아, 사부!"

깜짝 놀란 소옥이 크게 부르짖으며 벌떡 상체를 일으켰다. 주위를 둘러싸고 있던 막막한 어둠의 장벽들이 어지럽게 흩어져 물러섰다. 그녀가 일어서는 바람에 흔들린 듯 불 그림자가 크게 일렁였던 것이다. 소옥은 자신이 모닥불 곁에 누워 있었다는 것을 알았다. 그녀의 눈에 바위처럼 단단한 가슴을 보이고 앉아 있는 한 사람이 들어왔다. 일렁거리는 모닥불의 주황색 불꽃 건너편에서 그의 번쩍이는 눈이 빤히 바라보고 있었다.

"모용탈!"

그것을 본 소옥이 숨을 들이키며 다시 소리쳤다.

"깨어났군. 다행이야."

그가 불길 속에서 큰 입을 벌리고 웃었다. 주황색으로 물든 이빨들과 붉은 입속이 드러나 보였다.

"아―!"

다시 어지러움이 밀려들었다. 얼굴을 감싸 쥐고 한동안 마음을 가라앉힌 소옥이 천천히 눈을 들어 그를 마주 보았다. 모용탈은 이제 연기를 피해 얼굴을 외로 튼 채 잔뜩 눈살을 찌푸리고 있었다. 그가 불쏘시개를 들어 모닥불을 뒤적거렸다. 타닥거리는 소리들과 함께 수많은 불똥들이 피어 올라 깜박이며 밤하늘 멀리 퍼져 나갔다.

소옥은 빗소리처럼 들었던 그것이 모닥불이 타는 소리였다는 것을 알았다. 다시 온몸의 감각들이 살아나면서 볼과 턱과 등에 나 있는 상처들이 몹시 쓰라려 왔다. 그 고통이 그녀의 정신을 맑아지게 해주었다. 머리 속으로 지난 일들이 빠르게 스쳐 지나갔다.

소옥은 불 건너편에 앉아 물끄러미 바라보고 있는 모용탈에게서 평온함을 느꼈다. 그건 참으로 묘한 일이었다. 그에게서 악마와 같은 잔혹함을 보았던 짓이 꿈속에서의 일인 듯만 싶었다.

"당신이 나를 치료해 주었나요?"

"죽으면 안 되니까. 그래서는 네가 나를 단목 영주에게 데려갈 수 없잖아?"

한동안 그를 노려보던 소옥이 불쑥 손을 내밀었다.

"먹을 게 있으면 좀 주세요."

의외라는 듯 빤히 바라보던 모용탈이 소리없이 웃고 품에서 건량을 꺼내 던져 주었다. 딱딱하게 마른 육포를 찢어 억지로 씹던 소옥이 턱으로 술 호로를 가리켰다. 모용탈이 곁에 놓아두고 있던 그것을 말없이 던져 주었다. 육포를 씹고 술을 몇 모금 마시자 마음이 한결 안정되었다. 먹고 마시기를 마친 소옥이 불을 마주하고 앉아 지그시 눈을 감고 운기조식에 들어갔다. 그런 그녀를 바라보는 모용탈의 눈 속에 묘한 빛이 담겨 일렁였다.

한밤의 깊은 고요 속에서 얼마나 시간이 지났을까. 소옥이 눈을 떴다. 정기가 번쩍이는 눈빛이 새벽 이슬처럼 깨끗하게 살아나 있었다. 대주천(大周天)을 두 번 하고 나자 몸 안에 진기가 충만하게 차 올랐고 기식(氣息)이 안정되어 정신이 맑아졌다. 날아갈 듯 가벼워진 몸과 마음을 더욱 들뜨게 하며 뜨거운 기운 한줄기가 정수리 위로 치솟아 올라오더니 뚫고 나갈 곳을 찾지 못해 머뭇거렸다. 소옥이 붉은 입술을 살짝 벌리고 그 기운을 토해냈다.
휘이익—!
한 가닥 높으며 맑고 청아한 휘파람 소리가 밤하늘 끝까지 달려 올라갔다.
"음?"
그 소리를 들은 모용탈이 눈을 크게 뜨고 소옥을 바라보았다. 불길을 담고 있는 그의 눈동자가 불보다 더욱 이글거렸다. 그는 소옥의 휘파람 소리에서 그녀가 이미 상승(上乘)의 공력을 닦았다는 것을 알았다. 소옥의 나이를 감안할 때 그것은 놀랄 만한 일이었다.
서늘한 기운을 갈무리한 소옥의 눈이 활활 타오르는 모닥불을 뚫고 모용탈을 뚫어지게 바라보았다. 침중하게 가라앉아 있는 안색에서 그녀의 화후(火候)가 오묘(奧妙)한 지경에 들었음을 느낀 모용탈이 머리를 끄덕였다. 그의 눈에 숨길 수 없는 감탄이 어려 있었다.

"흐음, 뜻밖이군. 너의 공력이 벌써 무쌍경(無雙境)을 바라보고 있을 줄이야……."

구미가 당긴다는 듯 눈빛에 더욱 힘을 실어 노려보며 어깨를 번갈아 움찔거리는 것이 당장에라도 자리를 박차고 일어나 칼을 맞대보고 싶은 모양이었다. 마음속에 이는 불 같은 충동을 애써 눌러 참기가 괴로운 듯 그가 휴, 하고 길게 한숨을 쉬었다.

소옥이 검을 쥐고 벌떡 일어섰다. 허리띠를 꽉 조이고 늘어진 옷소매와 바지 자락을 단단히 동여맨 그녀가 아무 말 없이 돌아서서 어둠을 바라보고 성큼성큼 걸어갔다.

"이봐, 어딜 가는 거지?"

모용탈도 풀어두었던 그의 만도를 거머쥐고 일어섰다.

"사부님을 찾으러."

소옥이 돌아보지도 않은 채 어깨 너머로 말을 던졌다. 감정이라고는 조금도 실려 있지 않은 건조한 음성이었다.

어둠을 뚫고 달려가는 소옥의 뒷모습이 마치 먹이를 찾아 울창한 숲 속을 소리없이 날아가는 커다란 올빼미 같았다. 바람을 맞아 부푼 옷자락이 펄럭거리지 않았더라면 모용탈은 이 어둠 속에서 그녀의 뒤를 따르는 데 많은 애를 먹었을 것이다.

그녀의 등을 노려보며 모용탈은 소옥이 너무 크게 흥분하고 분노한 나머지 오히려 지나칠 만큼 침착해졌다는 것을 알았다. 소리없는 분노가 언제나 더 큰 법이고 드러나지 않는 증오가 훨씬 더 무서운 법이다. 소옥의 군은 침묵과 단단하게 닫혀 버린 듯한 뒷모습에서 모용탈은 그녀의 분노와 증오를 낱낱이 읽었다.

'이건 재미있겠는걸?'

그녀가 향하고 있는 곳이 형산파(衡山派)가 있는 운추봉(雲推峰) 방향이라는 것을 알고 문득 그런 생각이 들었다. 소리없이 웃는 모용탈의 흰 이가 어둠 속에서 반짝였다.

*　　　　　*　　　　　*

"음, 지독한 년이다."

장우춘(張宇春)이라고 불리는 사내는 제독태감(提督太監) 장가령(長可寧)의 십이호법사자(十二護法使者) 중 여섯 번째 서열에 있었다. 그래서 그들 사이에서는 이름보다 육형(六珩)이라는 호칭으로 더 잘 통하는 그가 얼굴을 온통 일그러뜨린 채 중얼거렸다.

가슴을 문지르고 기식을 조절하기 위해 애쓰면서 그는 소옥과 격돌하던 때를 더듬어 생각해 보았다. 들보에서 뛰어내려 그녀에게 일검을 찔러 넣었을 때 그것을 때려오던 소옥의 하얀 손가락들이 떠올랐다. 검을 두드리던 그것에 실린 힘이 상상 이상으로 단단했다. 그때 그녀의 강한 내력이 검신을 타고 맥도(脈道)에 스며든 것이다. 그 자리에서는 몰랐는데 시간이 지나고 나자 기혈의 운용이 자유롭지 못했다. 가슴 깊은 곳에 울혈(鬱血)이 생긴 듯 거북하고 답답했다. 검을 거두고 물러서는 것이 조금만 더 늦었더라도 지금보다 심각한 내상을 입었을 것이라고 생각하자 마음이 무거워졌다.

"아무래도 이 일은 쉽지 않겠다."

숨을 깊이 들이쉬고 내뱉기를 거듭하다가 가까스로 말했다.

화톳불에 감자를 굽고 있던 자가 침울한 얼굴을 들어 그를 바라보았다. 칠형(七珩)으로 불리는 옥당군(玉唐君)이었다.

"육형, 내상이 심하오?"

"이틀 정도 정양(靜養)하면 될 거다."

고개를 한번 끄덕인 옥당군이 다시 화톳불을 바라보았다.

감정을 죽이는 혹독한 훈련을 받은 탓에 십이호법사자들은 모두가 말없는 자들이 되어 있었다. 그중에서도 칠형 옥당군은 더 심했다. 그런 그가 한마디 했다는 것은 그만큼 장우춘의 상세를 염려한다는 뜻이었다.

음, 하고 침음성을 흘린 장우춘이 가슴을 문지르던 손을 멈추고 화톳불가에 다가앉았다. 옥당군이 그에게 알맞게 익은 감자 한 덩이를 건넸다.

네 명이 함께 왔으나 이제 남은 건 그들 두 명뿐이었다. 개울가에서 소옥에게 사형(四珩)이 덧없이 죽었고, 지난 낮에 모용탈의 손에 오형(五珩)이 죽은 것이다. 언제나 죽음을 곁에 두고 사는 그들이었지만 화톳불을 쬐고 앉아 있자 죽은 자들의 모습이 더욱 선연하게 떠올라 마음이 무거웠다.

묵묵히 감자 껍질을 문질러 벗기던 옥당군이 장우춘을 흘깃 바라보았다.

"돌아가시겠소?"

장우춘이 흠칫 놀라 막 입에 넣으려던 감자를 멈춘 채 옥당군을 직시했다. 그의 눈 속에 점점 분노와 적의의 빛이 떠올라 숯불처럼 이글거렸다.

"나를 무시하는 거냐?"

옥당군이 그 말에는 대꾸하지 않고 시선을 비끼며 피식 웃었다. 들고 있던 감자를 내동댕이친 장우춘이 노하여 소리쳤다.

"받은 명은 무슨 일이 있어도 수행한다!"

"그럼 됐소."

고개를 끄덕인 옥당군이 다시 감자를 주워 흙을 털어내고 장우춘에게 건넸다.

"모용탈과 계집을 반드시 죽이고 말 거요."

그가 스산한 음성으로 중얼거렸다. 감자를 씹으며 장우춘은 다음에 다시 소옥을 만났을 때 자신이 죽을 것임을 알았다. 그리고 그 대가로 옥당군이 기어이 그 사나운 년을 죽여 복수해 줄 것이라고 믿었다.

'그러면 된다. 더 이상은 없다.'

그가 어금니를 질끈 물고 그렇게 결심했다. 죽는 것은 언제나 망설이지 않고 선택할 수 있었다. 명을 수행하지 못하고 목표한 자를 죽이지 못했을 때 받는 수치감이 그것보다 훨씬 더 고통스럽다는 것을 알기 때문이다. 그 고통마저도 드러내지 않은 채 여전히 무감정한 모습을 보이고 있는 옥당군이 부러웠다.

'이놈은 어느새 우리 모두를 능가하고 있었군.'

그 생각이 장우춘에게 잘 구워진 감자의 고소한 맛을 느끼지 못하게 했다.

날이 밝아오고 있었다. 화톳불도 잦아졌고, 이글거리던 숯 덩이도 이제는 재가 되어가고 있었다. 안개가 느리게 밀려와 옷자락을 적시며 쌓여갔다.

그때까지 장우춘과 옥당군은 아무 말도 하지 않았다. 멀리서 희미한 닭 울음소리가 산비탈을 타고 올라왔다. 가만히 그 소리를 듣고 있던 옥당군이 먼저 몸을 일으켰다.

"사흘 후 우성촌(禹性村)에서 봅시다."

적당한 곳을 찾아 이틀 동안 정양하여 내상을 다스린 다음에 산 아래에서 만나자는 말이었다. 장우춘이 잔뜩 찌푸린 얼굴로 묵묵히 고개를 끄덕였다. 모용탈의 손에 부러져서 이제는 반 토막만 남아 있는 검을 한번 바라본 옥당군이 미련없이 그것을 숲 속 멀리 던져 버리고 반대 편으로 휘적휘적 걸어 멀어져 갔다. 짙은 숲과 안개에 가려져 점점 사라져 가는 그의 뒷모습을 바라보던 장우춘이 한숨을 쉬고 머리를 설레설레 저었다.

*　　　　　*　　　　　*

희미한 새벽빛을 뚫고 소옥의 눈빛이 시퍼런 빛을 뿜어냈다. 그녀의 앞을 막아서고 있는 세 명의 형산파 문도들이 긴장과 적의를 드러내며 이를 갈았다. 소옥의 발 아래 쓰러져 있는 청년의 가슴에서는 아직도 더운피가 콸콸 흘러나오고 있었다. 고통스럽게 신음하며 간헐적으로 몸을 꿈틀거리는 것이 아직 숨이 끊어지지는 않은 모양이었다.

"대체 어떤 년이기에 이처럼 무도하단 말이냐!"

삼십 대 중반으로 보이는 중년인이 검을 흔들며 선뜻 나서서 눈을 부라렸다. 그의 어깨 너머로 약왕전(藥王殿)의 높은 지붕이 보였다. 소옥의 표독스럽게 빛나는 눈이 중년인에게 똑바로 향했다. 그녀가 검끝을 가볍게 흔들어 그의 가슴을 가리키며 소리쳤다.

"나는 오늘 반드시 형산파를 피로 씻고 말겠다! 가로막는 자는 모두 죽을 뿐이다!"

"흥! 냄새 나는 어린 계집이 겁도 없군. 감히 본 문에 난입해 들어와 난동을 부렸으니 네년에게 돌아갈 것이야말로 죽음뿐이다!"

젊은 청년이 눈을 부라리고 나서서 소옥에게 삿대질을 해대며 마주 소리쳤다.

그들은 형산파의 이대 제자들로서 당직 임무를 맡고 약왕전을 순시하던 중이었는데, 새벽의 어둠을 타고 월장해 드는 소옥을 발견하고 앞을 막아서자 다짜고짜 그녀의 검이 피를 뿌려온 것이다.

청년의 눈에는 영문도 알지 못한 채 사문의 형제 한 명이 그녀의 검에 찔려 중상을 입었다는 것에 대한 분노가 가득 차 있었다. 청년을 노려보는 소옥의 눈에도 분노의 불길이 활활 타올랐다.

"잔소리할 것 없어. 어서 너희 장문인을 데려와!"

"안 되겠다. 말이 통하지 않으니 우선 저 고약한 계집을 잡아라!"

그 말을 기다리고 있었던 듯 두 명의 청년이 검을 휘두르며 곧장 달려들었다. 중년인은 한쪽에 물러선 채 그것을 지켜보며 호시탐탐 기회를 엿보고 있었다.

청년들의 검세를 가만히 지켜보던 소옥이 흥! 하고 코웃음을 쳤다. 제 딴에는 한껏 솜씨를 뽐내는 모양이었으나 그녀의 눈에는 가소롭게만 보일 뿐이었다.

"네놈들에게는 내 검이 아깝겠다."

허공에 검을 휘둘러 등 뒤의 검집에 멋지게 꽂아 넣은 소옥이 두 손을 활짝 벌리고 마주쳐 나갔다. 발을 뻗어 득달같이 달려든 소옥이 좌수를 불쑥 내밀어 왼쪽에서 찔러오는 검을 잡아가며 우수의 수도를 세워 오른쪽에서 후려쳐 오는 검신을 꺾어 쳤다. 땅! 하는 맑은 쇳소리가 났다.

"엇?"

놀란 외침이 터져 나왔다. 단단하고 질긴 청강장검(靑鋼長劍)이 소옥의 손날에 맞자 맥없이 부러져 나갔던 것이다. 무쇠의 질김은 둘째 치더라도 탄력이 커서 무딘 손날에 맞아 부러질 리가 없는 그것이 단번에 꺾여 버렸다는 것이 놀라웠다. 그만큼 소옥의 수도에 실린 경력(勁力)이 굳세고 후려치는 수법이 빠르고 정확했던 것이다.

"엇?"

놀람의 외침은 왼쪽에서 달려들던 자와 한쪽에서 지켜보고 있던 중년인의 입에서도 동시에 터져 나왔다. 청년은 자신의 검이 소옥의 손가락 사이에 단단히 껴 잡힌 것을 보고 놀랐고, 중년인은 그녀의 솜씨가 이처럼 교묘하고 수법이 고절(高絶)하다는 데에 놀라고 있었다.

"물러서라!"

그가 크게 외치며 검을 휘둘러 급히 들이쳤다. 놀란 청년이 소옥의 손에 잡혀 요지부동인 검을 버리고 뛰어 물러섰다. 그 자리를 메우고 달려든 중년인이 손목을 떨쳐 다섯 송이의 검화(劍花)를 점점이 피워 올렸다. 날카롭고 굳센 검봉이 곧장 소옥의 가슴 앞 요혈들을 노리고 쇄도해 들었다. 그녀의 손에 일패도지(一敗塗地)한 세 명의 청년들보다는 확실히 고명한 수법이었다.

"흥!"

차갑게 코웃음 친 소옥이 한 발을 슬쩍 들어 사내의 정강이를 걸어차며 왼손을 바깥으로 힘껏 뿌렸다. 굳세고 질기기 짝이 없는 곤륜의 미타금강기(彌陀金剛氣)를 한껏 운용하여 경력에 실어 보내자 우르릉거리는 뇌음(雷音)이 은은하게 퍼져 울렸다.

"음—!"

가슴을 답답하게 눌러오는 소옥의 굳센 장력을 견디지 못한 사내가 검을 떨어뜨리고 물러섰다. 그 순간 소옥의 발이 사내의 정강이를 힘껏 걷어버렸다. 우지끈 하고 뼈가 부러지는 소리가 났다. 사내가 억! 하는 비명을 지르며 뒤로 나뒹굴어 다리를 감싸 안고 데굴데굴 굴렀다. 피가 나도록 악다문 입술 사이로 고통스러워하는 신음이 쉴 새 없이 흘러나오는 것이 견디기 힘든 모양이었다.

"사형!"

넋을 놓고 있던 두 젊은이가 중년인에게 달려갔다. 그들을 흘겨본 소옥이 무릎을 살짝 굽혔다. 앞쪽에 있는 전각(殿閣)의 지붕들을 바라보고 몸을 솟구치려는데 뎅뎅뎅, 하는 종소리가 급박하게 들려왔다. 소옥이 다시 흥! 하고 코웃음을 쳤다. 자신이 뛰어 들어온 것을 이제야 눈치 챈 모양이었다.

아직 잠들어 있는 문도들을 깨우는 경계의 종소리가 틀림없었지만 소옥은 당황하기는커녕 오히려 잘되었다는 듯이 허리를 쭉 펴고 이를 악다문 채 버티고 섰다. 멀리 약왕전 뒤뜰에 있는 커다란 노송의 둥치를 돌아 허둥지둥 달려오고 있는 한 무리의 사람들이 보였던 것이다.

"네년은 누구이기에 감히 본 파에 침입해 들어와 사람을 해친단 말이냐!"

옷자락 펄럭이는 소리와 함께 소옥의 앞에 내려선 청수한 인상의 노인이 눈을 부릅뜨고 질타했다. 벌써 두 명의 제자가 땅에 쓰러져 있는 것을 본 그의 눈이 노기를 가득 담고 이글거렸다.

"당신이 장문인인가요?"

소옥이 조금도 물러서지 않은 채 마주 노려보며 악을 쓰듯 외쳤다.

“허!”

어이가 없다는 듯 바라보던 노인이 두말할 것 없다는 듯 재빨리 나서며 형산파의 절기인 금룡십팔수(金龍十八手)의 수법으로 소옥을 잡아왔다. 그는 여섯 장로 중 한 사람이자 문파 내의 형률(刑律)을 맡고 있는 마계량(馬谿凉)이었다. 성미가 불과 같고 옳고 그름은 반드시 가려내고 마는 강직한 노고수였으므로 강호에서는 그를 추화룡(錘火龍)이라고 부르며 꺼려했다. 이름보다 형산의 까다로운 흑백판관(黑白判官)으로 더 유명했던 것이다.

그 마계량이 마음을 모질게 먹고 한번 손을 펼치자 수법이 매섭고 험악하기 짝이 없었다. 손 그림자가 그물처럼 소옥을 가두었으며, 갈퀴처럼 웅크린 다섯 손가락에서 싸늘한 경기가 뻗어 나와 곧 살을 찢고 뼈를 부술 듯했다.

감히 얕잡아볼 수 없다고 느낀 소옥이 한 걸음 물러서며 육양수(六陽手)와 함께 곤륜의 절기 중 하나인 용호풍운조(龍虎風雲爪)를 펼쳐 허공을 격하고 마주 움켜갔다. 곧 잡아먹을 듯 험악하게 인상을 쓰며 달려드는 노인의 수법이 금나수(擒拿手)인 것을 보고 불끈 오기가 솟구쳐 그녀 또한 사문의 금나수로 대응한 것이다. 내심 형산의 절기가 뛰어난지 자신의 곤륜 절학이 뛰어난지 비교해 보자는 당돌함도 있었다.

두 손을 활짝 펼치고 곧장 부딪쳐 오는 것이 마치 호랑이와 용이 발톱을 세우고 달려들며 할퀴고 찍으려는 것 같았다. 그 기세가 나이 어린 여자답지 않게 웅장하고 드셌다. 위험한 것을 느낀 마계량이 잡아가던 것에서 밀어내는 수법으로 바꾸었다. 부쩍 내력을 돋우어 두 손바닥이 바깥으로 향하게 하여 힘껏 내뻗자 사나운 경기가 파도처럼 소옥을 덮어갔다.

“이얏!”

소옥의 입에서 낭랑한 기합성이 터져 나왔다. 내력으로 단번에 눌러 버리겠다는 마계량의 변화를 눈치 챈 그녀 또한 망설이지 않고 두 손에 금황기를 힘껏 불어넣어 부딪쳐 갔다. 두 사람의 내력이 허공을 격하고 서로 섞이자 산사태가 나는 듯 우르릉거리는 소리가 터져 나와 지켜보고 있는 사람들의 귀를 먹먹하게 했다.

마계량은 크게 놀랐다. 그가 더욱 힘을 써 내력을 쏟아내며 눈을 부릅뜨고 소옥을 자세히 바라보았다. 뺨에 길게 나 있는 검상이 얼마 전의 것인 듯 아직도 피가 말라붙어 생생해 보였다. 게다가 턱에도 뻗어 나간 한줄기 상처가 드러나 있어서 매끄러운 윤곽과는 달리 거칠기 짝이 없어 보이는 용모였다. 더구나 새집처럼 마구 헝클어져 날리고 있는 머리카락과 피 냄새가 배어 있는 낡은 흑의(黑衣)에 이르러서는 이것이 과연 계집인가? 하는 의문이 들었다.

대체 어디서 이처럼 흉악하고 사악한 계집이 뛰쳐나온 건지 알 수 없었다. 그러나 이제 겨우 스물을 갓 넘어 보이는 나이 어린 계집이라고 얕잡아볼 수는 없었다. 소옥의 험악한 몰골도 그렇지만, 그녀의 장력에 실려 있는 굳센 기운이 가슴을 떨리게 했던 것이다.

“이얍!”

어린 계집에게 낭패를 당할 수 없다고 여긴 마계량이 필생의 공력을 두 손에 모아 맹렬하게 쳐냈다. 핏발 선 눈을 부릅뜬 소옥도 진기를 더욱 끌어올려 장력에 실어 쳐 나갔다. 그녀의 몸 안에 가라앉아 있던 크고 두터운 진기들이 불길처럼 용솟음치며 들끓어 올랐다.

생사현관이 타통된 이래 아직 한 번도 이와 같이 전력을 다하여 진기를 끌어내 본 적이 없었다. 그것이 외부의 자극을 받아 스스로 반응

하며 일어서자 걷잡을 수 없이 타오르는 건초 더미에 기름을 부은 것 같았다.

꽝—!

마침내 두 사람의 장력이 한 치의 양보도 없이 곧장 부딪쳤다. 커다란 바위가 깨지는 것 같은 폭발음이 터져 나왔다. 소용돌이치는 경풍이 자욱이 모래 먼지를 말아 올렸고 은은한 우렛소리와 날카로운 파공성이 귀청을 찢을 듯 쏟아져 나왔다.

"우욱—!"

한 치 앞을 분간할 수 없는 모래바람과 경기의 폭풍 속에서 답답한 신음성이 들렸다. 그 무지막지한 기파(氣波)의 소용돌이에 밀려 옷소매로 얼굴을 가리며 분분히 물러서는 사람들의 눈에 비틀거리며 폭풍의 권역(圈域) 밖으로 물러 나오고 있는 마계량의 모습이 보였다.

흰빛이 많이 섞여 있던 그의 탐스러운 수염은 토해진 피로 인해 붉게 물들었고, 아직도 온몸에 끌어올려 갈무리하고 있던 내력이 소진되지 않은 듯 장포 자락이 부풀어 오른 채 펄럭였다. 가슴 앞에 두 손을 모아 혹시 있을지 모르는 소옥의 공격에 대비하고 있었는데, 낯빛이 창백하게 탈색된 것이 심상치 않은 내상을 입은 듯했다.

앞뒤로 상체를 끊임없이 흔들어 일장의 격돌로 인해 입은 충격을 완화시키고 있는 그의 앞으로 서서히 소옥의 모습이 드러났다. 그녀의 머리카락들이 올올히 곤두서 있었다. 부릅뜬 눈에 핏발이 더욱 선명하게 일어섰고, 두 손을 늘어뜨린 채 거친 어깨 숨을 몰아쉬고 있는 것이 그녀 또한 만만치 않은 충격을 입은 것 같았다.

그 두 사람의 처절한 모습을 보며 중인(衆人)들은 모두 입만 딱 벌린 채 말을 잊고 말았다. 설마 저 연약한 소녀가 마계량과 순수하게 내력으로 겨루어 그를 물리쳤다는 것이 믿어지지 않았던 것이다. 무겁고 답답한 침묵이 영원히 계속될 듯 흘렀다. 그리고 그 침묵을 딛고 저벅저벅 다가오는 발자국 소리가 들려왔다.

모용탈이었다.

허리에 매달려 있는 만도가 한가롭게 흔들리는데 그가 마치 제 집에 찾아온 자처럼 아무 거리낌 없이 무리들을 헤치고 나섰다. 그를 알아본 사람들의 얼굴에 다시 한 번 경악과 긴장의 빛이 짙게 떠올랐다.

"이봐, 대체 여기서 뭘 하고 있는 거지?"

마계량을 밀쳐 낸 모용탈이 소옥을 가로막고 서서 눈을 부라리며 꾸짖듯 말했다. 그의 거친 손길에 옆으로 밀려난 마계량의 얼굴이 보기 흉하게 일그러졌다. 많은 문하 제자들 앞에서 소옥의 손에 패한 것만 해도 가슴이 찢어질 만큼 괴로운 일이었는데 모용탈에게 수모까지 당하고 나자 견딜 수 없었다.

"너! 네놈이 감히 나를……!"

차마 말을 다 하지 못한 채 두 주먹을 불끈 쥐고 수염을 부르르 떨었다. 치밀어 오르는 분노가 이제는 수양이 깊은 마계량의 이성을 잃게 했다. 아직 뒤틀린 내부가 안정되지 않았고 들끓는 진기의 요동을 바로잡지 못했지만 그런 사실마저 잊었을 만큼 마계량의 분노는 극에 달하고 말았다. 그런 마계량을 빤히 바라보며 모용탈이 이죽거렸다.

"나에게 한 말이냐? 그렇다면 얌전히 기다리고 있어라. 저 계집과의 일을 마치고 나서 너를 상대해 주마."

"이, 이, 찢어 죽일 놈!"

평소에도 불 같은 성미로 유명한 마계량이었다. 더 견디지 못한 그가 몸을 기울이며 팔권육각(八拳六脚)을 소나기 퍼붓듯 때려냈다. 솜씨가 번개 같고 치열하기가 맹렬히 타오르는 불길 같았다.

형산파가 자랑하는 수의삼십육권(水懿三十六拳)의 절기는 한번 펼쳐지면 초식이 수미일관(首尾一貫)하여 어떤 상황에서도 끊기거나 막히는 법이 없는 면면부절(綿綿不絶)함으로 이름 높았다. 거기에 마계량의 노화가 덧붙여지자 이제 그것은 둑을 무너뜨리는 거센 격랑이 되어 숨 쉴 틈 없이 모용탈을 두드려 갔다.

"허!"

깜짝 놀란 모용탈이 눈을 휘둥그레 뜨고 연달아 물러서며 어지럽게 두 팔을 휘두르고 발을 놀렸다. 그러나 벼락 치듯 무섭게 쏟아져 들어오는 마계량의 주먹과 발을 다 막고 피할 수는 없었다. 경각심을 높인 모용탈이 그의 독문신공(獨門神功)인 천마대력(天魔大力)을 한껏 끌어올려 몸에 가해지는 충격을 받아냈다.

퍽퍽퍽—!

미처 막아내지 못한 주먹과 발길질이 그의 깍지동이 같은 몸 이곳저곳에 작렬할 때마다 몽둥이로 나무 둥치를 두드리는 듯한 소리가 났다. 일권 일각에 맞을 때마다 모용탈의 몸이 움푹움푹 패어 들어갔다. 여섯 걸음을 밀려난 모용탈이 음! 하고 온몸에 터질 듯 힘을 불어넣으며 버텼다. 그러자 크고 굳센 그의 공력이 마계량의 힘을 눌렀다.

눈 깜짝할 사이에 삼십육권(三十六拳)을 퍼부은 마계량이 거친 숨을 헐떡이며 움직임을 멈추고 모용탈을 바라보았다. 자신의 수의삼십육권을 맨몸으로 거뜬히 받아내는 자가 있다는 것이 또 한 번 그에게 놀라움과 좌절을 가져다 주었다.

그가 다시 검붉은 선혈을 울컥울컥 토해내 앞자락을 적셨다. 소옥과

의 격돌에서 입은 내상을 다스리기도 전에 무리하게 내력을 사용한 탓에 상세가 더욱 나빠진 것이다. 모용탈 또한 숨 돌릴 틈 없이 몰아쳐 온 마계량의 수의권에 의해 입은 충격을 가라앉히기에 여념이 없었다. 험악한 인상을 더욱 찡그린 채 몇 번 몸을 떨고 손발을 털어 뭉친 근육을 푼 그가 마계량을 노려보며 이를 부드득 갈았다.

침입자가 있음을 알리는 경종 소리를 듣고 급히 몰려온 형산 문하 제자들이 서른 명이나 되었지만 누구도 감히 나서서 마계량과 모용탈 사이에 끼어들 엄두를 내지 못했다. 마계량보다 배분이 높은 자도 없었으려니와 그들의 싸움을 지켜보며 그 흉맹함에 질려 버렸던 것이다.

"늙은이, 이제 다 했으렷다!"

먼저 기력을 되찾은 모용탈이 사납게 소리치며 나섰다. 비로소 여유를 갖게 된 그의 오른손이 칼자루를 잡았다. 한쪽에서 그들의 싸움을 지켜보던 소옥의 얼굴에 다시 공포의 기색이 떠올랐다. 풍향곡의 모옥 안에서 모용탈의 칼이 보여주었던 그 끔찍한 광경을 아직도 잊지 못하고 있었던 것이다. 그녀의 머리 속에 그가 칼을 뽑지 못하게 해야 한다는 생각이 꽉 들어찼다. 그러나 그녀는 선뜻 움직이지 못했다. 몸과 마음을 무겁게 내리누르며 발목을 붙잡고 있는 두려움 때문이었다.

만도를 뽑아 든 모용탈이 두 걸음을 크게 떼어놓자 마계량의 가슴 앞에 이르렀다. 그가 힘껏 칼을 휘둘러 목을 쳐갔다. 싸늘한 칼빛이 얼굴을 덮어오자 움찔 놀란 마계량이 급히 숨을 멈추며 술에 취한 사람처럼 비틀거렸다. 경황 중에도 십이둔천보(十二遯天步)를 밟아 몸을 흔들고 이리저리 뛰고 맴도는 것이 교묘하기 짝이 없었다.

그러나 마계량의 내상은 이제 심각한 지경에 이르러 있어서 진기의 흐름이 면면히 이어지지 못했다. 사납게 몰아치는 모용탈의 날카로운 만도를 피해 서너 번 움직이자 가슴이 꽉 막히고 다리가 후들거려 왔다.

"형산에서 갈고닦았다는 늙은이의 재주가 고작 그것뿐이냐?"

모용탈이 그런 마계량을 비웃었다. 그의 칼이 노인을 비웃듯 이리저리 휘어져 쓸며 옷자락을 가늘게 베어내고 있었다. 허공에 분분히 날리는 천 조각들이 꽃송이인 듯했다.

"좋다. 이 추화룡(錘火龍) 마계량(馬谿凉)이 오늘 여기서 네놈의 손에 죽으리라!"

거듭되는 모멸감을 참지 못한 마계량이 가슴을 움켜쥐고 종이 깨지는 듯한 소리로 외쳤다.

"좋다. 이 금적비마(金狄飛魔) 모용탈(慕容奪)이 오늘 여기서 네놈을 죽이리라!"

비장함이 지나쳐 처연해 보이기까지 하는 마계량을 끝까지 조롱하겠다는 듯 모용탈이 그의 말투를 그대로 흉내 내 외치며 더욱 매섭게 몰아쳤다. 그의 칼이 허공을 한번 휘젓고 나서 조금의 사정도 없이 마계량의 몸을 향해 내려쳐졌다. 마계량은 더 대항해 봤자 흉한 모습을 보일 뿐이라는 것을 느낀 듯 움직임을 멈춘 채 우뚝 멈추어 서버렸다. 찢어질 듯 부릅뜬 그의 핏발 선 눈만이 모용탈을 똑바로 노려볼 뿐이었다.

바라보고 있던 형산파의 무리들이 일제히 악! 하고 비명을 질렀다. 그 소리에 깜짝 놀라 정신을 차린 소옥이 이를 악물었다. 가까운 곳에 있던 세 명의 젊은 제자들이 검을 휘두르며 불나방처럼 모용탈의 칼바람 속으로 뛰어드는 모습이 보였던 것이다.

"사숙을 건드리지 마라!"

"무례한 놈!"

절규에 가까운 그들의 외침이었지만 그것만으로는 모용탈의 칼을 멈추게 할 수 없었다. 오히려 더욱 흥이 난 모용탈이 몸을 휙 틀며 그들을 향해 칼을 뿌렸다. 차가운 칼빛이 새벽빛이 물들어오는 허공에 무지개처럼 걸렸다.

쨍, 쨍, 하는 쇳소리와 으악! 하는 비명 소리가 동시에 터져 나왔다. 천마금도(天魔金刀)로 불리는 모용탈의 만도(彎刀)에 두 자루의 검이 간단히 잘려 나갔고, 가장 먼저 그에게 검을 찔러 넣었던 자는 검과 함께 팔꿈치마저 깨끗이 잘려 떨어졌다.

비명과 함께 선연한 핏줄기가 허공에 뿌려졌다. 얼굴에 튄 뜨거운 핏방울과 그 냄새가 모용탈의 살기를 더욱 부채질했다.

"기다려라. 오늘 내가 형산파를 피로 씻어주마!"

외친 그가 어느새 핏빛으로 물든 눈을 번뜩이며 다시 마계량에게로 향했다. 그의 무서움을 한번 본 형산파의 이대와 삼대 제자들은 오금이 저려 감히 움직일 수도 없는 듯 비명과 고함을 질러댈 뿐 나서지 못했다. 마계량은 그러한 것들을 알지 못하는 사람처럼 우뚝 선 채 눈을 감고 흐려진 정신을 애써 붙잡으며 어렵게 운기행공(運氣行功)을 하고 있었다.

소옥은 마계량이 어떻게 될지 머리 속에 선연하게 떠올릴 수 있었다. 그의 육신 또한 말 그대로 천참만륙(千斬萬戮)이 되어 뼈와 살이 조각난 채 허공에 자욱이 뿌려질 게 뻔했다. 이미 움직일 기력마저 잃어버리고 있는 마계량이었으니 더욱 그 끔찍한 주검을 피할 수 없을 것이었다.

소옥은 마계량에 대해서 한 점의 연민도 지니고 있지 않았다. 그것은 마계량뿐만 아니라 형산파 전체에 대한 그녀의 미움이기도 했다. 하지만 눈앞에서 모용탈에 의해 저질러지는 그 처참한 모습을 다시 보게 되고 그래서 또다시 그 잊을 수 없는 지독한 공포와 혐오감에 시달리게 된다는 건 견딜 수 없었다. 형산파가 밉고 싫었지만 모용탈의 만행은 더욱 싫었다.

“에잇!”

입술을 질끈 문 소옥이 등 뒤의 검을 뽑아 들고 모용탈을 향해 몸을 날렸다. 낮고 힘찬 기합성과 함께 그녀의 검끝에서 한줄기 푸른 기운이 뻗어 나가 모용탈을 찔러 들어갔다. 막 마계량을 향해 천마참혼(天魔斬魂)의 도법을 퍼붓기 시작하던 모용탈이 크게 놀라 엇! 하는 괴성을 지르고 급히 도세(刀勢)를 거두어 소옥의 검을 후려쳤다.

쨍―!

한소리 낭랑한 울림이 터져 나왔다. 눈을 부릅뜬 채 마치 자신의 죽음을 똑똑히 보아두겠다는 듯 모용탈을 노려보며 서 있던 마계량도 크게 놀라 엇! 하는 비명을 질렀다. 모용탈의 도기(刀氣)가 스쳐 지나갔을 뿐이지만 그의 몸에는 어느새 크고 작은 열여덟 군데의 상처가 종횡으로 어지럽게 나 있었다. 그만큼의 흔적으로 갈가리 찢겨진 옷자락 사이마다 쩍 벌어져 벌건 속을 드러낸 상처들이 보였다. 그곳에서 흘러내리는 핏물이 온몸을 적셔 순식간에 그를 적인(赤人)으로 만들어놓았다.

“이게 무슨 짓이냐!”

급히 칼을 휘둘러 매서운 소옥의 검을 밀어내며 모용탈이 버럭 소리쳤다. 핏발 선 소옥의 눈이 그런 모용탈의 눈 속에 틀어박혔다. 입을 악다문 채 그녀는 오직 신랄한 검격을 가해 모용탈을 핍박해 들어갈 뿐 한마디도 말을 하지 않았다.

소옥은 모용탈이 아니라 자기 자신의 내면에 자리 잡고 있는 커다란 두려움을 상대하고 있었다. 그것을 찍어 쓰러뜨리지 못한다면 영영 그 두려움의 포로가 되어 벗어나지 못한다는 것을 본능적으로 감지했던 것이다.

"계집, 죽는 게 소원이라면 너부터 해치워 주지."

이제는 더욱 붉어져서 마치 핏물을 가득 담고 있는 듯한 그의 눈이 찢어질 듯 부릅떠졌다. 그것에서 뿜어져 나오는 살기가 고스란히 쏟아져 들어와 소옥의 온몸을 꿰뚫었다. 소옥은 숨이 막혔다. 당장에라도 검을 내던져 버린 채 머리를 감싸 쥐고 달아나고 싶다는 충동이 거세게 몰아쳤다. 그러나 소옥은 검을 던질 수 없었다.

"더 이상 너의 칼을 두고 보지 않겠어!"

처음으로 그녀가 새파랗게 질려 있는 입술을 열고 외쳤다. 온몸의 기력을 쥐어짠 듯 높게 갈라져 나오는 외침이었다. 마치 지나친 공포를 잊기 위해 필사적으로 내지르는 비명 같았다.

곤륜의 검법은 그녀의 사부인 곤륜여협(崑崙女俠) 상관혜(上關慧) 대에 이미 천하제일의 검법으로 회자되었다. 상관혜의 손에 풍향검(風向劍)이 들려 있을 때는 활기(活氣)와 생기(生氣)가 넘쳤고 크고 바른 기운이 가득했다. 때문에 그녀의 검에 패한 사람들은 모두 마음으로 승복하고 감탄했을 뿐 그녀를 원망하지 않았다. 그것은 상관혜의 마음이 자애로웠기 때문일 것이다.

그녀는 강호에 몸담고 있던 동안 수십 번을 싸웠으나 한 번도 검으로 다른 사람의 목숨을 빼앗은 적이 없었다. 오직 스스로 어려움을 알고 항복하게 만들었던 것이다. 그러나 그 풍향검이 소옥의 손에 들려 서는 달라도 크게 달라져 있었다. 소옥은 이미 그것을 휘둘러 많은 사 람들을 살상했던 것이다. 똑같은 검이었지만 그것을 상관혜가 지니고 있을 때와 소옥이 지니고 있을 때는 이처럼 전혀 다른 것인 듯했다.

소옥의 검법은 상관혜로부터 나왔다. 그러나 그 기질과 품성은 전혀 사부를 닮지 않았다. 그녀의 검끝에는 모진 기운과 지독한 한이 실려 있었다. 그리고 그것이 한 가닥 검기가 되어 허공을 휘저을 때는 무시 무시한 살기(殺氣)가 되어 번쩍였다.

일찍이 아미파의 화운금검(火雲金劍) 정현 사태(精玄師太)가 그것을 알아보고 '요악(妖惡)하다!' 고 소리쳤던 바가 있었는데, 아미파의 검모 (劍母)로 숭앙받는 노사태(老師太)는 소옥의 검에 실려 있는 그 한과 모 진 기운을 꿰뚫어 보았던 것이다. 그래서 정현 사태는 또한 충고하기 를,

—사악하고 험한 기세가 있으니 조심하지 않으면 그것 때문에 너를 해치 는 일이 있을지도 모른다. 꼭 필요할 때가 아니라면 감추고 드러내지 않는 게 제일 좋다.

라고 했다.

그 말과 같이 소옥의 검에는 과연 유(柔)한 듯하다가도 어느 한순간 지독한 살기를 내뻗고, 한 가닥 생로(生路)를 남겨두었다가도 사문(死 門)으로 그것을 가려 버리는 요악(妖惡)한 변화가 숨겨져 있었다.

그런 소옥의 검이 태허도룡검(太虛韜龍劍) 중의 정묘한 초식인 위룡 봉취(魏龍蓬取)와 화룡자미(火龍紫微)를 와르르 쏟아내었다. 그리고 날

카롭기 짝이 없는 용기도운(龍氣渡雲)의 수법에 이르러서는 모용탈을
당황하게 하는 바가 있었다.

허공을 격하고 눈부신 검화를 피워 올리며 한 발 한 발 다가서는 그
녀의 눈 속에 살기가 가득했다. 가슴 깊은 곳에 가라앉아 있던 살심이
드디어 두려움을 잊게 한 것이다. 넘칠 듯 용솟음치는 진기가 일검 일
검마다에 가득 실려 무형의 검강(劍罡)을 유형으로 보이게 했다. 그녀
의 검이 허공을 스쳐 지나갈 때마다 창백하고 시린 검기의 잔상이 남
겨져 보는 사람들의 눈을 어지럽게 했다. 그것은 꿈틀거리는 백룡(白
龍)의 꼬리가 구름 사이로 언뜻언뜻 드러나 보이는 것 같았다.

그녀의 사납고 날렵하며 독기를 가득 품은 기습적인 공세 앞에서 기
선을 빼앗긴 모용탈은 반격의 기회를 좀처럼 잡지 못하고 있었다. 쿵
쿵거리며 거듭 물러서는 그의 얼굴이 분노로 시뻘겋게 달아올랐다.

소옥이 미친 듯 검을 휘둘러 보여주고 있는 그 놀라운 광경에 모두
는 넋이 빠지고 말았다. 형산의 제자들이 그들의 신분과 처지를 잊은
채 멍하니 취해 있을 때 마계량 또한 그러했다. 그는 자신의 몸에 나
있는 상처의 고통마저 잊은 듯했다. 눈을 크게 뜨고 벌어진 입을 다물
지 못하는 것이 스스로가 그 험악한 싸움에 빠져들어 통쾌한 검격을
가하고 있는 착각에 사로잡힌 모양이었다.

"잘한다!"

소옥의 검이 용기도운(龍氣渡雲)의 수법으로 돌변했을 때 마계량이
한껏 높아진 흥에 겨워 스스로를 잊고 그렇게 소리쳤다.

땅, 땅, 땅, 땅—!

몇 차례의 맑고 상쾌한 검명(劍鳴)이 울려 나와 그곳에 있던 모두의
정신을 일깨웠다. 사람들이 일제히 아! 하고 탄성을 터뜨렸다. 기나긴

최면 속에서 홀연히 깨어난 듯했던 것이다.

주위에는 어느새 또 다른 한 무리의 형산파 제자들이 모여 서 있었다. 새로 나타난 자들은 비교적 연륜이 깊어 보이는 것이 형산파 내에서도 배분이 제법 높은 자들임이 분명했다. 두 명의 머리카락과 수염이 허연 노인을 중심으로 하여 십여 명의 중년인들이 각기 눈을 크게 뜨고 몰두한 모습으로 소옥과 모용탈의 싸움을 지켜보고 있었던 것이다.

모용탈과 소옥의 눈에는 그들이 보이지 않았다. 그 두 사람은 오직 눈과 마음속에 가득 서로를 담아두고 있을 뿐이었다. 그러나 거친 숨을 씩씩거리는 모용탈의 얼굴빛은 다시 본래의 색깔로 돌아와 있었고 소옥의 낯빛도 처음의 두려움에서 완전히 벗어나 차가운 제 빛깔을 되찾고 있었다. 마음에 가득 일었던 살기와 적의가 그 한 번의 사력을 다한 부딪침을 통해 씻겨 나간 듯했다.

"그만!"

중앙에 있던 노인이 위엄이 가득한 음성으로 그렇게 외쳤다. 그러자 그 좌우에 늘어서 있던 중년인들이 일제히 입을 모아 '그만!' 하고 따라 외쳤다. 그 우렁찬 외침이 이제 아침의 붉은빛으로 물들어가고 있는 형산의 골짜기 멀리로 퍼져 나갔다가 메아리가 되어 돌아왔다.

"그대들은 어찌하여 본 문에 무단히 침입해 들어와 서로 싸우는가?"

노인이 한 걸음 나서서 탐스럽게 늘어진 수염을 쓸며 다시 위엄있게 나무랐다.

검을 거두고 물러선 소옥과 모용탈이 약속이라도 한 듯 똑같이 노인을 쏘아보았다. 그리고 똑같이 외쳤다.

"당신이 장문인인가요?"

"네가 뭔데 참견이지?"

"발칙하다!"

긴 수염의 노인 곁에 서 있던 뚱뚱한 노인이 그렇게 소리쳤다. 그러자 이번에도 중년인들이 일제히 입을 모아 '발칙하다!' 하고 따라 외쳤다.

그 외침 속에서 중년인들 뒤에 서 있던 한 청년이 훌쩍 몸을 날려 마계량 곁에 내려섰다.

"사숙, 부상이 심하십니다!"

그가 이제 기력을 잃고 탈진하여 비틀거리는 마계량을 부축했다. 노인의 몸에서 흘러내리는 피로 그의 옷마저 곧 붉게 젖어들었다.

음, 하고 신음하며 머리를 흔드는 마계량의 혈도를 점한 그가 젊은 제자들을 손짓해 불렀다.

"어서 사숙을 모셔라!"

무리 중에서 두 명의 제자가 뛰어나와 마계량을 떠메고 사라지기까지 잠깐 동안 소란스러움이 일어 모두의 시선을 그리로 모이게 했다. 그리고 그 잠깐 동안의 시간이 장내에 팽팽하게 당겨져 있던 긴장을 느슨하게 풀어주었다. 그것을 지그시 바라보고 있던 긴 수염의 노인이 한번 머리를 끄덕이고 나서 소옥과 모용탈을 바라보았다.

"낭자는 누구이기에 겁도 없이 월장하여 들어와 사람을 상하게 했는가?"

맨 처음 소옥의 검에 부상을 입고 쓰러졌던 삼대 제자 한 명과 다리뼈가 부러지는 중상을 입은 이대 제자는 이미 옮겨져 보이지 않았지만 그들을 두고 꾸짖는 말이라는 것을 모르는 사람은 없었다. 소옥이 흥!

하고 코웃음을 쳤다.

"당신은 내 물음에 먼저 대답할 생각을 하지 않고 어째서 묻기만 하는 거죠? 못 들은 탓이라 여기고 다시 묻겠어요. 당신이 장문인인가요?"

그녀의 당돌하고 호전적인 대꾸에 긴 수염의 노인이 불쾌한 듯 얼굴을 살짝 일그러뜨렸다. 곁의 뚱뚱한 노인은 금방이라도 손을 써서 때려올 듯 험악하게 소옥을 노려보며 숨을 씨근거렸다.

소옥을 지그시 바라보던 긴 수염의 노인이 입맛을 다시고 이번에는 모용탈을 바라보았다.

"그대는 금적비마 모용탈이 틀림없겠지? 대체 우리 형산파가 그대와 무슨 원한이 있기에 이처럼 수단을 모질게 한 것인가? 설마 그대는 형산파를 우습게 여긴 것은 아니겠지?"

"나는 형산파뿐만 아니라 그 어떤 문파라도 무섭게 여기지 않는다. 나는 다만 나에게 걸어오는 싸움을 피하지 않을 뿐이다."

모용탈의 뚝뚝 끊어지는 듯한 말이 모두에게 분노를 불러일으켰다. 그러나 그들은 감히 발작하지 못하고 긴 수염 노인의 눈치만 살필 뿐이었다. 노인의 얼굴에 은은한 노기가 어렸다.

"그대의 칼이 천하에 짝을 찾아보기 힘들 만큼 무섭다는 소문은 익히 들었다. 과연 그러한가?"

"그런지 그렇지 않은지는 나에게 물을 것이 아니라 당신이 직접 알아보면 되겠지. 그럴 생각이 있다면 지금이라도 좋다."

노인의 말속에는 형산파에서는 너의 칼을 두려워하지 않는다. 그러니 네 용력을 믿고 너무 기고만장하지 말라는 뜻이 숨겨져 있었다. 그러나 모용탈은 교양있거나 약삭빠른 중원인이 아니었다. 중원의 언어와 풍습에 익숙치 못한 그는 말속에 감추어진 복잡한 뜻을 읽어낼 능력이 없었다. 오직 말해진 그대로를 듣고 느낄 뿐인 것이다. 그러므로 그가 하는 말도 언제나 직선적이고 단순했다. 그가 우쭐하여서 턱을 한껏 교만하게 치켜들었다.

"나는 중원에 들어온 이래 내 칼을 꺾어줄 자를 애타게 찾고 있었다. 그러나 늘 실망했을 뿐이지."

그 말을 하면서 소옥을 힐끗 돌아보는 그의 눈이 강렬하게 번쩍였다.

"음, 듣던 대로 그대는 거친 한 마리 늑대 같은 자로군."

노인의 말투에 경멸이 들어 있었으나 모용탈은 여전히 그것을 느끼지 못한 듯 껄껄 웃었다. 만주에 있을 때부터 그 말은 그가 가장 듣기 좋아하는 말이었던 것이다.

"대체 당신은 내 말에 대답해 줄 생각이 있는 건가요, 없는 건가요?"

곁에서 기다리던 소옥이 더 못 참겠다는 듯 뽀족하게 소리치며 앞으로 나섰다. 집요하게 장문인을 찾는 그녀에게 어떤 이유가 있으리라고 여긴 긴 수염의 노인이 정색을 하고 비로소 대답했다.

"노부는 본 문의 수석장로에 불과하다. 네가 굳이 장문인을 뵙겠거든 다섯 달 후에 다시 찾아오너라. 장문인께서는 지금 폐관 중이시니 찾아도 만나볼 수 없다."

"흥, 그렇다면 나는 이곳을 샅샅이 뒤져서 그가 숨어 있는 곳을 찾아 기어이 끌어내고 말 테다!"

소옥이 주먹을 불끈 쥐고 다시 소리쳤다.

"네 이년! 여기가 어디라고 감히 그런 흰소리를 한단 말이냐! 노부가 네년을 잡아 죄를 묻고 말겠다!"

뚱뚱한 노인이 기어이 분통을 터뜨리며 나섰다. 마계량을 옮기게 한 후 한쪽에 비켜서서 가만히 지켜보고 있기만 하던 젊은이가 두 팔을 활짝 벌리고 재빨리 소옥의 앞을 막아섰다. 그가 소옥을 노려보며 짐짓 사납게 외쳤다.

"과하오! 낭자에게는 존장을 공경하는 마음도 없단 말이오? 그런 말은 낭자 스스로 자신의 사문을 욕되게 하는 것임을 왜 모른단 말이오?"

추상(秋霜)같은 젊은이의 호통이 뚱뚱한 노인의 가슴을 시원하게 했다. 그가 잠깐의 분노 때문에 자신의 신분을 잊고 어린 계집을 상대로 하여 성급히 나섰던 것을 내심 후회하며 물러섰다. 면전에서 자신의 체면을 살려준 제자가 기특하게 여겨지기도 했다.

소옥은 한바탕 풍파를 일으키려고 단단히 마음먹고 있었다. 드디어 그때가 되었나 보다 하고 여겼는데 엉뚱한 사람이 앞을 가로막고 나서자 괘씸하게 생각되었다. 그녀가 눈을 하얗게 치뜨고 노려보았다.

"어?"

지그시 쏘아보던 소옥이 짧게 탄성을 터뜨렸다. 비로소 그가 누구인지 알아본 것이다.

"당신은 형산의 무슨 용(龍)이라던 그 송청림(宋淸琳)이로군요!"

"하, 맞소. 소생이라오."

송청림이 먼저 길게 탄식하고 나서 멋쩍게 웃어 보였다. 그의 눈 속에 안타까움이 가득했다.

"당신은 많이 변했군요."

문득 그와 함께했던 시간들을 떠올린 소옥이 쓸쓸한 얼굴이 되어서 그의 시선을 외면했다. 그는 맑고 빛나던 얼굴 대신 야위고 초췌해진 모습을 하고 있었는데, 수염마저 거칠게 자라 있어서 전혀 다른 사람인 듯 보였다.

송림 속에 있던 낡은 사당 안에서 그와 다투다가 뺨을 때렸던 일이며, 함께 남창부의 뇌옥을 깨뜨리고 부상을 입은 채 그의 등에 업혀 달아나던 일들이 주마등처럼 떠올랐다. 그때 이 우직한 사내는 자신을 보호해 주기 위해 최선을 다했다. 그는 단목기 앞에서도 굴하지 않았던 것이다. 그 일들로 인해 소옥은 그가 대범하면서 마음이 따뜻한 사내라는 것을 알고 있었다.

그에 대한 추억은 그처럼 좋은 것들이었다. 마음 한 켠이 훈훈해진 소옥이 은은히 얼굴을 붉힌 채 송청림에게 머물렀던 눈길을 떨구었다. 그 앞에 다시 선 자신의 지금 모습이 그때와는 비교할 수 없이 초라하고 험악해져 있다는 것이 그녀의 마음을 비통하고 억울하게 했다.

역시 쓸쓸한 얼굴이 되어서 지그시 소옥을 바라보던 송청림이 다시 탄식하고 말했다.

"낭자 또한 참으로 많이 변해 있구려. 나는 자칫 몰라볼 뻔했다오."

그의 안타까워하는 눈길이 소옥의 뺨과 턱에 나 있는 흉한 상처에 머물렀다. 곱고 여리게만 보이던 그녀의 얼굴이 상처에서 흘러내린 피로 붉게 얼룩진 채 눈빛마저 변해 있는 것이 몹시 가슴 아픈 모양이었다.

마음의 안쓰러움이 고스란히 드러나 보이는 그의 눈길을 받으며 묵묵히 침묵하던 소옥이 발딱 고개를 들었다. 은은히 붉어지는 듯하던 얼굴에 다시 싸늘한 살기가 덮였다.

마음의 부끄러움이 변하여 오기가 되자 그것은 송청림을 알아보기 전보다 더 지독한 것이 되었다. 그녀가 이를 악문 채 흉흉한 눈빛으로 그를 노려보았다.

"당신이 무슨 생각을 가지고 있는지 다 알아요. 하지만 내 굳은 결심을 조금도 변하게 할 수 없으니 당신은 그만 돌아가도록 해요."

"하……."

길게 탄식한 송청림이 소옥을 빤히 바라보며 쓸쓸한 미소를 지었다.

"이곳은 내 집인데 이제 나더러 어디로 돌아가라는 것이오? 설마 그날 밤 송림 속의 그 사당으로 다시 돌아가라는 게요?"

소옥은 그만 대꾸할 말을 잊어버리고 말았다. 자신이 생각해 보아도 그에게 돌아가라고 소리친 건 이치에 맞지 않았다. 그 말은 송청림이 자신에게 해야 하는 말이었다. 그러나 스스로 부끄러움을 느끼고 물러서기에는 소옥이 가슴에 품고 있는 원한이 너무 깊었다. 그녀가 뭐라고 말해서 이자를 물러나게 할까 하고 생각하는데, 한쪽에서 그들의 하는 양을 바라보고 있던 뚱뚱한 노인이 괴이하다는 듯 고개를 갸웃거리고 나섰다.

"이제 보니 너희들은 서로 잘 아는 사이였구나? 대체 이게 어떻게 된 일인지 네가 말해 보아라."

그가 송청림을 가리키며 엄한 얼굴로 꾸짖듯 말했다. 형산의 제자가 어떻게 저토록 무례하고 사악한 계집을 알고 있는 건지 이해할 수 없다는 얼굴이었다.

송청림이 두려워하는 얼굴로 노인을 향해 머리를 숙여 보이고 나서 공손하게 말했다.

"그녀는 곤륜파의 사람으로서 북쪽 골짜기에 살고 있는 곤륜여협의 제자입니다."

"무엇?"

놀란 듯 노인이 한 걸음 물러섰다. 송청림의 말을 들은 긴 수염의 노인도 흠칫 어깨를 떨었다.

다시 소옥에게 돌아선 송청림이 간절한 눈길로 그녀에게 은밀히 눈짓을 하며 천천히 말했다.

"낭자, 저기 수염이 긴 분은 본 문의 수석장로이시자 현재 사부님을 대신하여 본 문의 일들을 주관하고 계시는 천수익(千壽益), 천 사숙이시오. 그리고 저분은 이 장로이시자 연무관주(鍊武關主)이신 팽혁기(彭赫氣), 팽 사숙이시라오. 어서 인사를 드리도록 하시오."

송청림의 말은 진중하고 간절했으나 소옥이 듣기에는 어이없는 말일 뿐이었다. 흥, 하고 코웃음을 친 그녀가 검을 들어 천수익과 팽혁기를 가리키며 표독스럽게 소리쳤다.

"내가 지금 서로 사귀자고 이곳에 온 줄 아세요? 나는 편협하고 위선에 가득 차 있는 형산파를 징벌하고 사부님을 찾기 위해 온 것이에요!"

"저런 발칙한 것!"

팽 장로가 소옥의 경우없는 행동에 크게 분노하여 다시 팔을 떨치고 나서려 했다. 그것을 천 장로가 가로막고 가만히 고개를 저었다. 잠시 송청림이 하는 것을 두고 보자는 의미였다.

"사형, 사형은 대체 무슨 생각을 하고 있는 것이오?"

팽 장로가 불만이 가득한 얼굴로 바라보며 투덜댔다. 천 장로의 무표정한 얼굴에 한줄기 쓴웃음이 스쳐 지나갔다.

"무언가 사정이 있는 듯하니 청림이 하는 것을 잠시 더 두고 보세."

그는 소옥이 자신의 사부를 찾기 위해 왔다는 말에서 께름칙한 기분이 든 것이다.

　북쪽 골짜기는 십오륙 년 전 곤륜여협(崑崙女俠) 상관혜(上關慧)가 그곳에 집을 짓고 살게 된 뒤부터 형산파 내에서 금지(禁地)로 정해져 있었다. 본 문의 제자라면 누구를 막론하고 그곳에 갈 수 없었던 것이다. 따라서 형산파 내에서는 그곳에 누가 살고 있는지, 무슨 일이 있었는지 아는 자가 거의 없었다. 그것은 지금의 장문인 형산노조(衡山老祖) 주청운(朱靑雲)이 그곳을 금지로 정해놓은 이래 그 이유에 대해 한 마디의 말도 하지 않은 까닭이었다. 그런데 송청림이 그녀가 그 북쪽 골짜기에 살고 있는 곤륜파의 제자라고 하자 모두 커다란 호기심과 궁금증을 품고 바라보게 되었다.

　송청림은 당금 장문인인 주청운의 대제자이자 백여 명의 형산파 이대 제자들 중 가장 뛰어난 사람이었다. 장차 사부를 대신하여 형산파의 장문 직을 계승할 것이 거의 확실했으므로 사숙들도 그에게만큼은 함부로 대하지 않았다.

　천 장로가 은연중에 이 일에 대한 처리를 위임하겠다는 뜻을 전해오자 송청림은 마음이 무거워지는 한편 소옥을 위해 잘되었다는 생각이 들었다. 그가 천 장로에게 한번 허리를 숙어 보이고 소옥에게 돌아섰다. 어느새 그의 얼굴에 함부로 대할 수 없는 위엄이 떠올라 있었다.

　"낭자는 사부님을 이곳에서 찾겠다고 하셨는데 소생은 아둔한 탓에 그 이유를 알 수가 없소. 설명해 주시겠소?"

　"흥! 당신의 사부이자 잘난 형산파의 장문인이라는 그 노인이 내가 없을 때 풍향곡에 찾아와 사부님을 음해하고 잡아간 것이 분명한데 무슨 놈의 이유가 따로 필요하단 말이죠?"

소옥이 눈을 치뜨며 뾰족하게 외쳤다.

그녀는 십여 년 전 형산파의 장문인이 풍향곡으로 몇 번 사부를 찾아와 다투고 간 일을 기억하고 있었다. 풍향곡이 형산파의 세력권 안에 있는 절곡이었으므로 사전에 아무 상의도 없이 그곳을 차지하고 안주한 상관혜로서는 찾아오는 주청운을 막을 명분이 없었다. 하지만 그 당시 소옥은 십여 세의 어린 나이였으므로 그런 내막에 대해서는 알지 못했다. 그녀는 다만 형산파의 장문인이 찾아와 사부와 다투고 돌아간 다음이면 사부님이 우울해져서 말이 없거나, 남모르게 혼자 울고 있었다는 것을 기억할 뿐이다.

그것 때문에 소옥의 어린 마음에 형산파와 그곳의 장문인이라는 사람에 대한 인상이 흐려져 있었다. 까닭없이 사부님을 핍박하는 나쁜 사람이라는 생각을 갖게 된 것이다. 언젠가 한번 사부님과 크게 싸우고 돌아간 다음부터 주청운은 다시 풍향곡에 찾아오는 일이 없었다. 그렇게 십여 년이 흘러갔으므로 그때의 일들을 아련히 잊어가고 있었는데 사부님이 갑자기 실종된 것이다.

소옥은 앞뒤 생각해 볼 겨를 없이 그것이 주청운이 한 짓이라고 단정했다. 사부님에게 나쁜 감정을 품을 만한 사람이라고는 그 한 사람밖에 떠올릴 수가 없었다.

"여러 소리 할 것 없어요. 당신의 사부를 만나게 해주면 이 일은 자연히 해결돼요. 대체 무엇 때문에 내 사부님을 해친 것인지, 죽인 것인지 아니면 어디에 가두어놓았는지 알지 못하는 한 나는 이곳에서 한 발자국도 떠나지 않겠어요."

소옥의 야멸찬 소리에 송청림의 얼굴빛이 흐려졌다. 그가 이제는 차갑게 가라앉은 눈으로 소옥을 바라보았다. 거듭되는 그녀의 핍박과 사부님에 대한 무례함에 은근히 노기가 솟구친 것이다.

"낭자는 너무하구려. 까닭없이 뺨을 맞는다면 그 사람이 얼마나 억울하고 화가 날 것인지 한 번이라도 생각해 보았소?"

송청림이 감정을 억제하며 낮게 말했다. 그 말을 들은 소옥의 얼굴이 문득 붉어졌다. 사당 안에서 그의 뺨을 때렸던 것을 떠올린 것이다. 그때는 다분히 장난기가 있었지만 막상 어이없는 일을 당했을 송청림의 마음은 편치 않았을 것이다. 그것을 생각하자 뒤늦게 그에게 미안한 마음이 들었다.

"한 가지만 묻겠소. 낭자의 사부님께서 실종되신 것이 얼마 전의 일이오? 혹시 삼 개월 전의 일이었소?"

송청림의 말에 소옥은 자신이 그것을 자세히 살펴보지 못했다는 것을 깨달았다. 사부님의 침실에 들어 침상에 얼룩진 핏자국을 본 순간 이미 그녀의 이성은 날카로움을 잃고 있었던 것이다. 게다가 동창의 살수들에게 기습을 당하여 심각한 위기를 맞았고, 모용탈의 칼이 보여준 끔찍함에 넋을 잃었다. 그 흥분과 노여움과 불안에 감정을 지배당했을 뿐, 차근차근 살펴보고 단서를 찾아 추리해 보는 일 따위는 생각할 여유조차 없었던 것이다.

대답할 말이 궁해진 소옥이 한쪽에 서서 흥미롭게 일의 돌아가는 양을 바라보고 있는 모용탈에게 시선을 주었다. 그가 사부님의 침상과 주위의 흔적들을 자세히 살펴보던 일을 떠올린 것이다.

모용탈이 고개를 끄덕이고 한 걸음 나섰다. 그가 부리부리한 눈으로 좌중을 한차례 쓸어본 후 천천히 말했다.

"내가 본 바에 의하면 그곳에서 한바탕 싸운 흔적이 있었다. 하지만 그것은 궁지에 몰린 쥐가 고양이에게 덤벼드는 것 이상의 의미는 없다.

집기들이 흩어져 있었지만 파손된 게 거의 없으니 저항이 신통치 않았
던 것이지."

그의 말에 소옥이 머리를 끄덕였다. 과연 그랬던 것이다. 치열하게
싸웠다면 여기저기 부서지고 깨진 집기들이 널려 있어야 했으나 도둑
이 들어와 한바탕 뒤지고 간 것처럼 어지럽혀져 있을 뿐 파손된 것들
이 없었다.

"침상의 휘장이 찢겨져 있었으나 예리한 흉기에 의한 것이 아니라
억지로 잡아뜯은 것이 분명하니 그녀의 사부가 고통을 참지 못하고 그
렇게 한 것이라고 볼 수 있지. 여기저기 흩어져 있던 핏자국도 그랬다.
도검에 의해 생긴 상처에서 뿌려진 피라면 넓고 얇게 흩어져 있어야
한다. 그런데 그것은 군데군데 뭉쳐져 있었으니 내상을 입고 울컥울컥
토해낸 것이라고 볼 수 있다."

사람들이 모두 눈을 휘둥그레 뜨고 모용탈을 바라보았다. 소옥과 송
청림 또한 마찬가지였다. 그들은 한결같이 저 거칠고 야만스런 자가
어찌 그토록 세심하며 또 조리있게 상황을 추리하여 말하는 것인지 의
아하기만 했다. 모용탈이 어깨를 한번 우쭐거리고 다시 말했다.

"그러한 정황으로 미루어볼 때 그녀의 사부는 암수에 당하여 이미
상당한 내상을 입고 있었던 것이다. 흉수를 곁에 두고 있으면서도 당
했으니 그자와는 평소에 친분이 있었다고 추측해 볼 수도 있겠지. 안
심하고 있다가 그자에게 갑자기 당한 후 비로소 저항을 시도해 보았으
나 돌이킬 수 없었을 것이다."

"놀랍소. 모용 형의 예리함이 그처럼 빈틈이 없으니 무서운 건 아마
도 형의 그 굽은 칼만이 아닌 듯싶소."

송청림이 엄지손가락을 세워 보이며 한껏 추켜주었다. 모용탈이 웃

는 듯 마는 듯 입술을 일그러뜨렸다.

"그럼 형께 묻겠소. 여기 소 낭자의 사부님이 변을 당한 게 언제쯤일 것 같소?"

"오래된 일은 아닐 것이다. 그랬다면 바닥의 피는 이미 변색되어 검은빛을 띠었을 것이고 먼지도 많이 쌓여 있었겠지. 하지만 내가 보았을 때 피는 말랐으나 아직도 붉은 기운이 섞여 있었고, 그것에 개미들이 꼬여들고 있었으니 길어야 열흘 안쪽에 벌어진 일이 분명하다."

모용탈의 말을 들은 송청림이 득의의 기색을 띠고 소옥을 바라보았다.

"낭자는 모용 형의 말에 동의하시오?"

가만히 생각하던 소옥이 고개를 끄덕였다. 모용탈의 말에 반박할 아무런 구실도 찾을 수 없었던 것이다. 그녀가 동의하자 송청림이 득의양양하여 허리를 쭉 펴고 하하, 웃었다.

"그렇다면 낭자는 헛걸음을 한 것이오. 내 사부님께서는 이미 석 달 전에 폐관수련에 들어가셨으니 그 일이 사부님께서 한 것일 수 없소."

"음……."

소옥이 신음을 흘리며 얼굴을 찌푸렸다. 그녀의 눈에 당황과 불신이 가득했다.

"그 말을 어떻게 믿죠? 아무래도 내가 직접 당신의 사부를 만나 확인해 보는 게 좋겠어요."

고집을 부리고 있었지만 그녀의 어투에는 풀이 죽어 있는 기색이 역력했다. 송청림이 미소를 띠고 은은한 눈빛으로 그런 소옥을 바라보았다.

"내 명예를 걸고 맹세하리다. 낭자의 사부님께서는 결코 이곳에 계시지 않고 그 불행한 일과 우리 형산파와는 아무런 관계도 없소.”

“음…….”

소옥이 다시 깊이 신음했다. 그녀는 송청림이 곧고 굳은 마음을 가진 사내라는 것을 알고 있었다. 그가 간교한 말로 속이려 한다는 것은 상상할 수 없는 일이었다. 그렇다면 누가 사부님을 해쳤단 말인가? 혹시 흉수의 손에 의해 죽은 것은 아닐까 하는 생각이 들어 마음이 어지러웠다.

“일이 밝혀졌다면 이제는 잘잘못을 따져서 상과 벌을 받아야 할 때다.”

한쪽에서 지켜보고 있던 뚱뚱한 노인 팽 장로가 싸늘하게 굳은 얼굴로 말하고 나섰다. 소옥은 입이 열 개라도 변명할 말이 없었다. 무작정 타 문파에 뛰어들어 한바탕 난동을 부렸고 사람을 상하게 했으니 스스로 생각해 보아도 용서받을 수 없는 일이 분명했다.

“시숙!”

다급하게 외친 송청림이 팽 장로와 천 장로를 향해 깊이 허리를 숙여 보이고 그들의 안색을 살피며 조심스럽게 말했다.

“두 분 시숙께 소질이 죄를 무릅쓰고 감히 한말씀 여쭙겠습니다. 이번 일은 공과 흠이 함께 있으니 부디 그것을 참작하여 주심으로써 세간에 본 문의 광명함을 두루 알리는 계기로 삼으시면 어떨까 합니다.”

그 말을 듣는 동안 긴 수염의 천 장로는 안색에 변화가 없었으나 뚱뚱한 팽 장로는 몹시 못마땅한 듯 내내 눈살을 찌푸리고 있었다. 송청림의 말이 끝나자 팽 장로가 노성을 터뜨렸다.

“저 못된 것들에게 무슨 공과 흠이 함께 있단 말이냐! 너는 감히 우리 앞에서 저 무례한 자들을 두둔하려는 것이냐?"

송청림이 감히 대꾸하지 못하고 머리를 숙인 채 쩔쩔맸다.

"네 말을 들어보자."

천 장로가 낯빛을 바꾸지 않은 채 말했다.

그는 누구보다 냉정하게 지금의 사태를 판단하고 있었다. 폐관수련에 든 장문인 대신 문호를 맡고 있는 자로서의 막중한 책임감 때문이었다. 자신이 문호를 지키고 있는 동안 변고가 생긴다면 삼 개월 뒤 폐관을 마치고 나올 장문인을 볼 면목이 없었다.

그러나 이번 일은 흐지부지 넘어갈 수도 없는 상황이었다. 벌써 네 명이나 크게 다친 것이다. 자칫 잘못하면 세상에 웃음거리가 되고 말 것이었다. 하지만 무력으로 소옥과 모용탈을 제압한다는 것도 어려움이 많았다. 결국 그들을 잡을 수는 있겠으나 문도들의 많은 희생이 뒤따른다면 그것 또한 자랑할 만한 일이 되지 못했다.

이러지도 저러지도 못할 난처한 입장에서 그는 송청림이 이 일을 떠맡고 나서준다면 그보다 좋은 방법은 없다고 내심 생각하고 있었다. 명분만 뚜렷하다면 그에게 모든 것을 일임하고 손을 떼고 싶었다.

그런 천 장로의 의중을 잘 안다는 듯 송청림이 결연한 얼굴로 모두를 돌아보았다. 그는 사문과 소옥에게 다같이 화가 되지 않을 수 있도록 어떻게 하든 이번 일을 원만하게 매듭 지을 작정이었다. 그리고 그렇게 할 수만 있다면 기꺼이 두 어깨로 무거운 멍에를 짊어지겠다는 각오를 단단히 했다.

"소 낭자가 월장을 하여 형제들을 상하게 했으나 그것은 아직 강호의 경험이 일천한 데다가 오해 때문에 비롯된 일입니다. 벌을 주어야 마땅하지만 그녀에게보다 그녀의 사부에게 찾아가 따져야 할 일이라고 봅니다.”

“네 말에는 어폐(語弊)가 있다!”

팽 장로가 주먹을 불끈 쥐고 소리쳤다. 그러나 천 장로는 심각한 얼굴로 묵묵히 송청림의 말을 듣고 있을 뿐이었다. 그가 팽 장로의 옷깃을 흔들어 만류하고 눈짓으로 송청림을 재촉했다. 한번 읍한 송청림이 말을 이어갔다.

“하지만 그녀의 사부께서는 실종된 상태라…… 지금 당장은 어렵겠지만 차후에라도 그녀의 사부를 찾아 단단히 따진다면 늦지 않다고 봅니다.”

“좋다. 그렇다면 이번에는 그녀의 공에 대해서 말해 보거라.”

천 장로가 한번 턱을 끄덕이고 다시 재촉했다. 혀로 마른 입술을 한번 축인 송청림이 진지한 얼굴로 말했다.

“다들 보셨다시피 그녀는 모용 형의 손에 자칫 큰 화를 당할 뻔한 마 사숙을 구했습니다. 스스로의 목숨을 걸고 한 일이니 그 공을 인정해야 할 것입니다.”

확실히 소옥은 모용탈의 손에서 다섯 번째 장로인 마계량(馬谿凉)의 목숨을 구해낸 바가 있었다. 이번에는 까다로운 팽 장로도 묵묵히 침묵할 뿐 다른 트집을 잡지 않았다. 천 장로가 굳었던 얼굴빛을 풀고 머리를 끄덕였다.

“좋다. 그렇다면 저 모용탈에 대해서는 어떤 조치를 취해야 하겠느냐?”

“흥!”

한쪽에 서 있던 모용탈이 아니꼽다는 듯 턱을 치켜들고 코웃음을 쳤다. 그를 힐끗 바라본 송청림이 담담한 어조로 다시 입을 열었다.

"그는 어디에도 속해 있는 바가 없으니 모든 것을 그 스스로가 책임 져야 할 것입니다. 본 문에 침입해 들어와 마 사숙을 해친 것에 대해서 는 소질이 반드시 그만한 대가를 치르도록 하겠습니다. 하지만 그에게 도 공이 없다고는 할 수 없습니다. 그는 적절한 때에 나타나 소 낭자를 가로막고 나섬으로써 그녀가 더 많은 사형제들을 해치지 못하도록 한 공이 있습니다."

억지스러운 데가 없지 않았지만 그렇게 생각할 수 있는 여지도 충분 했다. 모용탈이 마계량과 싸우지 않았더라면 소옥의 난동이 더 커졌을 것이기 때문이다.

설핏 들으면 다 옳은 소리 같았으나 송청림의 말에는 닭이 먼저냐, 계란이 먼저냐 하는 식의 애매모호함이 있었다. 소옥과 모용탈이 난동 을 부린 것이 죄도 되고 공도 된다는 식의 해석이 그러했다. 그러나 이 제는 팽 장로도 잔뜩 얼굴을 찡그리기만 했을 뿐 더 이상 트집을 잡으 려고 하지 않았다. 고지식한 만큼 좀 아둔한 데가 있는 팽 장로도 비로 소 이 사태를 해결하기가 쉽지 않다는 점을 느낀 것이다. 사형인 천 장 로와 송청림이 품고 있는 생각도 이제는 어느 정도 눈치 챘다.

"좋다. 네 말이 크게 그릇되지 않다는 것을 인정하마."

천 장로가 안심하고 딱딱하게 굳어 있던 낯빛을 풀었다. 더 이상 사 태가 악화되는 것을 막을 수 있게 되었다는 것이 그를 흡족하게 했다. 차기 장문인감으로 모두가 인정하고 있는 송청림의 말을 따라주는 것 도 좋은 일이었다. 하지만 이 모든 것을 지켜본 제자들이 형산파의 위 명이 손상되었다고 생각하게 할 수는 없었다. 천 장로가 엄한 눈길로 송청림을 바라보았다.

"너는 스스로 이번 일의 중재를 자처하고 나섰으니 수습도 네가 해야 할 것이다."

송청림은 천 장로가 모든 짐을 자신에게 떠넘기려고 한다는 것을 알았다. 그러나 이미 각오하고 있던 일이었으므로 크게 두려워하지 않았다.

"하교(下敎)하소서."

"우선, 너는 소 낭자의 일을 그녀의 사부에게 물어 반드시 이번 일에 대한 책임을 지도록 해야 할 것이다. 만일 그럴 수 없다면 곤륜파의 존장에게 대신 따져서라도 반드시 벌을 받도록 해야 한다."

"명심하겠습니다."

송청림이 허리를 숙여 명을 받았다. 그 말을 듣고 있던 소옥의 얼굴이 더욱 어두워졌다. 천 장로의 말속에 어쩌면 실종된 사부가 죽었을지도 모른다는 의미가 들어 있기 때문이었다.

"다음으로 너는 반드시 모용탈에게 그가 마 사제에게 한 것과 똑같이 하여 엄중한 대가를 받아내야 한다."

모용탈의 몸에 열여덟 군데의 검상을 남겨주어야 한다는 것은 당장 실행하기 어려운 일이었다. 그것을 잘 아는 송청림의 얼굴이 흐려졌다. 하지만 그렇게 하지 못한다면 형산파의 위신이 땅에 떨어지고 말 것이었다.

"소질이 지금 해야 하겠습니까?"

그가 조심스럽게 물었다. 천 장로의 얼굴에 엄숙한 중에 한줄기 따뜻한 미소가 스쳐 지나갔다.

"언제든 네가 할 만하다고 여겼을 때 하면 된다."

"흥! 저까짓 주둥이만 나불댈 줄 아는 놈이 언제 나와 겨룰 만큼 크겠느냐? 그럴 것 없이 늙은이, 네가 지금 나서서 해보는 게 좋겠다!"

잔뜩 비위가 상한 모용탈이 천 장로를 가리키며 버럭 소리쳤다. 그의 오만방자한 모습에 그곳에 있는 형산 문하들 모두가 분개하여 입술을 바르르 떨었다. 송청림이 급히 모용탈을 가로막고 나섰다.

"모용 형이 이 송 모를 겁내는 게 아니라면 일 년 안에 내 반드시 모용 형을 찾으리다."

"무엇이? 내가 네놈을 겁낸다고? 홍, 일 년이라고?"

가소롭다는 듯 송청림을 바라보던 모용탈이 하늘을 보고 껄껄 웃었다.

"좋다. 일 년이 아니라 십 년이라도 기다려 주지. 내가 늙어 죽기 전에만 찾아와 준다면 언제든지 네놈을 상대해 주마."

말을 마친 그가 이제 더 있을 이유가 없다는 듯 소옥의 옷소매를 잡아당겼다.

"가자."

아직도 마음에 아쉬움이 남은 듯 소옥이 모여서 있는 형산파의 제자들을 둘러보았다. 사부가 이곳에 없다면 더 머물러 있을 까닭이 없었다. 그녀가 송청림에게 눈길을 주었다. 그윽하게 바라보는 송청림의 시선에 얼굴이 따가워졌다. 그에게 추한 몰골을 보였다는 생각이 그녀를 당황하게 했다.

"낭자, 멀리 배웅하지 못하오. 곧 강호에서 다시 만나게 될 터이니 부디 보중하시오."

송청림이 가볍게 포권했다. 머리를 끄덕인 소옥이 다시는 그와 눈길을 마주치지 못하고 황급히 몸을 날렸다.

제3장

이상한 동행자(同行者)들

이상한 동행자(同行者)들

화승루(華昇樓)는 그 이름과 달리 남루하기 짝이 없는 산골의 주막에 불과했다. 비바람에 삭은 나무 기둥은 지붕의 무게를 견디지 못하고 금방이라도 주저앉아 버릴 듯했고, 먼지와 거미줄이 뒤엉켜 있는 흙벽은 가을 저녁의 찬바람을 막아주기에도 부족했다.

저녁 어스름이었다. 거친 마의(麻衣)에 폭 넓은 죽립(竹笠)을 눌러쓴 사내 한 명이 텅 빈 주루의 문을 밀고 들어왔다. 후리후리한 키에 떡 벌어진 어깨가 녹록치 않아 보이는 사내였다. 창가에 털썩 주저앉은 사내가 죽립을 벗어 탁자 위에 쌓여 있는 먼지를 털어냈다.

삐걱거리는 문소리를 들었는지, 주방 쪽에서 꾀죄죄한 몰골의 사내가 쪽문 사이로 빼꼼히 얼굴을 내밀었다. 중년을 넘겨 보이는 나이였는데 삶에 지치고 세상에 시달려 곤한 기색이 역력했다. 화승루의 주인인 왕삼이었다.

"무얼 드시려우?"

미적미적 다가온 왕삼이 사내 앞에 서서 손을 비비며 마지못한 듯 물었다. 이십 대 후반쯤의 나이로 보이는 사내는 콧날이 곧고 눈썹이 짙으며 입술이 붉은 것이 이런 산골에서는 쉽게 볼 수 없는 미남이었다. 왕삼이 힐끗 사내의 허리춤에 매달려 있는 장검을 보고 살짝 눈살을 찌푸렸다. 어제는 볼 수 없던 것이기에 신경이 더 쓰였다.

"어제와 같은 걸로."

사내가 건조한 음성으로 말했다. 감정이라고는 한 올도 들어 있지 않은 것이어서 왕삼은 저절로 머리끝이 곤두서는 듯한 느낌을 받았다.

'빌어먹을 놈. 새파랗게 젊은 놈이 뭐 할 짓이 없어서 강시 흉내를 낸담.'

돌아서서 주방으로 향하며 속으로 투덜거렸다. 왠지 사내 앞에서는 오금이 저려와 말 한마디를 하기가 힘들었던 것이다.

사내는 어제 처음 화승루에 찾아온 외지인이었다. 언제나 손님이라야 저 아래 우성촌(禹性村)에 사는 가난한 농부들이거나 나뭇단을 해 지고 내려오는 나무꾼들이 전부였다. 산혹 외지의 나그네들이 들르기도 했지만 그들은 화승루의 꾀죄죄함을 견디지 못하고 밍밍한 탁주 한 사발을 들이키는 대로 달아나듯 나가 버리곤 했으므로 장사에 별 도움이 되지 않았다.

그러나 이 낯선 사내는 어제 이맘때쯤 찾아와 한 동이의 탁주와 찐 오리에 소면 한 그릇을 해치우고 은자 한 냥을 던져 주었다. 때묻은 구리 동전이나 곡식 한 자루를 받곤 했던 왕삼에게는 눈이 번쩍 뜨이는 일이었다.

오랜만에 만져 보는 은자였지만 왕삼의 기분은 그리 좋지 않았었다. 낯선 청년에게서 활발한 생기라고는 조금도 느껴지지 않았기 때문이다. 금방 죽은 시체가 일어나 앉아서 술을 마시고 고기를 뜯는 것 같았다. 먹고 마시는 것도 여느 농군들과는 다르게 조용하고 깨끗했다. 음식을 씹는 소리조차 내지 않았던 것이다.

별 이상한 놈도 다 있다고 생각하고 잊었다. 그런데 그가 만 하루 만에 다시 찾아왔다. 은자가 또 생길 것을 생각하면 기쁘기도 했지만 왠지 마음에 꺼림칙한 느낌과 불쾌감이 남아서 싫었다. 실은 그것이 지나친 두려움 때문이라는 것을 왕삼은 깨닫지 못했다. 내일모레면 오십을 바라보는 나이를 살아왔으나 왕삼은 아직까지 그처럼 생기를 죽여버린 사람을 보지 못했다. 그렇다고 해서 저승사자를 곁에 두고 있는 사람에게서나 느낄 수 있는 칙칙한 죽음의 기운이 느껴지는 것도 아니었다.

낯선 청년에게서 느낄 수 있는 것은 아무 느낌도 아니라는 것이 왕삼을 괴롭혔다. 나무를 깎아 만들어놓은 사람이 있다면 그럴 것이었다. 하지만 청년은 분명히 살아 있는 사람이었다.

"괴이한 일이야, 괴이한 일……."

쉴 틈 없이 손을 놀려 음식을 만들면서 왕삼은 이제 버릇이 된 듯 그렇게 중얼거리는 일을 멈추지 않았다.

왕삼이 그처럼 이상하게 생각하고 있는 사내 옥당군(玉唐君)은 창밖의 잿빛 땅거미에 눈길을 두고 있었다. 그러나 그의 예민하게 열려 있는 귀는 아까부터 들려오는 소리 한 가닥을 끈질기게 붙잡고 있었다. 그 소리는 애써 억누르며 낮게 흐느끼는 울음소리였는데, 옥당군은 그것이 주루 뒤편에 있는 낡은 모옥(茅屋)에서 들려오는 것임을 알았다.

그 처량한 울음소리는 처음 듣는 게 아니었다. 어제 이곳에 왔을 때도 그 소리를 들었다. 한 가지 다른 점이라면, 어제는 간간이 아낙의 꾸짖는 듯 달래는 듯한 낮은 웅얼거림이 섞여 들렸는데 오늘은 그렇지 않다는 것이었다. 누가 저렇게 울고 있는 것인지, 그는 꾸짖는 사람이 없는데도 오히려 더욱 조심하는 듯 소리를 죽여 울고 있었다.

옥당군이 이 볼품없는 주루에 다시 찾아온 것은 바로 그 울음소리 때문이었다. 지난 낮 동안 산중을 배회하면서도 귓가에 달라붙어 쟁쟁 쟁 울리는 그 소리를 떼어놓을 수 없었던 것이다.

옥당군은 그 울음소리 속에서 먼 옛날의 자신을 찾아보았다. 그것은 강가에 앉아 하루 해가 다 저물고 어둠이 덮여올 때까지 한없이 울고 앉아 있는 어린 소년이었다. 그러다가 그는 지쳐 쓰러져 의식을 잃어 갔다. 흐르는 물소리가 더욱 커졌고 어둠으로 가려진 숲에서 늑대들이 뛰어나왔다. 먼 들판 어디에서인가 자신을 부르는 소리들이 아득하게 들려왔다. 흐려지는 시선 속에 점점이 떠 있는 햇불들이 고와 보였다. 그리고 흰 이빨을 드러내며 달려들던 늑대들…….

"윽!"

옥당군이 짧게 비명을 터뜨렸다. 불로 지지는 듯한 통증이 허벅지와 종아리에 가득 느껴졌다. 그는 어금니를 굳게 물었다. 이마에 진땀이 배어 나오고 있었다. 무의식적인 듯 한 손을 내려 상처들을 더듬어보았다. 옷 위로도 툭툭 불거져 있는 상처 자국들이 만져졌다. 그때의 상처가 아직도 몸 안 깊숙한 곳에 남아서 날이 차가워지거나 습해지면 무거운 통증을 가져다 주곤 했다.

몇 번 깊이 심호흡을 해서 거칠어진 숨결을 가라앉힌 그가 다시 무심한 시선을 창밖으로 던졌다. 그때처럼 날은 완전히 어두워져 있었고, 마주 보이는 숲도 어둠에 파묻혀 스산하게 가라앉아 있었다. 그리고 귓가에는 아직도 낮고 지친 흐느낌이 떠나지 않고 맴돌았다.

"거기 서봐."

옥당군이 고개를 돌리지도 않은 채 불렀다. 음식을 내려놓고 돌아가려던 왕삼이 흠칫하여 멈추어 섰다. 그의 눈에 처음으로 두려움이 떠올랐다.

'다르다!'

왕삼은 이제야 그것을 깨달은 자신의 아둔함을 원망하며 잔뜩 긴장한 얼굴로 옥당군을 바라보았다. 조각해 놓은 것처럼 반듯한 그의 옆얼굴이 창백해 보였다. 그 창백함 속에서 비로소 죽음의 냄새가 맡아졌다. 차갑게 가라앉아 있는 살기였다.

"완아예요."

아이는 흐느끼면서도 자신의 이름을 띄엄띄엄 말해 주었다. 퉁퉁 부은 얼굴이 눈물로 얼룩져 있었다. 얼마나 울었던지 이제는 소리 내어 울 기력도 없는 모양이었다. 생기를 잃은 채 흐려져 있는 눈이 옥당군을 멍하니 올려다보고 있었다. 껍질만 남아 있는 아이였다.

"정완(鄭琓)이라고 합죠. 우성촌에 사는 아입니다. 일곱 살이굽쇼."

왕삼이 두 손을 싹싹 비벼가며 아이에 대해 말해 주었다.

완아는 우성촌의 외성(外姓)으로 화전을 일구며 가난하게 살아가는 농군의 자식이었다. 지난봄에 어미가 독사에게 물려 사흘을 앓다가 항아리만큼 부은 몸으로 숨졌다. 그 무덤에 떼장이 아직 뿌리를 내리기도 전인 지난여름 아비마저 호식(虎食)을 당해 죽고 말았다. 나이 열다섯에 늦은 홍역을 하는 딸을 살리기 위해 약초를 캐러 갔다가 당한 변이었다.

이튿날 나무꾼들이 뼈 조각 몇 개와 피 묻은 옷자락이며 괭이 한 자루에 망태기를 가지고 어렵게 어렵게 물어 우성촌까지 찾아왔다. 아비의 옷과 물품들을 끌어안고 곧장 기절했던 딸 추아(秋雅)는 이틀 만에야 깨어났다. 놀람이 너무 커서였던지 온몸에 돋았던 열꽃마저 씻은 듯 가라앉아 버렸다. 아비는 죽어서도 기어이 딸의 홍역을 잡은 것이다.

어미 곁에 아비마저 묻은 다음부터 거친 밭을 일구는 일은 추아의 몫이었다. 어린 소녀는 하나뿐인 동생을 데리고 종일을 자갈밭에 나가 일했다. 그녀에게는 아직 철모르는 완아를 먹여 살려야 한다는 일념이 남아 있을 뿐이었다. 그런 누나 곁에서 완아는 혼자 놀다가 지치면 햇볕이 따가운 줄도 모르고 밭 두렁에 쓰러져 잠을 자곤 했다.

그렇게 여름이 지나갔고 가을이 되었다. 아직 추수할 날은 멀었는데 관에서는 벌써 조세(租稅)를 독촉하기 시작했다. 추아는 밀린 세금을 다 갚자면 어미의 죽음으로 개간된 화전을 몽땅 들어 바쳐도 부족하다는 것을 알았다.

현(縣)의 관리가 나졸들을 앞세우고 마을을 몇 차례 휩쓸고 간 다음에는 지주의 닦달이 뒤따랐다. 현에 살고 있는 늙은 지주 염 대인(廉大人)이 건장한 하인들을 거느리고 우성촌에 들이닥친 날, 완아를 업고 밭으로 나가던 추아는 염 대인의 수레 앞에서 엎어지고 말았다. 붉은 아침 햇살 아래 초라한 무명 치맛자락이 들추어지고 깊은 속살이 부끄럽게 드러났다. 그것을 본 늙은 염 대인의 눈에 핏발이 섰다.

"그 다음부터는 아예 현에서 나온 관병 서너 놈이 이 아이의 집에 눌러앉아 버렸습죠. 밀린 세금을 당장 내놓으라는 겁니다. 그러지 못하면 추아를 잡아다가 관노(官奴)로 삼겠노라고 으름장을 놓았죠. 그러니 그 어린것이 얼마나 무섭고 끔찍했겠수?"

왕삼이 주먹을 불끈 쥐고 부르르 떨며 이를 갈았다.

"염 대인 놈이 현령에게 뇌물을 먹이고 청을 넣은 겁니다. 그런 다음에 추아에게 나타나 대신 세금을 내줄 테니 잠자리 시중을 들라고 윽박질렀죠. 추아에게 달리 선택의 여지가 있었겠습니까? 사흘 전에 결국 제 동생을 나에게 맡기고 염 늙은이 집으로 갔답니다. 그때부터 저놈이 저렇게 울고만 있습죠."

옥당군의 눈에서 불길이 조금씩 이글거리기 시작하더니 왕삼의 말이 끝났을 때는 세상을 다 태워 버릴 듯 활활 타올랐다.

"네 누이를 만나보겠느냐?"

그가 모로 쓰러진 채 여전히 흐느끼고 있는 아이에게 말했다. 어느새 터질 듯한 분노의 불길은 싸늘히 식었고, 회색 빛 동공 속에 이제는 흐린 새벽 하늘 같은 몽롱함이 담겨져 가라앉아 있었다.

완아가 울음을 뚝 그쳤다. 딸꾹질을 하며 옥당군을 바라보는 아이의 지친 얼굴에 간절함이 떠올랐다.

"만나…… 겠어요……."

"그렇다면 우선 뭘 좀 먹고 기운을 차리거라."

머리를 끄덕인 옥당군이 왕삼을 돌아보았다. 왕삼의 얼굴에는 기쁜 기색이 가득했다. 무엇보다도 완아가 울음을 그쳤다는 것이 좋은 모양이었다.

"알았다. 조금만 기다려라. 이 아저씨가 세상에서 제일 맛있는 음식을 만들어오마."

옥당군에게 환하게 웃어 보인 왕삼이 뛰듯이 방을 나갔다. 옥당군은 일어날 기력마저 잃은 채 모로 쓰러져 자신을 빤히 바라보고 있는 완아의 부스스한 머리카락 속에 손을 넣어보았다. 따뜻했다. 이제는 울음 대신 멈추지 않는 딸꾹질을 해대면서 그를 바라보는 완아의 눈에 비로소 생기가 돌기 시작했다.

뜨거운 계란죽 한 그릇을 허겁지겁 먹어치우는 완아의 야윈 팔이 부들부들 떨리고 있었다.

"에그……. 천천히 먹어라. 누가 빼앗아 먹지 않는다."

완아가 문득 수저를 멈추고 왕삼을 바라보았다.

"누나에게도 이걸 만드는 법을 가르쳐 주시겠어요?"

왕삼이 주름살을 펴며 활짝 웃었다.

"이 녀석, 이제 살아난 모양이로군. 곧 죽을 것만 같더니 말이야. 걱정 마라. 아예 네 누나를 이 아저씨의 수제자로 삼으마."

완아의 거친 얼굴에 환한 웃음이 피어 올랐다. 나시 뜨거운 죽을 담아준 왕삼이 옥당군을 돌아보고 미소 지었다.

"아이를 다루는 솜씨가 여간 아니시오. 왜 나는 진작 그 생각을 하지 못했을까?"

하지 못한 게 아니라 할 엄두를 내지 못했을 것이다. 왕삼에게는 죽었다가 깨어나도 완아를 데리고 염 대인에게 찾아가 추아를 내놓으라고 할 능력도 배짱도 있지 않았다.

이제 배가 부른지 완아가 수저를 놓았다. 옥당군이 지저분해진 그의 입을 닦아주었다. 그에게 얼굴을 맡기고 있는 완아의 눈빛이 한결 따뜻해져 있었다. 아이들은 언제나 기대고 의지해야 할 사람을 금방 찾아낼 줄 아는 것이다.

"가자."

옥당군이 완아의 한 줌도 되지 않는 손목을 잡고 일어섰다.

왕삼의 집을 나오자마자 연신 하품을 해대는 녀석을 업었다. 완아는 곧 잠에 빠져들어 늘어졌다. 옥당군은 등에서 곤히 잠들어 있는 아이가 깨지 않도록 천천히 걸었다. 차가운 밤이슬이 옷깃을 적셔왔다. 아이의 등이 시릴 것이다. 왕삼의 집에서 홑이불이라도 한 장 얻어올 걸 그랬다는 뒤늦은 후회가 들었다.

등에 배어들고 있는 완아의 따뜻한 체온이 낯설었다. 이처럼 가까이에서 누구의 체온을 느껴본 것이 얼마 만인가 하는 생각에 옥당군은 쓴웃음을 지었다. 자신을 아는 사람이, 그래 봐야 제독태감 곁을 늘 맴돌고 있는 열두 명의 호법사자들, 아니, 그중 두 명이 죽었으니 이제 열 명뿐인 그들 중 누가 지금의 자신을 보았다면 미쳤다고 할 것이었다.

'정말 미친 건지도 모르지.'

옥당군은 풀썩 웃었다. 지난 일들을 떠올린다는 건 좋은 일이 아니었다. 머리 속에 잡념이 많아지기 시작하면 죽여야 할 자에게 집중하기 힘들어지는 것이다.

'죽인다는 일……'

젖은 땅 위에 잠시 완아를 내려놓고 겉옷을 벗어 아이를 감싼 다음에 다시 들쳐 업으며 그렇게 중얼거려 보았다.

자신은 오직 누구를 죽이기 위해서만 쓸모가 있도록 만들어진 도구

였다. 살린다는 것은 생각조차 해본 적이 없었다. 그런데 지금 이처럼
아이를 업고 그를 살리기 위해 먼 길을 가고 있다는 생각이 옥당군을
괴롭혔다.

"은혜를 갚는 거다."

그 밤중의 강가에서 늑대들에게 물려 죽었어야 할 자신을 구해준 사
람들을 떠올리고 그렇게 말했다. 절로 쓴웃음이 나왔다. 은혜라니. 그
런 말을 하고 있는 자기 자신이 전혀 낯설게 느껴지기만 했다. 자신에
게는 은인도 원수도 없어야 하는 것이다. 오직 복종해야 할 자가 한 명
있고, 그의 명령에 따라 죽여야 할 자가 있을 뿐이다.

쓸데없는 짓을 했다는 것이 알려지면 제독태감으로부터 중벌을 받
게 될 것이 분명했다. 어쩌면 처형당할지도 몰랐다. 아직도 마음에 인
정이 남아 있고 머리 속에 과거에 대한 기억들이 살아 있다면 제독태
감에게 있어서 자신은 쓸모없는 존재다. 그렇게 판단되면 그는 가차없
이 죽여 버릴 것이 분명했다. 하지만 죽는 것 따위는 조금도 걱정되지
않았다. 자신이 죽여야 할 자에 대하여 걱정하지 않듯 자기 자신에게
도 그렇게 하도록 길들여진 것이다.

멀리 흐린 달빛 아래 잠들어 있는 십들과 성곽(城郭)이 보였다. 우성
촌이 속해 있는 봉양현(峰陽縣)이었다. 청홍교(靑紅橋) 앞에서 걸음을
멈추었을 때 완아가 깨어났다. 동쪽 산 너머에 새벽이 찾아오고 있을
무렵이었다. 개 짖는 소리들이 들려왔다. 곧 새벽닭도 홰를 치고 울 것
이다. 날이 밝기까지는 한 시진여가 남았겠지만 그 정도면 시간은 쓰
고 남을 만큼 충분했다.

"아저씨, 누나는요?"

눈을 비비던 아이가 옥당군의 손을 스스럼없이 붙잡았다. 작고 부드러운 손이 따뜻했다. 옥당군이 말없이 손을 들어 개울 건너 버드나무 숲을 뚫고 바라보이는 저택을 가리켰다. 마당에 횃불을 밝혀놓았는지 그 위의 하늘이 은은히 붉어져 있었다. 왕삼이 가르쳐 준 대로라면 저 집이 양 대인이라는 자가 살고 있다는 그 저택일 것이다.

완아가 갑자기 두려워지는지 옥당군의 팔에 얼굴을 파묻었다.

"무서운 거냐?"

도리질을 친 완아가 옥당군을 빤히 바라보았다.

"그 사람들을 죽일 거예요?"

이번에는 옥당군이 완아를 내려다보았다. 아이는 누가 가르쳐 준 것도 아닌데 자신에게서 살기를 느꼈다. 잠시 망설이던 옥당군이 건조한 음성으로 낮게 말했다.

"아니. 짐승을 잡으려는 것뿐이지."

겉옷을 아이의 몸에 잘 둘러준 옥당군이 검을 쥐고 일어섰다.

"여기서 기다리고 있어라. 곧 돌아오마."

"잊어버리면 안 돼요. 누나를 꼭 데려와야 해요!"

청홍교의 난간을 붙들고 서서 완아가 그렇게 소리쳤다. 더욱 짙어진 어둠 속으로 걸어 들어가던 옥당군이 돌아보지 않은 채 한 손을 번쩍 들어 보였다. 개들이 더욱 극성스럽게 짖어대기 시작했다.

꽝! 하는 요란한 소리와 함께 빗장이 부러지며 굳게 닫혀 있던 대문이 활짝 열렸다. 마당 가운데 화톳불을 지펴놓고 서서 음담패설을 늘어놓고 있던 장한 세 명이 깜짝 놀라 돌아보았다. 허름한 마의에 죽립을 깊숙이 눌러쓴 자가 제 집에 들어오듯 성큼 들어서고 있었다.

"뭐야?"

어리둥절해서 활짝 열린 대문과 사내를 바라보던 자가 몽둥이를 집어 들었다.

"침입자다!"

"저런, 쳐 죽일 놈이!"

사태를 깨달은 자들이 제각기 몽둥이를 꼬나 들고 우르르 달려갔다.

"간이 쓸개에 붙은 놈이구나! 뒈지려고 환장을 해도 분수가 있지!"

기세가 등등하여 제일 먼저 달려들었던 자가 제대로 몽둥이를 휘둘러 보지도 못하고 옥당군이 차올린 발끝에 턱이 부서져 나뒹굴었다. 주춤거리는 두 놈이 이건 아니라는 생각이 들었을 때는 이미 돌이킬 수 없게 된 뒤였다. 성큼 다가선 옥당군의 주먹이 또 한 놈의 얼굴 복판을 여지없이 부수어놓았고, 등을 보이고 달아나려는 놈의 뒷덜미를 낚아채 마당 구석에 패대기쳐 버렸다. 그 모든 게 눈 깜짝할 사이의 일이었다.

단번에 염 대인의 하인 세 놈을 눕힌 옥당군이 성큼성큼 걸어 바깥마당을 가로질렀다. 다시 담이 나타났고 굳게 닫힌 중문이 앞을 가로막았다. 그것미저 한번 걸어차 부수어 버린 옥당군이 서슴없이 중문 안으로 발을 들여놓았다. 그때쯤은 바깥마당의 소란이 안에까지 알려져 여기저기에서 하인들이 잠에서 채 깨지 못한 부스스한 모습들로 뛰어나오고 있었다. 하나둘 밝혀지기 시작한 횃불들이 순식간에 십여 개가 되어서 안뜰을 대낮처럼 비추었다.

옥당군이 죽립 속 깊숙한 곳에서 번쩍이는 눈으로 하인들을 훑어보았다. 이십여 명이나 되는 장정들이었는데 하나같이 손에 몽둥이며 동아줄을 들고 있었다. 그중에는 칼이며 창을 들고 있는 놈들도 서너 명이 보였다. 병장기를 지니고 있는 자들을 유심히 보아둔 옥당군이 다시 걸음을 옮겨 그들에게 뚜벅뚜벅 다가가기 시작했다.

"나는 염가 늙은이만 만나면 된다. 다치고 싶지 않은 놈은 비켜서라."

옥당군의 억양없는 음성이 일시에 장정들의 소란을 가라앉혔다.

근육질의 상체를 드러낸 채 칼을 든 거한이 하인들을 헤치고 나와 앞을 막아섰는데, 옥당군을 흘겨보는 인상이 험상궂었다. 텁석부리 수염이며 부리부리한 눈이 제법 힘깨나 써 보이는 자였다.

옥당군은 그자가 하인 무리의 우두머리라는 것을 알았다. 평소 포악하고 술과 도박, 계집을 좋아할 것이다. 일하는 것보다 하인들을 닦달하는 데에 더 솜씨가 좋을 것이며, 그것보다 뛰어난 것은 염 대인에게 굽실거리는 일일 것이 분명했다. 별 쓸모가 없는 자이지만 이런 일에 대비하여서 염 대인은 그를 곁에 놓아두고 있는 것이다.

"염 대인보다는 염라대왕을 만나는 게 네놈에게는 제격이겠다."

거한이 퉁방울 같은 눈을 부릅뜨고 달려들며 힘껏 칼을 내려쳤다. 태산압정(泰山壓頂)이라는 단순한 수법에 불과했는데도 그의 천력(天力)이 실려 있어서 무섭기 짝이 없어 보였다. 그러나 옥당군은 태연하기만 했다. 그의 입꼬리에 차가운 웃음이 스쳐 지나갔다. 한순간 독아(毒牙) 같은 살기가 쏘아졌다.

핏―!

손이 검병(劍柄)에 가볍게 닿은 것 같았는데 한 가닥 창백한 검광이 어둠을 뚫고 솟구쳤다. 그리고 거한이 덧없이 떨어진 칼을 땅속에 깊이 박아 넣은 채 눈을 부릅떴다. 그의 인후(咽喉)가 쩍 벌어지고 있었다. 그리로 더운피가 흘러내리더니 물줄기처럼 뿜어져 허공을 적셨다.

"끄어어—!"

기괴한 비명이 짐승의 울부짖음처럼 터져 나왔다. 거한이 자신의 목을 두 손으로 꽉 움켜쥔 채 통나무가 쓰러지듯 쿵, 하고 엎어져 다시는 움직이지 않았다. 콸콸거리며 쏟아져 나오는 선혈이 마른땅을 흥건히 적셨다.

너무나 갑작스러운 일이어서 잠시 어리둥절해 있던 자들이 비로소 옥당군의 손에 들려 있는 검을 바라보았다. 공포가 전염병처럼 빠르게 모두에게 감염되어 갔다. 스무 명이나 되는 장한들이 둘러서 있었지만 숨소리 하나 들리지 않았다.

장한들 속에 섞여서 검과 칼, 창 등의 병장기를 들고 있던 세 명이 무리를 헤치고 앞으로 나섰다. 옥당군은 그들의 가벼운 몸놀림에서 그 자들이 강호에서 행세하는 자들이라는 것을 알았다. 염 대인에게 고용되어 늙은이의 방패막이 노릇을 하는 무사들인 것이다.

얼굴에 거친 칼자국이 달리고 있는 자가 빙글거리며 옥당군을 바라보았다.

"살인을 했으니 목숨으로 갚는 게 당연하겠지?"

검과 창을 쥔 자들이 옆으로 넓게 벌려 섰다. 그것을 본 장정들이 우르르 물러서서 넓은 공간을 만들어주었다. 누군가가 마른침을 삼키는 소리가 크게 들려왔다.

죽이는 일을 할 때가 가장 마음이 편했다. 계집을 품고 있을 때도 술을 마시고 있을 때도 마음의 답답함을 어쩔 수 없었지만 검끝에 누군가의 목숨이 걸려 퍼덕이는 그 순간만큼은 마약에 취한 듯 짜릿하고 황홀한 기분을 느낄 수 있었던 것이다.

그 느낌을 떠올리자 가슴이 쿵쾅거리며 거칠게 뛰었다. 더 견딜 수 없게 된 옥당군이 마른 혀를 내밀어 입술을 핥았다. 자신도 모르게 독한 살기가 뿜어진 모양이었다. 정면에서 그것을 받은 자가 움찔하며 한 걸음 물러섰다.

그것을 놓치지 않겠다는 듯 옥당군이 발바닥을 땅에 붙인 채 미끄러져 들어갔다. 얼음을 지치듯 가볍고 신속한 운신이었다. 눈을 부릅뜬 자가 칼을 들어 올렸고, 좌우에서 노리고 있던 자들도 동시에 땅을 박차고 쇄도해 왔다.

쨍—!

뒤에서 후려쳐 오는 검을 받아넘긴 옥당군이 옆으로 훌쩍 뛰었다. 그가 있던 곳을 날선 칼이 요란한 바람 소리를 내며 스쳐 지나갔다. 찔러오는 창대를 발끝으로 걷어올리자 빈곳을 노리고 다시 검을 든 자가 날카롭게 파고들었다.

'좋다!'

마음속에 증폭된 흥분과 살기가 옥당군을 한껏 들뜨게 했다. 속으로 좋다고 뜻없이 외친 옥당군이 땅을 박차고 뛰어올랐다. 발 밑을 아슬아슬하게 스쳐 가는 칼몸이 희게 보였다. 놈의 정수리를 가볍게 딛고 몸을 비틀어 창을 쥔 자의 등 뒤로 내려섰다.

이처럼 검과 도, 창이 뒤섞인 자들의 공격을 받으면 언제나 가장 위험한 게 창이었다. 검이 미치는 범위 밖에서 맴돌며 틈을 엿보다가 불쑥불쑥 찔러 들어오는 그것에 여간 신경이 쓰이는 게 아니다. 창에 신경을 쓰다 보면 상대의 검과 도를 방비하기 어렵게 된다. 옥당군은 각기 다른 병장기를 지닌 세 놈이 나설 때부터 내심 창을 든 놈을 가장 먼저 없애겠다고 마음먹고 있었다.

창을 든 자가 흠칫 놀라 급히 앞으로 달려나갔다. 그러나 옥당군이 미끄러져 들어가는 것을 뿌리칠 수는 없었다. 마치 그림자가 된 듯 따라붙은 옥당군을 떼어놓을 수 없게 되자 놈이 이번에는 옆으로 뛰며 창대를 힘껏 뒤로 뻗어 가슴을 찔러왔다. 가볍게 그것을 밀어낸 옥당군의 검이 허공을 갈랐다.

"엇!"

궁지에 몰린 동료를 도와주기 위해 검을 휘두르며 달려들던 자가 멈칫했다. 아직 옥당군과는 세 걸음이 남아 있었는데 벌써 그의 차가운 검인이 창을 든 자의 목덜미를 훑고 있었던 것이다.

"이놈!"

눈앞에서 목이 쩍 벌어져 덜렁거리는 동료를 바라본 자의 눈에서 불똥이 튀었다. 그가 목청껏 외치고 뛰어들었지만 옥당군이 몸을 틀어 옆으로 도는 것이 더 빨랐다.

씨이잉—!

매운 바람 소리가 났다.

"윽!"

옥당군이 칼을 쥐고 달려드는 자에게 돌아섰다. 그 등 뒤에서 검을 든 자가 쩍 벌어진 가슴을 움켜쥔 채 비틀거리고 있었다.

"지독한 놈이다!"

순식간에 두 명의 동료를 잃은 자가 이를 갈며 미친 듯 칼을 휘둘러왔다. 그 칼의 폭풍우 속으로 서슴없이 뛰어드는 옥당군의 모습이 위태롭기 짝이 없어 보였다.

쨍, 쨍—!

이 시리게 하는 쇳소리가 차가운 새벽 하늘을 갈랐다.

씨이잉—!

다시 매서운 휘파람 소리가 났고, 옥당군은 검을 쥔 채 저만큼 앞으로 달려나가고 있었다.

"끄으으―!"

혼자 남겨진 자가 칼을 지팡이 삼아 버티고 선 채 이를 악물었다. 길게 베어진 옆구리에서 샘솟듯 선혈이 흘러내려 하체를 온통 적셔놓고 있었다. 억눌린 신음이 어둠을 흔들고 낮게 흘렀다.

둘러서서 그들의 싸움을 지켜보던 장정들이 벌어진 입을 다물지 못한 채 넋을 잃고 옥당군을 바라보았다. 공포가 그들의 정수리 위에 떨어져 내렸다. 죽립 깊숙한 곳에서 차가운 눈빛을 번쩍이며 다가오는 옥당군의 모습은 이제 사람의 그것이 아니었다.

뒤쪽에 있던 누군가가 슬그머니 몽둥이를 내려놓고 돌아서더니 냅다 달아나기 시작했다. 그 행위가 두려움에 더해져서 모두의 마음을 사정없이 흔들어놓았다. 와 하는 비명 소리와 함께 장정들이 서로의 등을 밀며 다투어 달아나기 시작하자 소란이 한동안 안뜰을 어지럽게 했다.

옥당군의 검끝에서 비로소 핏방울 하나가 미끄러져 떨어졌다. 텅 빈 공간과 텅 빈 적막 속에서 그 소리가 메아리처럼 울리는 듯했다. 차가운 새벽바람이 을씨년스럽게 불어왔다.

새로 데려온 추아에게 흠뻑 빠져서 염 대인은 이 며칠 동안 헤어나지 못하고 있었다. 육십을 넘긴 나이라고는 믿을 수 없을 만큼 절륜한 정력을 자랑하던 그도 초저녁부터 두 번이나 거듭된 방사(房事)로 지쳐 늘어져 잠이 들었다. 곤한 잠이었지만 거듭되는 바깥의 소란에 조금씩 깨어나지 않을 수 없었다. 몇 번 몸을 뒤척이던 그가 기어이 눈을 떴다.

"이 쳐 죽일 놈들이 왜 이렇게 떠들어대는 거야? 내 당장 이놈들을……."

몸을 일으킨 그의 눈에 침상 구석에 웅크리고 누워 훌쩍거리고 있는 추아의 맨 어깨가 보였다. 살빛이 검었으나 부드럽고 매끄럽기 짝이 없는 계집이라고 생각했다. 착착 붙어오는 감칠맛이 여태까지 품어보았던 숱한 계집들 중 으뜸이라고 할 만했다. 이불을 덮고 있었지만 추아의 둥실둥실한 엉덩이의 곡선이 고스란히 드러나 있었다. 다시 입 안에 비릿한 침이 고여왔다.

염 대인이 일어난 것을 안 추아는 애써 울음을 그친 채 죽은 듯 움직이지 않고 있었다. 그런 추아의 엉덩이로 슬그머니 손을 뻗어보는데 밖에서 하인들의 아우성치는 소리가 들려왔다. 흥이 깨진 염 대인이 눈살을 잔뜩 찌푸렸다.

"저런 죽일 놈들이 대체 이 밤중에 뭘 하느라고 저 난리들이야?"

옷을 찾아 두리번거리는데 뚜벅거리며 회랑(回廊)을 걸어오는 거침없는 발자국 소리가 들렸다. 그제야 심상치 않음을 느낀 염 대인이 귀를 세우고 그 발자국 소리의 의미를 생각해 볼 때였다.

꽝—!

요란한 소리와 함께 문짝이 떨어져 나갔다. 그리로 바깥의 찬바람이 갑자기 몰려들었다. 염 대인은 저도 모르게 부르르 몸을 떨었다. 돌아본 그의 눈에 죽립을 깊숙이 눌러쓴 자가 보였다. 한 손에 들고 있는 새파란 검신을 타고 아직도 선혈이 방울지며 흘러 떨어지고 있었다.

"누, 누, 누구냐!"

기겁을 한 염 대인이 벌떡 일어나며 목청껏 소리쳤다. 말없이 방 안의 정경을 한번 둘러본 사내의 턱이 조금 움직인 것 같았다.

"네가 우가촌의 추아냐?"

등을 돌리고 웅크리고 누워 죽은 듯 꼼짝도 하지 않던 추아의 어깨가 움찔 떨렸다. 그녀가 천천히 돌아보았다. 아직 앳된 얼굴에 눈물 자국이 얼룩져 더욱 애처로워 보였다. 흘러내린 머리카락 몇 가닥이 젖은 볼에 달라붙어 있었다.

"완아의 누이가 맞겠지?"

동생의 이름이 낯선 사내의 입에서 불려졌지만 기쁘고 반갑기 짝이 없었다. 추아가 벌거벗었다는 것도 잊은 채 벌떡 일어나 앉으며 정신없이 고개를 끄덕였다. 그 어린것에 대한 걱정과 그리움이 갑자기 밀려들어 그녀의 얼굴을 파랗게 질리게 했다.

"가, 강도야! 강도가 들어왔다!"

옥당군의 손에 들려 있는 검을 본 염 대인이 목청이 찢어져라 부르짖었다. 그는 자신의 비명 소리를 듣고 집 안의 하인이며 무사들이 당장 달려올 것이라고 믿었다. 그러나 성큼 다가온 건 저승사자와 같은 옥당군일 뿐, 쥐새끼 한 마리 얼씬거리지 않았다.

염 대인은 비로소 사태가 어떻게 된 건지 어렴풋이나마 알아챘다. 저자가 이곳까지 찾아왔다면, 그리고 그의 검에 핏방울이 맺혀 떨어지고 있다면 그건 믿었던 자들이 모두 당했다는 말밖에 되지 않았다. 염 대인은 자신이 지금 저승사자를 눈앞에 두고 있다는 것을 알았다.

"다 가져가도 좋소. 사, 살려만 주시오……."

염 대인이 옥당군의 발 아래 벌거벗은 늙은 몸뚱이를 내던져 무릎을 꿇었다.

"내가 가져갈 건 하나밖에 없어."

차가운 말과 함께 옥당군의 검이 번쩍였다. 염 대인의 추한 머리통이 땅에 떨어져 굴렀다. 목을 잃은 몸뚱이는 아직 꿇어앉아 옥당군의 다리를 붙잡으려는 듯 두 팔을 내뻗고 있었다.

떨리는 손으로 옷을 찾아 입는 추아를 지켜보는 옥당군의 눈 속 깊은 곳에 짙은 아픔이 흘렀다. 그는 이십여 년 전 추아처럼 그렇게 팔려간 자신의 누이를 생각했다. 벌써 이십 년이라는 세월이 흘렀다. 지금 누이는 중년을 바라보는 여인이 되어 있을 것이다. 어디에서 어떻게 살고 있는지……. 어쩌면 시달릴 대로 시달린 젊은 날을 견디지 못하고 벌써 죽었을지도 몰랐다.

염 대인의 보기 흉한 몸통에서 흘러내린 피가 발을 적셔왔다. 한번 뛰어들어 마음껏 살기를 풀어버렸지만 마음은 영 무겁기만 했다. 그새 옷을 다 차려 입은 추아가 덧없이 바닥에 떨어져 있는 염 대인의 머리통을 빤히 바라보고 서 있었다. 그녀의 얼굴에 두려움은 없었다.

흐린 새벽 안개가 세상을 덮었다. 마을의 개라는 개들은 모두 깨어나 짖어대는 모양이었다. 그 시끄러운 소리들로 조용해야 할 새벽이 어지럽게 흔들렸다. 안개 속에서 줄지어 서 있는 버드나무들이 머리를 풀어헤치고 개울가에 서 있는 미친 여자처럼 청승맞아 보였다.

그 버드나무 가지들 사이로 청홍교(靑紅橋)가 어렴풋이 보였다. 떨고 있는 추아의 마른손을 꼭 쥐고 조금 더 다가가자 기다리고 있는 작은 아이의 모습이 보였다. 처음 세워둔 그곳에서 처음 서 있던 그 모습대로 그렇게 서서 기다리고 있는 아이였다. 옥당군이 돌아오지 않는다면 영원히 그렇게 서 있을지도 몰랐다.

"아!"

안개에 갇힌 흐릿한 윤곽만으로도 어린 동생의 모습을 환히 보았던지 추아가 비명과도 같은 탄성을 터뜨리고 마구 달려갔다. 자박거리는 급한 발자국 소리가 안개를 흔들었다.

"누나!"

아이는 그 소리만으로도 그것이 누구임을 안 모양이었다. 완아가 난간을 버리고 마주 달려왔다. 다리 한가운데에서 두 남매는 서로를 꽉 부둥켜안은 채 움직일 줄 몰랐다. 추아의 낮은 흐느낌이 물소리에 섞여 옥당군의 가슴을 적셔왔다.

'이런 것인가?'

옥당군은 하늘을 향해 들어 올린 코끝을 찡긋거리며 그렇게 중얼거렸다. 누군가를 구해준다는 것이 이런 기분이라는 것을 처음 알았다.

"아저씨가 누나를 꼭 데려올 거라고 믿었어요. 그래서 하나도 안 무서웠어요."

기다리는 동안 무섭지 않았느냐고 묻자 완아가 눈물로 얼룩진 볼을 훔치며 옥당군을 보고 웃었다.

"아저씨는 굉장해요. 마을 어른들 중 누구도 하지 못했는데 정말 염대인 집에서 누나를 데려오다니……. 그들을 죽였나요?"

옥당군이 말없이 고개를 끄덕였다. 완아가 주먹을 불끈 쥐어 보였다.

"아저씨는 이 세상에서 제일 센 사람이 틀림없어요. 나도 아저씨처럼 되고 싶어요. 아주아주 힘이 센 사람이 되어서 아무도 누나를 데려가지 못하게 할 거예요."

완아의 반짝이는 눈 속에 새롭게 생겨난 굳은 의지를 물끄러미 바라보던 옥당군이 머리를 가로저었다.

"필요하다면 힘을 갖는 것도 좋겠지. 하지만 아무래도 너는 그렇게 하지 않는 게 좋겠다."

옥당군이 품속에서 전낭(錢囊)을 꺼내 망설이는 추아의 손에 쥐어주었다.

"날이 밝아지기 전에 멀리 떠나라. 아무도 너희들을 알아보지 못하는 곳에서 집과 논밭을 사 열심히 일한다면 좋은 날이 올 것이다."

"그렇게 하면 은공(恩公)을 다시 만날 수 있나요?"

"잊어라."

차갑게 말해 준 옥당군이 완아의 머리를 한번 쓸어주고 그들의 등을 떠밀었다.

"어서!"

추아가 주춤거리는 완아의 손을 잡고 다리 건너의 낯선 길을 바라보고 잰걸음으로 걷기 시작했다. 돌아보고 또 돌아보는 그들의 모습이 안개에 파묻혀 보이지 않게 되고도 한참을 옥당군은 다리 한가운데 버티고 서 있었다. 혹시라도 염가장의 하인들이 뛰어나와 남매의 뒤를 쫓지 않을까 해서였다. 그러나 아침이 선연한 빛으로 안개들을 밀어낼 때까지 아무도 뒤쫓아오는 자가 없었다. 비로소 등을 돌린 옥당군이 천천히 왔던 길을 다시 더듬어가기 시작했다.

*   *   *

"나는 이제 가진 게 없소."

"무슨 그런 말을……. 이 왕삼이 살아서 주루를 하는 한평생이라도 먹여드리겠소. 언제든지 오기만 하시구려.”

수중에 은자라고는 한 푼도 남아 있지 않다는 것을 말했지만 왕삼은 전혀 개의치 않았다. 그가 푸짐한 상을 차려놓고 두 손을 비비며 웃었다. 오늘 새벽에 염가장에서 일어난 참극이 어느새 마을 전체에 두루 알려진 모양이었다.

마주 웃어주던 옥당군이 깜짝 놀라 얼굴을 굳혔다. 웃다니, 내가 웃다니 하는 놀라움이 그의 머리 속을 텅 비게 했다. 어색하게 일그러진 웃음이었지만 자신이 왕삼을 마주하여 웃은 것이다. 그것은 믿지 못할 일이었다. 그 당혹감으로 얼굴을 찡그리자 왕삼이 겁먹은 모습으로 슬그머니 물러났다. 그리고 장우춘(張宇春)이 멀쩡한 모습으로 찾아왔다.

“어, 아직 있었군.”

천연덕스럽게 말한 그가 옥당군 앞에 주저앉아 서슴없이 음식들을 먹어대기 시작했다. 그는 지난 사흘 간 아무것도 먹지 못했을 것이다. 게걸스럽게 음식을 탐하는 장우춘을 물끄러미 바라보는 옥당군의 얼굴이 어느새 처음의 그 돌덩이 같은 무표정함으로 돌아가 있었다.

음식 먹기를 마친 장우춘이 옷자락에 기름 묻은 손을 닦으며 옥당군을 빤히 바라보았다.

“쓸데없는 짓을 했더군.”

옥당군이 슬며시 그의 시선을 외면했다. 명령과는 아무 상관도 없는 일을 했으니 과연 쓸데없는 일이 분명했다. 제독태감에게 알려진다면 죽어야 할 또 하나의 이유가 생긴 것이다. 그걸 알면서도 주어진 임무를 마치고 나면 개가 제 집으로 찾아들듯 꺼덕꺼덕 동창으로 돌아갈 것이었다. 그것이 바로 자신의 모습이라는 걸 떠올리고 옥당군은 처음으로 참혹해지는 심정을 느꼈다.

"설마 내가 이 일을 보고하지 않을 것이라고는 생각하지 않겠지?"

옥당군이 말없이 고개를 끄덕였다. 그는 이제 자신을 죽게 할 수 있는 유일한 사람이었다. 그러나 장우춘에 대한 적의는 생기지 않았다. 동창으로 돌아가면 죽어야 한다는 걸 자연스럽게 받아들인 것이다. 어쩌면 그것만이 나를 자유롭게 하는 유일한 길인지도 모른다고 생각했다.

옥당군의 무심한 시선이 장우춘의 몸을 한차례 훑었다. 그가 고개를 끄덕이고 다시 웃어 보였다. 왕삼에게 했던 것보다는 훨씬 자연스러워져 있는 웃음이었다.

"좋아 보이는구려. 내상을 이제 완전히 다스린 모양이오. 축하하오."

"뭐야? 네가 정말 칠형(七珩) 옥당군이 맞는 거냐?"

옥당군의 웃음을 보고 깜짝 놀랐던 장우춘이 이내 온통 얼굴을 찡그리며 소리쳤다. 그가 아는 옥당군은 결코 이런 자가 아니었다. 언제나 말이 없었고, 언제나 무표정했으며 잔혹했다. 상대의 가슴에 검을 박아 넣을 때도 표정이 없었고, 자신의 몸에 상대의 검이 박혀 들어왔어노 아무 표정을 떠올리지 않았다. 그런 옥당군이 자신 앞에서 웃었다는 것을 장우춘은 믿을 수 없었다.

"계집이 형산을 쑥밭으로 만들어놓고 나서 사라졌다고 하오. 여전히 모용탈과 함께 있소."

한번 옥당군을 매섭게 흘겨본 장우춘이 키득거리고 웃었다.

"대단한 계집이었군. 우리는 애초에 그 계집에 대한 정보를 잘못 알고 있었던 거야."

"아무래도 상관없소. 그 계집은 결국 내 손에 죽을 테니까. 모용탈도 마찬가지지."

살기가 싸늘하게 묻어나는 옥당군의 얼굴을 물끄러미 바라보던 장우춘이 입술을 깨물었다.

"좋아. 한몫 거들지 못하면 나 장우춘이 장 육형(張六珩)이 아니지."

자리를 박차고 일어서며 장우춘은 이제 머지않아 자신이 죽을 것임을 느꼈다. 함께 저승으로 끌고 갈 상대가 모용탈이 될지 소옥이 될지는 알 수 없었다. 하지만 반드시 그 둘 중 한 명을 끌고 가야 옥당군의 일이 훨씬 수월해질 것이었다. 그리고 그렇게 하는 것이 부여받은 임무를 완수할 수 있는 길이기도 했다.

왜 희생자의 역할을 할 사람이 옥당군이 아니라 자기가 되어야 하느냐 하는 것은 장우춘 스스로가 정한 일이었으므로 아무 불만이 없었다. 아무래도 자신보다는 옥당군이 그들을 더 잘 죽일 것 같다는 생각을 했기 때문이다. 그에게도 옥당군과 마찬가지로 죽음에 대한 두려움 따위는 없었다.

"그럼 가야지."

장우춘이 죽립을 집어 들고 일어서자 옥당군이 한번 주방 쪽을 힐끗 바라보고 따라 일어섰다. 거기 쪽문 안쪽에 숨어서 엿보고 있는 왕삼의 겁먹은 눈 한 쌍이 있었다.

"왜 태감께서 곤륜의 진경을 탐내는 건지 모르겠소."

등 뒤로 아득히 형산의 영봉들을 두고 있는 능선 위에서 잠시 멈추어 쉬던 옥당군이 문득 장우춘을 돌아보고 그렇게 물었다. 장우춘이 씹고 있던 풀잎을 침과 함께 뱉어내고 한숨을 쉬었다.

"에휴— 낸들 그걸 알겠냐?"

답답해서 물어보았을 뿐, 장우춘으로부터 어떤 대답을 기대한 건 아니었다. 묵묵히 먼 하늘과 그곳에 점점이 흩어져 있는 흰 구름들과 아득히 멀어 보이는 산맥의 긴 줄기를 바라보면서 옥당군은 자신이 아무 이유도 알지 못하고 있다는 것에 처음으로 답답함을 느꼈다. 아무것도 모르면서 누구를 죽여야 하거나 또는 죽임을 당해야 한다. 그러면서도 한 점의 의혹이나 불만을 가질 수 없는 삶을 살아왔고, 앞으로도 그렇게 살아가야 한다는 것을 생각하자 스스로가 초라해지고 말았다.

장우춘을 닮기라도 한 듯 옥당군도 한숨을 쉬고 입을 다물었다.

*   *   *

그때 소옥은 장춘각(長春閣)의 이층 다락에 앉아 하염없이 창밖을 내다보고 있었다. 아무 하는 일 없이 사흘이라는 시간을 덧없이 보내고 있다는 것이 그녀의 마음을 우울하게 했다. 여전히 사부님의 소재에 대해서는 아무런 단서도 찾지 못한 채 형산을 떠나와 지난 사흘 동안 고작 일백여 리를 걸어 형양(衡陽)에 와 있었던 것이다.

형양은 형산을 찾는 사람들이 반드시 거쳐 가는 산로(山路)의 입구였다. 그곳에서부터 남악형산(南岳衡山)의 정취를 느낄 수 있었기 때문에 먼 길을 온 수행자나 참배객 또는 일반 여행자들은 형양에서 지친 걸음을 쉬면서 남악을 바라보고 몸과 마음을 경건히 한 다음 산행(山行)길에 올랐다.

그런 사람들로 인해 형양은 언제나 외지인들이 넘쳐 났고 그들을 상대로 한 상업이 번창했다. 그래서 형양은 주변의 다른 현들보다 훨씬 윤택하고 발달된 모습을 보이고 있었다. 그 형양에 몇 개의 화려한 주루가 있었는데 장춘각은 그중 한 개였다. 어제 밤늦게 이곳에 이른 소옥은 장춘각에 들어 하룻밤을 보내고 다음날을 맞이한 것이다.

아직 오후가 되기 전이라 주루의 이층은 아래층의 소음과는 상관없이 한산했다. 창가에 앉아서 소옥은 멀리 구름 속에 숨어 있는 형산의 영봉들을 바라보며 덧없이 한숨만 쉬고 있었다.

주루의 넓은 일층에는 몇몇 손님들이 드문드문 탁자를 차지하고 앉아 술이나 차를 마시며 이런저런 얘기들을 하고 있었다. 중과 도사도 있었고 늙은이와 젊은이들도 함께 섞여 있었다. 더러 강호인으로 보이는 사람들도 있었지만 대부분이 형산을 보기 위해 모여든 외지인들이라 서로가 낯이 설었으므로 누가 들어오고 나가는 것에 신경을 쓰지 않았다.

사람들의 이목이 잘 닿지 않는 구석에 두 사람의 장정이 마주 앉아 고개를 숙인 채 천천히 차를 마시고 있었다. 일반 여행객과 별다를 게 없는 행색을 하고 있었지만 천으로 둘둘 만 길쭉한 물건을 하나씩 지니고 있다는 것이 다르다면 조금 다른 점이었다.

밖에서 말이 투레질하는 소리가 들리더니 잠시 후에 주루 안으로 한 사람이 들어왔다. 피풍의(皮風衣)를 대신해서 긴 덧옷을 걸치고 머리에는 한낮의 햇빛을 가리기 위해 갓이 넓은 죽립(竹笠)을 썼다. 각반까지 단단히 동여맨 것이 먼 길을 가는 사람인 모양이었다.

두리번거리던 그가 빈 탁자를 차지하고 앉아 죽립을 벗었다. 이마에 땀이 배어 나와 있는 것이 급하게 말을 몰아온 것이 분명해 보였다. 송청림(宋淸琳)이었다.

점원에게 간단한 식사를 주문하고 다시 한 번 주위를 둘러본 그의 눈이 반짝 하고 빛났다. 구석 자리에 앉아 머리를 숙이고 있는 두 사람을 본 것이다. 송청림은 한눈에 그들이 예사로운 자들이 아니라는 것을 알아보았다. 애써 감추고 있었지만 어깨 너머로 발해지는 서늘한 기운을 느낄 수 있었던 것이다.

두 사람은 소옥의 뒤를 쫓고 있는 장우춘(張宇春)과 옥당군(玉唐君)이었다. 그들은 형산 아래에서 소옥을 따라잡은 뒤부터 은밀하게 그녀의 주위를 맴돌며 틈만 엿보고 있는 중이었다. 이제는 소옥이 얼마나 무서운 아가씨인지, 그녀의 곁에 붙어 있는 모용탈이 얼마나 상대하기 어려운 자인지를 명확히 안지라 함부로 일을 벌일 수가 없었다.

"빌어먹을 놈이다."

장우춘이 송청림의 시선을 느끼고 낮게 투덜거렸다. 옥당군의 입꼬리도 한쪽으로 보일 듯 말 듯 치켜져 올라갔다. 남들의 눈에 띄지 않기 위해 조심하고 있는데 자신들에게 수상한 눈길을 보내오고 있는 자를 만났으니 자연히 마음이 불쾌하고 불안해졌던 것이다.

"저자가 누군지 아시오?"

옥당군의 물음에 장우춘이 가만히 머리를 저었다. 옥당군의 입가에 떠올라 있던 비웃음이 더욱 짙어졌다.

"형산일룡(衡山一龍)이라고 불리는 자요."

"음, 형산파의 기재라는 그 송청림이었구먼. 하긴 형산파에서 기재 소리를 들어봐야 하품만 나올 뿐이지 뭐야."

장우춘이 낮게 낄낄거렸다. 그들은 모두 형산파가 소옥과 모용탈에 의해 한바탕 풍파를 겪은 일을 잘 알고 있었다. 그것은 그들뿐만 아니라 이미 강호에 두루 퍼져 있는 소문이기도 했다. 그 일로 인해 형산파는 명문 구대문파 중 하나로 그동안 누려왔던 위명(威名)이 깎여 형편없어지고 말았다.

"형산파에는 최명판관(催命判官) 최흘(崔屹), 그 한 사람밖에 쓸 만한
자가 없어."

장우춘이 송청림을 힐끔거리고 나서 거만하게 말했다. 이번에는 의
식적인 듯 조금 높은 소리여서 송청림도 그 말을 똑똑히 들었다. 그의
준수한 얼굴이 붉어졌다.

송청림이 묵묵히 고개를 숙인 채 입술을 악물고 있는데 다시 한 사
람이 들어섰다. 거친 용모 그대로를 자랑이라도 하듯 지니고 있는 만
주의 야인 모용탈(慕容奪)이었다. 바쁘게 어디를 다녀오는 길인 듯 서
두르는 기색으로 그가 들어서자 장우춘과 옥당군의 눈에서 동시에 불
길이 번쩍였다. 그러나 그들은 감히 나서지 못하고 더욱 깊이 머리를
숙인 채 외면했다.

모용탈의 감각은 야성에서 나고 자란 짐승의 그것처럼 날카롭고 예
민했다. 그는 주루에 들어서자마자 심상치 않은 분위기를 느꼈다. 이
층의 계단으로 오르려던 그가 우뚝 멈추어 서서 불 같은 눈길로 주루
안을 한번 휘둘러보았다. 그의 입가에 엷은 비웃음이 걸렸다. 송청림
을 보았고 장우춘과 옥당군을 본 것이다. 그가 뚜벅뚜벅 걸어 송청림
에게 다가갔다.

"벌써 왔나? 일 년을 말했던 것 같은데 기다릴 수 없었던 모양이
지?"

그의 두툼한 손이 송청림의 어깨에 걸쳐졌다. 송청림의 악문 입술이
파르르 떨렸다. 그는 설마 모용탈을 이 주루에서 만나리라고는 예상치
못했다. 모용탈이 있으니 어디엔가 소옥도 있을 것이었다. 한번 모용
탈을 무섭게 노려본 송청림이 그녀를 찾기라도 하듯 주루 안을 다시
꼼꼼하게 살펴보았다. 그러나 소옥은 보이지 않았다. 힐끗 이층을 바

라본 송청림이 애써 마음의 여유를 찾고 웃어 보였다.

"헤어진 지 사흘이 지났으니 사흘을 뺀 일 년이 남았소. 길지 않은 날들이니 모용 형은 지루하더라도 그때까지 목숨을 잘 보존하는 게 좋을 것이외다."

마지막 말을 하면서는 무의식적인 듯 힐끗 장우춘과 옥당군을 바라보았다. 물끄러미 송청림을 내려다보던 모용탈이 껄껄 웃었다.

"하하, 배짱이 좋다. 네가 그 잘난 형산의 무공으로 나를 어떻게 할 것인지 궁금해서라도 그때까지는 악착같이 살아 있어야겠다."

모용탈 또한 그 말을 하면서 슬쩍 장우춘 쪽을 돌아보았다. 장우춘은 자신들의 정체가 이미 드러났다는 것을 알았다. 모용탈이야 그렇다고 쳐도 처음 보는 송청림이 어떻게 자신들을 알아보았는지 궁금했다. 어쨌든 모용탈의 눈에 띄었으니 무사히 지나갈 일이 아니었다. 장우춘과 옥당군이 긴장으로 어깨를 굳히는데 송청림을 떠난 모용탈이 곧장 다가왔다.

"아직까지 여기서 얼쩡거리고 있었다니 간이 큰 놈들이군."

모용탈의 번쩍이는 시선이 두 사람을 동시에 훑었다. 적의에 불타는 장우춘과는 달리 옥당군이 무겁게 가라앉은 눈으로 모용탈을 똑바로 바라보았다.

"너는 배신자다."

"하하, 내가 누구를 배신했단 말이냐?"

"태감과의 약속을 저버리지 않았단 말이냐?"

"나는 약속한 적이 없어. 추살대에 가담한 다른 놈들처럼 그 간교한 환관 놈에게 매수되지 않았단 말이다. 나는 내가 하고 싶어서 하는 거야."

"뭣이!"

하늘처럼 떠받들고 있는 태감을 욕하는 소리에 장우춘이 참지 못하고 벌떡 일어섰다. 옥당군이 그의 옷자락을 거머쥐고 머리를 저었다. 지그시 장우춘을 노려보던 모용탈이 흥! 하고 코웃음을 쳤다.

"이 모용탈이 동창의 개 노릇이나 할 사람으로 보였나? 영주가 아니라 영주 할아비를 시켜준다고 해도 눈 하나 깜짝하지 않는다."

장우춘이 거친 숨을 몰아쉬며 충혈된 눈으로 모용탈을 노려보았고, 옥당군의 얼굴빛도 창백하게 탈색되어 갔다. 그들의 말을 듣고 있던 송청림이 가볍게 웃으며 다가왔다.

"하하, 이제 보니 모용 형께서는 동창의 영주가 되실 뻔했구려. 단목 영주를 죽이고 그 대가로 그가 차지하고 있던 홍안령주의 자리를 제안받았다니 매우 아깝게 되었소. 동창에 있는 두 명의 영주라면 황상의 명도 듣지 않을 뿐더러 조정의 대신과 장령(將領)들마저 우습게 여기는 높은 분들이시지. 그런 막중한 자리를 싫다고 뿌리쳤으니 과연 모용 형은 배포가 큰 사람이외다."

송청림의 비아냥거림에 조금씩 불쾌해져 가던 모용탈이 막 발작을 하려는 순간이었다.

"흥! 당신이 동창의 내시 놈에게 매수되어 추살대에 가담한 데에는 그런 이유가 있었군요?"

머리 위에서 송청림의 말을 받아 비웃는 낭랑한 음성이 들려왔다. 모두의 시선이 동시에 그곳을 바라보았다. 소옥이 싸늘한 얼굴로 계단을 내려오고 있었다. 그녀의 비웃음을 들은 모용탈이 눈살을 찌푸렸다.

"시끄럽다! 조그만 계집애가 뭘 안다고 쫑알거리느냐? 너는 약속대로 단목기에게 나를 데려가기만 하면 된다.”

“내가 언제 당신에게 그런 약속을 했죠?”

소옥의 당돌한 눈길을 받은 모용탈이 쓴 입맛을 다셨다.

“계집애야, 벌써 잊었단 말이냐?”

그가 손으로 장우춘과 옥당군을 가리키며 으르렁거리듯 말했다.

“그 개울가에서 저놈들과의 싸움이 있고 난 후 네 입으로 분명히 그렇게 말했다.”

“흥! 나는 당신이 나를 귀찮게 하지 않는 대가로 동행하는 것을 허락했을 뿐, 한 번도 단목 사형에게 당신을 데려간다고 말한 적이 없어요.”

“하하, 그게 그 말이지. 너를 따라가면 결국 그를 만나게 될 것 아니냐?”

소옥이 더 이상 대꾸하지 않고 앙칼진 눈으로 모용탈을 노려보았다. 차라리 그때 저 야수 같은 자와 목숨을 걸고서라도 싸울 걸 그랬다는 후회가 들었다. 귀찮은 일이 싫어서 피했는데 결국은 더 귀찮게 된 셈이었으니 혹 떼려다 혹 붙인 격이었다. 하지만 모용탈로서는 단목기를 찾기 위해 이곳지곳을 들쑤시고 다니는 불편을 덜 수 있으니 기발한 묘책을 생각해 낸 셈이었다.

“낭자는 지금 낭자의 사형이라는 그를 찾아가는 길이었소?”

곁에서 그들의 말을 듣고 있던 송청림이 고개를 갸웃하고 물었다. 그로서는 소옥이 실종된 사부를 찾지 않고 있다는 게 이해할 수 없었다.

소옥에게는 나름대로의 생각이 있었다. 사부를 누가 왜 어디로 데려갔는지 조금의 단서도 찾지 못한 지금 무작정 그녀를 찾아 나선다는 것이 막막하기만 했다. 소옥은 문득 무명자를 생각했고 그의 사부를 떠올렸다. 무명자의 사부가 누구인지는 모르나 그는 무명자를 통해 자신에게 곤륜여협 상관혜가 위기에 빠져 있다는 말을 전했던 것이다. 그렇다면 그는 곤륜과 깊은 연관이 있는 사람일 것이라는 추측이 가능했다. 아니라고 해도 적어도 사문의 일에 대하여 자신이 모르고 있는 것들을 알고 있을 만큼 가까운 사람일 것이었다.

소옥은 그 무명자(無名子) 종유상(鐘裕相)의 사부라는 사람을 만나기 위해 가는 길이었다. 무명자와 남궁적은 보름 후 구련산(九蓮山) 오압사(五壓寺)에서 서로 만나기로 약속했다. 무명자는 단목기의 상세를 치료하기 위해 자신의 사부를 찾아 모시고 오겠다는 약속을 했던 것이다. 그 일을 알고 있는 소옥은 그곳에 가면 무명자의 사부를 만날 수 있다고 생각했다. 그러면 그에게 지금의 일들에 대하여 물을 작정이었다. 어쩌면 그곳에서 이 알 수 없는 일의 단서가 찾아질지도 몰랐다.

"당신이 하는 일을 내가 묻지 않는데 당신은 어째서 내 일에 대해 묻는 거죠?"

소옥이 송청림을 흘겨보며 쏘아주었다. 송청림이 궁한 얼굴로 우물쭈물했다.

"하하, 그는 지금 자신의 사숙을 찾아가는 길이겠지. 그에게서 한 수 배워서 그걸로 나와 겨루어볼 생각인 모양이다."

모용탈이 비웃었다. 그러나 그 말이 송청림의 의중을 정확히 찌른 것이어서 송청림은 대꾸하지 못했다. 그는 과연 사숙인 최명판관(催命判官) 최흘(崔屹)을 찾아가는 길이었던 것이다. 형산의 어려움을 전하고 그에게 본산으로 돌아와 이 난국을 수습해 줄 것을 당부할 작정이었다. 할 수만 있다면 사숙에게서 비전의 절기를 배우고 싶은 마음도 없지 않았다.

단번에 자신의 행보를 꿰뚫어 보는 모용탈의 직감과 판단력이 놀랍기만 했다. 송청림은 과연 고수란 아무나 되는 게 아니라는 것을 다시 한 번 절감했다. 성품의 바르고 그름을 떠나서 역시 천부적인 자질과 오성(悟性)이 있지 않고는 백날을 배우고 연마해도 모용탈처럼 경지에 오른 자가 될 수는 없을 것이다.

"당신은 그를 찾아 어디로 가려는 거죠?"

호기심을 느낀 소옥이 은근한 눈으로 송청림을 바라보며 물었다. 그녀의 머리 속에 괴이사기(怪異四奇)라고 불리는 네 명의 괴팍한 노인들이 차례로 떠올랐다. 그녀는 그 노인들 중 유난히 풍치 화상(風痴和尙)에 대한 인상이 깊었다. 처음 만난 사람이기도 했지만, 화상의 엉뚱하고 해학적이며 또 달리 보면 바보 같기도 한 그 모습과 행동이 유별난 것으로 기억되었기 때문이다.

소옥을 바라본 송청림이 머뭇거리다가 가볍게 한숨을 쉬고 대답했다.

"북경이오."

"북경?"

모용탈과 동창의 두 살수들이 동시에 되물었다. 괴이사기가 북경에 있다는 것이 자못 의외라는 반응이었다.

"그들이 북경에 있단 말이냐? 어째서?"

모용탈이 눈을 부릅뜨고 물었다. 그도 괴이사기가 어느 곳에 있던지 풍파를 몰고 다니는 강호의 골칫덩이들이라는 것을 입소문으로 들어서 잘 알고 있었다. 그런 그들이 북경성 한복판에서 풍파를 일으킨다면 어떻게 될까 하는 궁금증이 부쩍 일었다.

북경은 황제가 거하고 있고 중원천하를 다스리는 각 부 대신들의 권력이 집중된 곳이다. 그런 만큼 다른 곳과는 비교할 수 없이 치안이 엄중했다. 주둔하고 있는 금군(禁軍)의 위용은 천하제일이라 할 만했고 황궁에 소속된 강호의 고수들이 구름처럼 모여 있는 곳이기도 했다. 그래서 강호가 시끄러워도 북경만은 언제나 조용했다. 감히 그곳에 뛰어들어 난동을 부릴 생각을 하는 자가 없었기 때문이다.

장우춘과 옥당군이 송청림의 입을 뚫어져라고 바라보았다. 그들의 눈에 긴장의 기색이 떠올라 있었다. 멋쩍어진 송청림이 뒤통수를 긁었다.

"소생이 그분들의 일을 어찌 알겠소? 소생은 다만 사숙을 뵙고자 할 뿐이외다."

"흠……."

무엇을 생각하는지 잠시 턱을 괴고 눈살을 찌푸리고 있던 모용탈이 히죽 웃었다. 마음에 짚이는 바가 있는 모양이었다.

"재미있게 되겠군. 빨리 이번 일을 마치고 나도 그곳에 구경이나 하러 가봐야겠다."

그의 마음속에 떠오른 무언가가 있는 게 분명했다. 소옥이 모용탈을 흘겨보았다. 생긴 것과는 어울리지 않게 교활하고 영악하기 짝이 없는 놈이라는 생각이 들었던 것이다. 하지만 그녀는 그 일로 더 이상 왈가왈부하고 싶지 않았다. 북경에서 무슨 일이 벌어지고 있든지 자신과는 아무 상관도 없었던 것이다. 소옥의 지금 관심은 온통 사부의 행적을 찾는 데에만 쏠려 있을 뿐이었다.

"당신은 바쁘겠군요? 그렇다면 이 일에 더 이상 상관하지 말고 당신 갈 데로 가도록 하세요."

송청림이 소옥을 바라보고 쓰게 웃었다. 그녀의 쌀쌀맞음이 마음에 못이 되어 박히는 것 같았다. 무엇 때문에 그녀의 말 한마디, 표정 한 번에 이처럼 자신의 마음속에 기쁨과 쓸쓸함이 멋대로 생기고 없어지는 건지 알 수 없었다. 송청림은 풍치 화상을 따라온 그녀를 처음 보았던 때를 떠올렸다.

그 낡은 사당 안에서 괴이사기(怪異四奇)에게 핍박당하는 소옥을 두둔하고 나섰던 것은 그녀가 여자라는 것 때문이었다. 그녀를 핍박하는 사람이 다름 아닌 자신의 사숙이라는 데에 더 민망해서였는지도 몰랐다. 하지만 소옥과 무공을 겨루게 되면서 그녀의 높은 공부에 진심으로 탄복했고, 괴이사기와 그녀 사이에 벌어졌던 한바탕 비무를 보면서는 진심으로 놀라워했다. 그리고 그녀와 함께 남창부의 뇌옥을 들이쳤고, 중상을 입은 그녀를 업고 그곳을 빠져나왔다. 그런 것들이 그녀에 대한 강렬하고 자극적인 인상으로 자신의 마음속에 남겨진 모양이라고 생각했다.

"낭자는 진심으로 내가 이곳을 빨리 떠나기를 바라시오?"

송청림이 애틋한 눈길로 소옥을 바라보며 물었다. 소옥이 샐쭉하여 눈을 흘겼다.

"이곳에 더 있어봐야 낭신에게 이로울 일이 하나도 없는데 무엇 때문에 붙잡고 있겠어요? 그러니 당신은 어서 사숙을 찾아가도록 하세요. 그들과 만나면 내가 그때의 일을 고마워하고 있으며 언제 건 신세 진 걸 갚기 원한다고 전해주세요."

소옥이 무엇을 말하고 있는지 알아들을 수 있는 사람은 오직 송청림 한 사람뿐이었다. 그의 얼굴에 밝은 웃음이 번졌다. 그는 소옥이 겉으로는 쌀쌀맞게 대하고 있지만 실은 자신을 위해 걱정하고 있으며, 함께 남창부의 뇌옥을 들이쳤던 그 일을 잊지 못하고 있다는 것을 알았다.

모용탈과 장우춘, 옥당군을 한번 휘둘러본 송청림이 고개를 끄덕였다. 모용탈은 반드시 싸워야 할 적으로 간주해도 좋았고, 눈앞의 두 인물은 정체를 알 수 없었지만 위험한 자들이라는 느낌이 강했다. 과연 소옥의 말처럼 자신이 이자들과 함께 있어봐야 이로울 게 하나도 없었던 것이다.

"낭자의 명에 따르리다."

소옥에게 정중히 포권해 보인 송청림이 그윽한 눈길로 그녀를 바라보았다.

"호랑이와 늑대를 함께 거느리고 동행하는 형상이나 그들을 잘 이용한다면 위태로움을 오히려 안전함으로 바꿀 수 있을 것이오. 낭자는 현명하게 처신하여 다시 만날 때까지 부디 보중하시기 바라오."

한 마리의 노루를 두고 호랑이와 곰이 서로 싸우면 노루는 오히려 목숨을 부지할 확률이 많았다. 송청림의 말을 알아들은 소옥이 보일 듯 말 듯 웃어줌으로써 그 마음에 대답했다. 다시 한 번 그녀를 바라본 송청림이 미련없이 돌아섰다.

"흥! 주둥이만 살아 있는 놈인 줄 알았더니 제법 영악한 구석도 있었군?"

모용탈이 송청림의 등을 노려보며 이죽거렸다. 그러나 마음으로는 그에 대해서 감탄하고 더욱 경계했다. 송청림의 재기(才器)가 제법 크고 바르다는 것을 알아본 것이다. 마음에 독한 결심을 할 계기만 잘 심어준다면 스스로를 채찍질해 가며 눈부시게 발전할 자라고 생각했다. 어쩌면 일 년 뒤에는 정말 자신과 자웅을 결해볼 만큼 뛰어난 청년 고수가 되어 나타나게 될지도 몰랐다.

$$* \qquad * \qquad *$$

"설마 내게서 사부님 소리를 듣고 싶어하는 건 아니겠지?"

남궁적이 가쁜 숨을 헐떡이며 말했다. 가만히 그를 바라보고 있던 단목기가 피식 웃었다.

"너같이 징그러운 제자를 맞아들일 마음은 없다."

"징그러운 사부는 어떻고?"

마주 웃는 남궁적의 얼굴에 기쁨이 반짝였다. 칼을 내려놓은 그가 단목기 곁에 털썩 주저앉아 마른 나무토막 몇 개를 화톳불 위에 던져 넣었다. 연기와 함께 불똥들이 확 피어 올라 어두운 하늘 저 멀리로 퍼져 나갔다.

남궁적은 단목기에게서 도법(刀法)을 전해 받고 있었다. 그는 자부심과 오기로 뭉쳐져 있는 듯한 사내였지만 처음 단목기의 지적을 받았을 때 그다지 불쾌해하지 않았다. 그것은 그와 함께 이 며칠 생사의 고비를 넘기면서 신뢰와 애정이 쌓인 때문일 것이다.

단목기가 느낀 남궁적의 장점 중 하나는 부지런하다는 것이었다. 그는 한시도 아무 하는 일 없이 늘어져 있는 적이 없었다. 틈이 날 때마다 칼을 휘둘러 도법을 연마하는 것을 게을리 하지 않았다. 글을 읽을 줄 몰랐으므로 앉아서 궁리하여 도리를 깨우치는 것보다 몸으로 부대껴 가며 익히고 깨닫겠다는 의지가 넘쳐 났다.

가만히 그것을 지켜보기만 하던 단목기는 남궁적의 도법에서 파탄을 찾아냈다. 그것은 칼끝의 조화(造化)가 여의(如意)치 못하다는 것이었다. 그건 중요한 일이었다.

다른 사람이 보았다면 쉽게 찾아내지 못할 미세한 틈에 불과했으나

도법으로 이미 절정이라 할 만한 경지에 올라 있는 단목기의 눈에는
그것이 크게 보였다.

"너의 단혼도법(斷魂刀法)은 굳세고 빠르지만 그것뿐이다."
"무엇!"
무심결에 그렇게 말했을 때 남궁적은 휘두르던 칼을 멈추고 외눈을
번쩍이며 사납게 인상을 썼다.
"네가 그렇게 잘났다면 지금 한번 해볼 테냐?"
으르렁거리던 남궁적이 단목기의 처량한 몰골을 바라보고는 머리를
절레절레 저었다.
"음, 그 꼴로는 안 되겠군."
한눈에도 단목기에게는 칼은커녕 작대기 하나 들 힘도 없어 보였다.
백지장처럼 창백해진 얼굴과 텅 비어 덜렁거리는 한쪽 옷소매가 남궁
적에게 문득 가엾다는 마음을 불러일으켰다.
"전에는 어땠는지 몰라도 지금의 너는 내 손가락 하나도 제대로 당
하지 못할 것이다."
하지만 마음속에 아직도 분한 기운이 남아 있어서 흘겨보며 그렇게
이죽거렸다. 단목기의 얼굴이 일그러졌다. 음, 하고 신음한 그가 한동
안 남궁적을 뚫어지게 바라보다가 한숨을 쉬고 외면했다. 남궁적은 문
득 자신이 너무 심했다고 느꼈다. 그는 얼마 전만 해도 자신이 당하지
못할 고수였다는 것을 인정하지 않을 수 없었다.
한 번도 단목기가 싸우는 것을 보지 못했고 겨루어본 적은 더구나
없었지만 무명자를 떠올리고 소옥을 떠올려 보았을 때 그 비교는 가능
했다. 그를 죽이기 위해 몰려든 동창의 추살대라는 자들의 면면을 살

퍼보아도 그랬다. 자신으로서는 그중 한 놈도 제대로 감당하지 못할 만한 고수들이 무려 다섯 명씩이나 떼지어 모여들었던 것이다. 그만큼 단목기가 강했다는 증거였다.

'그 정도로 센 놈이었다면 들어줄 만한 게 있을지도 몰라.'

마음을 고쳐먹은 남궁적이 굳어 있던 얼굴을 풀고 어깨를 으쓱해 보였다.

"좋아, 화낸 건 사과하마. 내 칼의 어디가 어떻게 잘못되었는지 말해 준다면 새겨듣지."

굳어 있던 단목기의 입술이 비로소 풀어졌다. 그가 턱을 한번 움직여 보고 나서 천천히 말했다.

"굳세고 빨라서 흉포한 건 좋다. 그러나 그 기운이 너무 강해 스스로를 굳어지게 한다면 오히려 흠이 된다."

그렇게 시작된 것이다.

직접 칼을 들고 시범을 보여줄 수 없는 단목기는 생각이 날 때마다 한두 마디의 말로 불완전한 부분을 지적해 주었다. 그것은 남궁적 스스로가 자신의 도법에 대해 불만스럽게 여기고 있던 부분에서 한 번도 빗나가지 않았다. 남궁적은 놀라움으로 단목기를 바라보았다. 그리고 닷새라는 시간이 지난 지금은 어느덧 자신도 모르게 단목기의 가르침에 흠뻑 빠져들고 있었다.

"너는 하란노도(夏蘭老道)보다 훨씬 더 잘 가르친다."

땀이 식자 등줄기가 서늘해졌다. 불가에 더 다가앉은 남궁적이 그렇게 말했다. 단목기의 무심한 시선이 어둠을 바라보았다.

"그런데 나의 단혼도법(斷魂刀法)을 어떻게 그렇게 잘 아는 거지?"

자신만의 독특한 절기를 단목기가 매우 익숙하게 아는 것 같아 그것이 내내 의아했던 남궁적이 넌지시 물어보았다.

"한 가지의 이치에 능통하게 되면 백 가지가 저절로 알아지는 법이다."

간단한 말이었지만 그 안에 담겨 있는 뜻은 크고 깊었다. 남궁적이 고개를 갸웃하고 나서 곧 깊은 생각에 잠겨들었다. 그것을 보며 단목기는 정말 가르쳐 볼 만한 놈이라고 생각했다. 처음부터 제대로 된 스승을 만나 제대로 무공을 전수받았다면 지금쯤은 자신보다 더 뛰어난 성취를 보이고 있을지도 모른다는 안타까움이 들었다.

단목기는 남궁적이 추구하는 도법에 대하여 깊이 이해하고 있었다. 그것은 동굴 안에서 하란노도가 남겼다는 칠십이파검주해(七十二破劍註解)를 본 때문이었다. 그것은 청성파의 검법인 칠십이파검을 논한 검법서였지만, 그 안에는 곤륜의 용화진경(龍華眞經)과 마찬가지로 하란노도가 청성파의 검법에 대하여 깨달은 깊은 이치가 담겨 있었다.

단목기는 곤륜의 무학에 대해서 이미 일가(一家)를 이룰 만큼 높은 경지에 들어 있는 사람이었다. 때문에 한 번 용화진경을 보자 그 속에 담겨 있는 검학(劍學)의 깊은 도리(道理)를 금방 알아볼 수 있었다. 마찬가지로 칠십이파검주해를 한 번 본 것으로 그것이 용화진경의 상극이 되는 검학이라는 것을 깨달을 수 있었으며, 하란노도가 추구했던 청성파의 검리(劍理)에 대해서 이해할 수 있게 되었던 것이다. 그런 것은 비급의 내용을 한 자도 틀리지 않고 암기하는 것과는 다른 의미의 재능이었다. 큰 틀과 원리를 깨달은 것이었으니 거기에서 파생될 자잘한 수법의 응용과 변화는 크게 상관이 없었다.

남궁적의 단혼도법은 그가 하란노도로부터 욕을 먹어가며 배운 그

칠십이파검에서 파생된 것이었다. 하나를 배워서 그것을 토대로 새로운 하나를 만들어낸 것이니 남궁적이 지닌 재능 또한 단목기에 못지않다고 해야 할 것이었다.

어쨌든 단혼도법의 근간이 되고 있는 원리는 단목기가 꿰뚫어 본 칠십이파검주해의 검리(劍理)에서 크게 벗어나지 않았다. 때문에 단목기는 남궁적의 연무(鍊武)를 지켜보면서 그 속에 숨어 있는 파탄(破綻)과 미흡함을 지적해 낼 수 있었다. 몇 가지의 잘못된 방향과 운용법에 대하여 넌지시 말해 주자 남궁적은 금방 그것을 알아듣고 새롭게 자신의 것으로 받아들일 줄 알았다.

"아하, 그랬군. 그래서 제삼초식 광풍세(狂風勢)를 펼칠 때마다 기세가 자연스럽게 이어지지 못하는 듯한 느낌이 들었던 거였어!"

지적해 줄 때마다 매번 그렇게 자신의 부족한 부분들을 깨닫고 곧 이해하는 남궁적이 기특하기만 했다. 하란노도는 자신의 칠십이파검을 가르쳐 주려고만 했기 때문에 남궁적의 재능을 바로 보지 못했고, 남궁적은 자신의 도법을 완성시키려는 아집에 사로잡혀 있었기 때문에 하란노도의 가르침을 제대로 받아들이지 못했을 것이다. 남궁적과 하란노도가 맺고 있던 인연이 그것뿐이었던 것이다.

단목기가 그런 것들을 생각하며 침묵하고 있는 곁에서 남궁적 또한 이리저리 불을 뒤적이며 무엇을 생각하는지 내내 침묵하고 있었다.

"이봐, 난 정말 알 수 없는 게 있다."

한참 만에야 남궁적이 단목기를 바라보고 입을 열었다.

"네가 그처럼 대단하니 네 사부는 더 굉장한 사람이겠지? 네 사매라는 그 계집만 해도 그래. 어린 나이에도 불구하고 무섭기가 나보다 더하니 계집의 사부 또한 대단하지 않겠어? 무명자도 그렇지. 그렇게 뛰어난 솜씨를 지닌 자가 겨우 곤륜에서 내쫓긴 자였다니 이건 놀라워.
대체 그렇게 대단한 곤륜파가 어째서 지금은 장문인도 내지 못한 채
망해 버린 거지? 그리고 너는 그런 배경과 솜씨를 갖고서 뭐 해먹을 짓
이 없어서 겨우 동창에 몸담고 있었던 거야? 분명 뭔가 사연이 있지?"

남궁적의 이글거리는 시선을 피해 외로 고개를 틀고 있는 단목기의
볼에 잔경련이 물결쳤다. 마음에 격동이 이는 것을 애써 참고 있는 모
양이었다. 남궁적이 더 참지 못하고 다시 채근하려고 할 때였다.

"너무 그렇게 단목 공자를 몰아세우지 말아라."

어둠 속에서 낮게 가라앉은 음성이 들려왔다.

"어떤 쥐새끼냐!"

남궁적이 칼을 쥐고 벌떡 일어섰다. 누가 이처럼 가까이 다가오도록
기척을 느끼지 못했다는 생각이 그의 등줄기에 소름이 돋게 했다. 단
목기도 천천히 고개를 돌려 소리가 난 곳을 바라보았다. 숲의 잔가지
들 사이에 한 사람이 서 있었다. 불빛 밖에 있었기 때문에 더욱 어두워
보여서 형체를 알아보기 힘들었다. 그가 천천히 불가로 걸어왔다.

"음, 당신이었군."

그를 알아본 남궁적이 경계심을 풀고 다시 털썩 주저앉았다. 호북
(湖北)의 구절편(九絶鞭)으로 불리는 신기구편(神技九鞭) 갈평(葛坪)이
었던 것이다.

"당신은 언제나 사람을 놀라게 한다니까. 아주 나쁜 버릇이오."

곁에 다가앉는 갈평을 흘겨보며 중얼거린 남궁적이 다시 못마땅한
듯 혀를 찼다.

"쯧쯧, 왜 또 왔소? 이 친구의 목에 아직도 미련이 남아 있는 거요?"

뭐라고 하든 남궁적에게는 눈길 한번 주지 않은 채 단목기를 바라보

는 갈평의 눈 깊은 곳에 작은 흔들림이 일고 있었다.

"공자, 한가롭게 쉬고 있을 때가 아닌 것 같소. 그만 갑시다."

단목기가 의아하여 갈평을 바라보았다. 그로서는 갈평의 정체를 짐작할 수가 없었다. 처음에는 동창의 사주를 받은 추살대로 자신을 잡기 위해 온 자인 줄 알았는데 그게 아니었다. 자신을 공자라고 부르는 이유도 알 수 없었다.

"대체 당신은 누구요? 무엇 때문에 내 주위를 맴돌고 있는 거지?"

갈평이 단목기의 물음에 대답하지 않고 남궁적에게 말했다.

"공자를 업어라. 걸음을 빨리 하면 할수록 좋다."

"빌어먹을. 나는 당신의 종이 아니야! 내가 왜 당신의 명령을 들어야 하지?"

남궁적이 발끈해서 외눈을 부릅뜨고 소리쳤다. 갈평의 얼굴에 다급해하는 빛이 더욱 짙어졌다. 한번 남궁적을 노려본 그가 말없이 단목기를 부축해 일으켰다.

"업히시오."

이자가 누구인지, 무슨 목적을 가지고 있는지는 알 수 없었으나 그의 행농에 서두르는 기색이 있는 걸로 보아 무언가 급한 일이 눈앞에 있는 모양이었다. 그리고 그것이 자신과 관계된 것이라는 짐작을 한 단목기가 망설이지 않고 갈평의 등에 업혔다.

단목기를 업은 갈평이 나는 듯 어두운 산길을 달려갔다. 남궁적이 그 뒤를 바짝 따랐다. 그렇게 새벽이 다가올 때까지 쉬지 않고 달린 갈평이 비로소 지치는 듯 산비탈의 커다란 갈참나무 등치 아래 단목기를 내려놓고 주저앉아 거친 숨을 몰아쉬었다.

"대체 무엇 때문에 이렇게 달리는 거요? 구련산이 멀지 않았으니 서두를 필요 없다니까."

남궁적이 숨을 씩씩거리며 따져 물었다. 그를 힐끗 바라본 갈평은 대꾸할 필요가 없다는 듯 지그시 눈을 감아버렸다.

"잠시 운기조식(運氣調息)을 해야 하겠으니 호법을 서라."

어이가 없었지만 남궁적은 달리 어쩔 도리가 없었다. 단목기를 업은 채 쉬지 않고 능선 두 개를 넘어온 갈평이었으니 그가 아무리 심후한 내공을 지니고 있다고 해도 지치지 않을 리 없었던 것이다.

겉옷을 벗어 단목기의 몸에 둘러준 남궁적이 한번 갈평을 흘겨보고는 참나무 가지 위로 뛰어올랐다. 날랜 원숭이처럼 단번에 높은 곳까지 기어 올라갔으므로 그의 모습은 곧 마른 나뭇잎 사이에 파묻혀 보이지 않게 되었다.

단목기는 운기삼매에 빠져 있는 갈평에게서 무언가 심상치 않은 분위기를 느끼고 긴장했다. 술을 나누어 마시고 홀가분하게 떠났던 갈평이 사흘이 채 못 되어서 다시 찾아온 것부터가 그랬다. 그가 조식을 마치고 나면 단단히 경위를 따져 물어보아야겠다는 마음을 다져 먹었다.

"누가 온다."

머리 위에서 남궁적의 다급한 음성이 들려오더니 그가 주르륵 미끄러져 내려왔다.

"대체 어떤 놈들이기에 이 새벽에 도둑놈처럼 산을 더듬어오는 거지?"

남궁적이 손을 들어 밤새 달려온 곳을 가리키며 고개를 갸웃거렸다. 단목기는 그들이 자신들의 뒤를 쫓아오고 있다는 것을 알았다.

"몇 명이더냐?"

"세 명? 네 명인가? 숲에 가려서 똑똑히 보지 못했다. 어쩌면 더 많을지도 몰라. 아무튼 이리로 곧장 달려오는 것이 심상치 않다."

남궁적의 말을 들은 갈평이 조식을 멈추고 눈을 떴다. 그의 호흡은 평소와 같이 평온해져 있었지만 얼굴에는 당황해하는 기색이 어려 있었다. 단목기를 바라보고 남궁적에게 시선을 준 갈평이 무엇을 생각하는 듯 잠시 침묵하더니 입을 열었다.

"싸움이 벌어지면 너는 최선을 다해야 할 것이다."

"싸운다고?"

그 소리에 바짝 구미가 당긴 듯 남궁적이 외눈을 번쩍이며 입맛을 다셨다.

"그러니까 우리를 쫓아오고 있는 저놈들은 죽일 놈들이라는 말이지? 잘됐군. 내가 다 해치워 버리지. 당신은 구경이나 하고 있어."

남궁적은 자신의 단혼도법이 이 며칠 사이에 더욱 무서워졌다는 것을 느끼고 있었다. 그것을 시험해 볼 기회만 노리고 있던 중이었으니 갈평의 말이 반갑기 짝이 없었다.

혀를 찬 갈평이 다시 눈을 감아버렸다.

아침 바람을 맞은 마른 풀잎들이 바스락거리며 떨었다. 그 소리를 듣고 세 명의 대한이 가볍게 날아 내렸다. 모두 칼을 들고 있었는데, 햇빛을 받아 번쩍이는 칼날이 흉흉해 보였다.

"음, 세 명이었군?"

그들을 바라본 남궁적이 칼집을 두드리며 썩 나섰다. 한번 남궁적을 노려본 자들이 일제히 갈평과 단목기를 바라보았다. 그 두 사람은 마치 앉아서 잠이라도 든 듯 고요히 눈을 감은 채 움직이지 않고 있었다.

가운데 서 있던 장한이 눈살을 찌푸리고 나서서 단목기를 가리켰다.

"당신은 우리를 따라가야겠소."

"개소리! 그는 아직 죽을 때가 되지 않았는데 네놈들을 따라서 저승에 가야 한단 말이냐?"

남궁적이 버럭 소리치며 단목기의 앞을 막아섰다. 그의 외눈이 흉악한 빛을 띠고 번들거렸다. 남궁적의 말뜻을 얼른 알아듣지 못해 어리둥절해하던 자가 점점 얼굴을 일그러뜨렸다.

"누가? 설마 네놈이 우리를 모두 죽이겠다는 건 아니겠지?"

"믿지 못하겠으면 보여주마."

더 말할 것도 없었다. 남궁적이 땅을 박차고 돌진해 들어갔다. 성난 멧돼지가 들이닥치듯 요란하기 짝이 없는 기세였다. 세 놈이 일제히 갈라서며 칼을 휘둘렀다.

쨍―!

날카로운 쇳소리가 귀를 따갑게 했다. 달려들면서 칼을 뽑아 정면의 놈을 후려쳤던 남궁적이 하하, 웃으며 훌쩍 뛰어 물러섰다. 남궁적의 칼을 받아낸 자가 인상을 찡그리며 팔을 늘어뜨렸다. 처음 부딪쳐서 서로의 완력을 견주어본 것이다. 사내는 남궁적의 칼에 실린 힘을 당하지 못했다. 자신감을 얻은 남궁적이 칼을 빙글빙글 돌리며 세 놈을 이리저리 뜯어보았다. 어느 놈부터 해치워 줄까 하고 고민하는 듯했다.

"죽일 놈이!"

좌우로 벌려 섰던 자들이 동시에 외치고 먼저 몸을 던져 왔다. 종횡으로 떨어지는 칼빛이 허공에 가득했다. 평소에도 이런 일을 많이 해본 자들인 것 같았다. 두 몸이 한 몸이 된 듯 서로의 빈곳을 메워주며 서슴없이 칼을 휘둘러 치고 베어오는 기세가 살기등등했다.

"좋아, 이제야 해볼 맛이 나는군."

이리저리 어지럽게 몸을 움직여 두 놈의 칼빛 속을 떠돌던 남궁적이 스산한 눈빛을 번쩍이며 이를 악물었다. 그가 왼쪽을 바라보고 와락 몸을 기울였다. 정수리 위로 떨어져 내리는 무지막지한 칼바람 소리에 놀란 자가 칼을 들어 막으며 주춤거릴 때 남궁적의 칼은 그것을 비웃 듯 어느새 오른쪽으로 꺾여 그곳에서 달려들던 놈의 가슴을 찍어놓고 있었다.

"으악!"

참혹한 비명 소리가 숲을 흔들었다. 가슴이 비스듬히 갈라진 자가 쿵쿵거리며 두어 걸음을 물러서더니 무너지듯 풀썩 주저앉아 제 가슴 속을 들여다보았다. 왈칵 솟구쳐 나온 피가 그의 얼굴을 온통 뒤덮었 다.

"엇?"

그 처참한 모습에 놀란 두 놈이 본능적으로 칼을 휘둘러 앞을 가리 며 물러섰다. 그때를 놓칠 수 없다는 듯 남궁적의 흐릿한 그림자가 그 들을 향하고 똑바로 쏘아져 갔다.

피이잉—!

허공을 휘젓는 법도 없이 낙뢰처럼 곧장 떨어져 내리는 칼에서 날카 로운 휘파람 소리가 났다. 이미 얼이 빠져 버린 자가 뜻없이 어어, 하 는 소리를 내지르며 무작정 칼을 휘둘렀다. 다시 쨍, 하는 경쾌한 쇳소 리가 났고, 놈의 칼을 젖혀 버린 남궁적의 칼이 그대로 떨어져 정수리 를 쪼개고 나갔다.

한칼에 당한 놈이 세게 밀쳐진 듯 뒤로 쓰러져 머리부터 땅에 닿자

쿵, 하는 소리가 났다. 그러자 머리통이 비로소 두 쪽으로 갈라져 벌어지며 허연 뇌수를 쏟아놓았다. 그것을 일별(一瞥)한 남궁적이 팽이처럼 맴돌았다. 그의 옷자락을 길게 찢으며 빠져나가는 칼몸이 보였다. 햇빛을 쨍, 하고 퉁겨내는 그것의 창백한 빛이 남궁적의 가슴을 뜨겁게 달구었다.

"이놈!"

남궁적이 빗나간 칼을 따라 달려나가는 자의 뒷덜미를 노리고 뛰어들며 힘껏 일도(一刀)를 후려쳤다. 살과 힘줄이 갈라지고 뼈가 깎이는 섬뜩한 소리가 그 뒤를 따랐다.

뒤에서부터 목이 반쯤 잘려진 자가 꺾어진 제 머리통을 가슴으로 안은 채 엎어졌다. 비명도 지르지 못한 채였다.

불과 두어 번 눈을 깜빡인 동안에 이루어진 전광석화(電光石火)의 일전이었다. 세 놈을 상대로 하여 세 번 칼을 휘둘러 모두 두 조각으로 내버린 남궁적이 아직도 가시지 않은 살기와 흥분을 참지 못하고 더운 숨을 씩씩거렸다.

더 상대할 자가 없는지 찾기라도 하듯 두리번거리는 그의 외눈에 십여 장 밖의 잡목 숲을 뚫고 달려나오고 있는 한 무리의 괴한들이 보였다. 칼을 고쳐 쥔 남궁적이 붉은 혀를 내밀어 마른 입술을 핥았다. 살기가 솟구칠 때마다 그 팽팽하게 당겨진 긴장을 음미라도 하는 것 같은 그의 버릇이었다.

"엇?"

땅을 박차고 마주 달려나갈 듯 무릎을 굽혔던 남궁적이 외마디 소리를 지르고 몸을 세웠다. 앞서 달려오고 있는 자들은 모두 상의를 벗고 있었는데 온몸에 울퉁불퉁하게 박혀 있는 구릿빛 근육들이 마치 청동의 역사상(力士像)들이 살아서 달려오고 있는 것 같았다.

그자들의 우람한 모습이 놀랍기는 했지만 남궁적이 놀란 건 다른 이유였다. 무거운 감산도(坎山刀)를 들고 앞선 두 명의 뒤를 다른 두 명의 역사들이 따르고 있었는데, 그들은 교자(轎子)를 들고 있었다. 모란꽃 무늬가 화려한 비단 보료 위에 한 명의 노인이 풍기(風氣)가 있는 사람처럼 머리를 흔들며 비스듬히 앉아 있었다.

교자 뒤로는 다시 세 명의 꽃처럼 아리따운 낭자들이 치렁한 비단 치맛자락을 나부끼며 따르고 있었다. 아침의 청명한 햇살을 받아서 그녀들의 복사빛 볼이 더욱 맑게 빛났다. 마치 선녀가 산자락을 타고 날며 노니는 듯 황홀한 모습들이었다. 두 명은 품에 고색 창연한 고검(古劍)을 안았고 한 명은 옥피리를 품고 있었다.

그녀들을 보고 침을 꿀꺽 삼킨 남궁적이 다시 교자 위에 눕듯이 비스듬히 기대앉아 있는 노인을 보았다. 주름살 투성이의 깡마른 얼굴에 눈두덩이 검게 늘어져 있고, 낡은 베옷을 입어 꾀죄죄해 보이는 노인. 온몸에 기력이라고는 하나도 남아 있지 않아서 금방이라도 엎어져 마른땅에 코를 박고 이승을 하직할 것처럼 보이는 그 노인이야말로 수라도부(修羅屠夫) 초수추(楚搜騶)였다.

그 늙은 당나귀처럼 볼품없는 모습을 보고 산동의 대마왕(大魔王)을 떠올릴 사람은 아무도 없을 것이었다. 남궁적 또한 그랬다. 눈을 있는 대로 크게 뜬 그가 초수추를 뚫어질 듯 바라보았다. 대체 저 노인이 누구이기에 이처럼 기괴한 행차를 하는 건지 의아해하는 기색이 가득했다.

역사들이 교자를 내려놓았다. 보료를 깔고 비스듬히 누워 있던 노인이 진무른 눈을 비비며 대지를 흥건히 적시고 있는 붉은 피를 바라보고 그 위에 널브러져 있는 네 명의 수하들을 찬찬히 살펴보았다. 썩어버린 생선의 그것처럼 생기라고는 한 올도 실려 있지 않은 눈동자를 굴려 남궁적의 얼굴에 맞춘 노인이 피곤함이 뚝뚝 떨어지는 듯한 음성으로 나른하게 입을 열었다.

"네가 한 짓이냐?"

"나 아니면 누가 했겠어?"

눈을 흘긴 남궁적이 칼끝으로 네 명의 건장한 역사들을 가리켰다.

"난 늙은이는 딱 질색이니까 저놈들더러 나서라고 해. 뒤에 있는 계집들은 나중에 한 번씩 번갈아 품어줄 테니까 기다리게 하고."

기고만장한 남궁적이 눈을 부릅뜨고 노인을 을러댔다.

"그런 험한 꼴 보기 싫으면 어서 꺼져."

주름이 가득한 초수추의 얼굴에 잔경련이 밀려갔다.

"쯧쯧, 어린놈이 벌써 살기가 지루해진 모양이구나."

비스듬히 누워 있던 몸을 일으킨 노인이 가엽다는 얼굴로 혀를 찼다. 단목기가 눈을 번쩍 뜨고 그런 초수추를 바라보았다. 오랫동안 강호에서 모습을 감추었던 노인이 왜 무엇 때문에 자신을 노리고 갑자기 나타난 것인지 곰곰이 생각던 중 위기를 느낀 것이다. 그러나 그는 남궁적을 위해서 해줄 수 있는 게 아무것도 없었다. 그가 가볍게 한숨을 쉬고 낮은 음성으로 말했다.

"조심해라. 그는 바로 수라도부(修羅屠夫) 초수추(楚搜騶)라고 하는 전대의 무서운 노마두(老魔頭)다."

"초수추?"

남궁적이 머리를 갸웃했다. 어디서 들어본 것도 같고 아닌 것도 같았던 것이다. 그가 강호에 나와 활동할 때 초수추는 이미 몸을 감추고 세상에서 사라져 있었으니 그럴 만도 했다. 남궁적은 단목기의 목소리에 긴장이 담겨 있는 걸로 보아 눈앞의 늙은이가 위험하다는 것은 알 수 있었다. 하지만 아무리 눈을 씻고 바라보아도 닭 모가지 하나 비틀 힘도 없어 보이는 초라한 늙은이일 뿐이었다. 별거 아니라고 단정지어 버린 남궁적이 흥! 하고 코웃음을 치곤 눈을 부라렸다.

"수라도부든 개백정이든 알 바 아니다. 늙은이라고 봐주지 않을 테니까 알아서 해."

자꾸 감겨드는 눈으로 지그시 남궁적을 바라보던 초수추가 꺼지듯 갑자기 사라졌다.

"엇?"

남궁적이 당황의 외침을 터뜨리며 외눈을 두리번거렸다.

"위다!"

단목기의 날카로운 외침과 동시에 머리 위에서 차갑고 날카로운 경력(勁力) 한 가닥이 유성처럼 꽂혀왔다.

"이크!"

크게 놀란 남궁적이 지리처럼 목을 움츠린 채 되는대로 왼 주먹을 힘껏 뻗어 정수리 위를 향하고 갈겼다. 경황 중이었지만 그의 한 주먹에 실린 기운이 흉맹하기 짝이 없었다.

펑—!

허공에서 커다란 충돌음이 터져 나왔다. 차갑고 날카로운 기운과 남궁적의 흉맹한 기운이 한번 부딪치자 터져 나가는 기파(氣波)의 회오리가 주변의 풀잎들을 어지럽게 말아 올렸다.

"이런 쳐 죽일 늙은이가!"

여전히 놀라움을 떨구지 못한 채 남궁적이 정신없이 물러서며 손에 들고 있던 칼을 마구 휘둘렀다. 창백한 칼빛이 사방을 눈부시게 뒤덮었다. 그 어지러운 팔방풍우(八方風雨)의 도세(刀勢) 속에서 따당, 땅, 하는 맑은 쇳소리가 쉬지 않고 터져 나왔다.

갑자기 어지럽게 난무하던 살기가 씻은 듯 사라져 버렸다. 그러자 더욱 깊은 적막이 무겁게 밀려들었다. 잠깐 동안이었지만 지루하고 답답하게 느껴지는 침묵의 시간이었다.

"음……."

그것을 깨고 단목기의 입에서 무거운 탄식이 새 나왔다. 그는 초수추의 움직임을 똑똑히 보았다. 허깨비 같았다는 생각이 들었다. 갑자기 퉁겨지듯 뛰어오르는 것이 눈에 보이지도 않을 만큼 신속했는데, 더욱 놀라운 건 허공에 뜬 채 남궁적을 걷어차고 때려가던 그 놀라운 운신과 수법이었다. 눈 깜짝할 사이에 노인은 세 번을 때리고 다섯 번이나 걷어찬 다음 태연하게 제자리로 날아 돌아갔던 것이다. 한 번도 발이 땅에 닿지 않은 채였다.

"음……."

남궁적의 입에서도 침음성이 흘러나왔다. 잔경련을 일으키며 푸들푸들 떨고 있는 팔목과 어깨가 남의 것인 듯싶었다. 칼몸을 두드리던 초수추의 손과 발끝에서 전해져 온 무거운 경력을 억지로 감당해 낸 탓이었다. 저르르한 통증과 마비 증세가 한쪽 팔과 가슴을 무겁게 하고 있었다. 칼을 쥐고 있는 손아귀에 감각마저 없어진 것이어서 자신이 아직도 칼을 들고 있는 것인지, 놓쳐 버린 것인지조차 알 수 없었다.

한번 손에 쥐어져 있는 칼을 확인해 본 남궁적이 외눈을 번쩍이며 초수추를 바라보았다. 그 눈빛에 이제는 조금도 얕보는 빛이 없었다.

초수추는 언제 움직였나 싶게 제자리에 처음의 모습 그대로 비스듬히 기대어앉아 있었다. 그의 늘어진 눈꺼풀 가득 나른한 권태로움이 뒤덮여 있었다. 그러나 노인은 마음속에 의혹과 놀라움으로 내심 당황하고 있었다. 여덟 번이나 맹렬하게 후려쳤지만 한 번도 제대로 때리지 못했다는 것을 믿을 수 없었던 것이다.

'내가 그동안 너무 놀았나?'

그런 의문이 노인의 가슴을 서늘하게 했다. 건방져 보이기만 할 뿐 별것도 아닌 것 같은 젊은 놈 하나를 마음대로 하지 못했다는 것이 점점 짜증스럽게 여겨졌다. 더구나 자신의 주먹과 발길질을 끊어가던 놈의 칼질에 대해서는 불쾌하기 짝이 없었다. 그 칼에 실려 있던 힘이 결코 만만치 않은 것이어서 은은히 팔꿈치와 무릎이 저려오기까지 했다.

한동안 남궁적을 지그시 바라보던 초수추가 잔뜩 못마땅한 얼굴로 혀를 차고 말았다.

"잡아서 남은 눈을 마저 파버리고 혀를 뽑은 다음에 사지를 잘라내고 가죽을 벗겨라."

초수추가 네 명의 역사들을 돌아보고 권태롭게 말했다. 손마저 홰홰 내젓는 것이 더 상대하기 귀찮다는 뜻이 역력했다. 소름이 돋을 만큼 끔찍한 말이었지만 기력이라고는 하나도 실려 있지 않아서 병든 노인이 헛소리를 하는 것 같았으므로 실감이 나지 않았다.

"합!"

네 명의 역사가 한 목소리로 우렁차게 대답하고 나서 남궁적에게로 뚜벅뚜벅 다가왔다. 왼손으로 칼을 옮겨 잡은 남궁적이 오른팔을 몇 번 힘껏 털었다. 비로소 잃어버렸던 감각이 조금씩 되살아났다. 다시 한 번 초수추를 바라본 그가 어금니를 악물었다. 눈앞의 일이 결코 쉽

지 않으리라는 것을 이제야 느낀 것이다. 무명자와 약속한 구련산(九蓮
山)까지는 한 나절 길이 남아 있을 뿐이었다. 이것이 마지막 난관일 것
이라는 생각으로 부쩍 힘을 북돋웠다.

"대체 어디서 갑자기 튀어나온 놈들이냐?"

앞선 놈에게 불쑥 물어보았으나 대꾸가 있을 리 없었다. 혀를 찬 남
궁적이 다시 오른손에 칼을 옮겨 쥐며 험악하게 인상을 썼다. 저 요망
스런 늙은이와 이 미련해 보이는 놈들이 어디서 왔든 그 목적이 단목
기를 빼앗아가기 위한 것이라면 굳이 따질 필요 없었다.

남궁적은 우선 눈에 보이는 놈들을 요절내고 늙은이를 붙잡아서 차
근차근 밟아주며 캐물을 작정을 했다. 초수추의 무서움에 대한 두려움
이나 꺼려함 따위는 있지도 않았다. 늙은 놈이니 제가 아무리 세봐야
힘과 기력에서 자신을 당하지 못할 것이 뻔하다고 여긴 것이다. 늙은
이 손에서 일각(一刻)만 어떻게든 버텨낸다면 스스로 나자빠질 것이 분
명하다고 생각했다. 한번 움직여 폭풍처럼 무섭게 몰아치더니 제풀에
지쳐서 저렇게 할딱거리고 있는 것만 봐도 그 생각이 옳다고 단정해
버렸다. 그러기 위해서는 될 수 있는 한 힘을 아껴두어야 했다.

염두를 굴리고 있는데 뚜벅뚜벅 걸어 다가온 자가 어느새 눈앞에 버
티고 섰다. 구리를 부어 만들어놓은 것처럼 단단하게 벌어진 가슴이
코앞에 있었다. 무감정한 눈빛이 이마에 내려앉았다.

"허!"

버티고 선 것만으로도 위압감을 느끼게 하는 우람한 몸집에 절로 감
탄성이 터져 나왔다. 여전히 감정이 없는 눈으로 남궁적을 내려다보던
자가 그 큰 감산도(坎山刀)를 가볍게 휘둘러 정수리를 내려쳐 왔다. 바
람 소리마저도 삼켜 버렸을 만큼 빠른 내려치기였다.

놀란 남궁적이 비켜서자 옆머리를 스치고 지나가는 칼에서 뻗어 나온 두터운 기운이 어깨를 밀었다. 무지막지하기 짝이 없는 힘이었다. 완력이라면 누구에게도 지고 싶지 않은 남궁적이었지만 한번 사내의 칼질을 당해보고는 마주 힘을 겨루어보겠다는 생각이 싹 사라져 버렸다.

재빠르게 움직여 맴돌며 사내의 칼이 미치는 범위 밖으로 빠져나가던 남궁적이 헛바람을 들이켰다. 어두운 그늘이 몸을 덮어왔던 것이다. 어느새 다가와 있었던 것인지 또 한 명의 우람한 몸집이 철벽처럼 앞을 가로막고 있었다. 옆을 돌아보아도 마찬가지였다. 남궁적은 자신이 마치 사방이 꽉 막힌 뇌옥에 갇혀 있는 것 같은 착각을 느꼈다. 사방에서 그를 둘러싸고 있는 네 명의 역사들이 내뿜는 더운 콧김이 얼굴을 달구어왔다.

"징그러운 놈들이다!"

오기가 불끈 솟구친 남궁적이 버럭 외치며 칼을 휘둘러 부딪쳐 갔다.

쩡―!

무섭고 둔탁한 쇳소리기 울려 퍼졌다. 남궁적의 칼과 사내의 감산도와는 그 크기와 무게에 있어서 처음부터 비교가 되지 않았다. 그것과 정면으로 부딪치자 남궁적의 강도(鋼刀)가 부러질 듯 꺾이며 요동을 쳤다. 손 안에서 웅웅 우는 그것의 진동이 호구를 마비시킬 정도였다.

남궁적의 눈에 처음으로 당황하는 빛이 떠올랐다. 이런 놈들에게는 도법(刀法)이고 뭐고가 다 필요없었다. 우직하게 내려치고 후려오는 단순한 칼질이었지만 그것에 실린 힘만으로도 그것은 어떤 도법보다 위력적이었던 것이다.

붕—!

아슬아슬하게 스쳐 지나간 칼을 따라 다시 무거운 바람 소리가 머리 위를 덮어왔다. 얼른 보기에도 일백 근은 족히 나가 보이는 두터운 칼을 나무 작대기 휘두르듯 해대는 데에는 질리지 않을 수 없었다. 경황 중에도 남궁적은 옛적, 관 공(關公)이 적토마 위에서 청룡도(靑龍刀)를 휘둘렀을 때도 이와 같이 가볍게 하지는 못했을 거라는 생각을 했다.

붕, 붕—!

귀를 먹먹하게 하는 파공성이 연이어 터져 나왔다. 네 놈이 동시에 칼을 휘두르며 다가오자 빠져나갈 틈이라고는 보이지 않았다. 점점 궁지에 몰리게 된 남궁적이 부서지도록 어금니를 악물었다. 이렇게 된 이상 죽든지 살든지 할 뿐이라는 모진 마음이 삐져 나온 것이다.

"오냐, 언 놈이 먼저 두 조각이 나는지 한번 해보자!"

두 손으로 굳게 칼을 움켜쥔 남궁적이 십이성(十二成)의 힘을 실어 마음껏 그것을 휘둘렀다. 그의 단혼도법(斷魂刀法)은 빠르고 굳센 데다가 날카롭기로 이름나 있었다. 남궁적이 천성적으로 지니고 있는 흉악함을 가장 잘 나타내 보일 수 있는 그만의 도법인 것이다. 몇 년 간을 전쟁터에서 생사의 고비를 수없이 넘기며 몸으로 부딪치는 중에 깨닫고 일구어낸 것이기에 더욱 그랬다.

피이잉—!

남궁적의 칼이 더 이상 사나울 수 없는 기세를 싣고 던져진 것처럼 뿌려졌다. 역마참혼세(疫魔斬魂勢)라고 끔찍한 이름을 붙인 것처럼 살벌한 도격(刀擊)이 사방을 휩쓸어갔다. 변화를 감추어 버린 지극히 단순한 도법이었다. 그만큼 빠르고 실용적인 수법이기도 했다.

꽝—!

벼락이 떨어지는 것 같은 굉음이 터져 나왔다. 정면에 있던 자가 따가운 살기를 느끼고 주춤거리는 사이에 손목을 비튼 남궁적이 칼등으로 놈의 두터운 감산도를 쳐버렸던 것이다. 온몸에 전해져 오는 무거운 충격을 무시한 남궁적이 와락 쏠려 들어가며 짧게 도려내듯 칼을 휘둘렀다. 손바닥을 타고 전해오는 짜릿한 느낌을 음미할 여유가 없었다. 확인하듯 팔꿈치를 뻗어 다시 한 번 힘껏 놈의 가슴을 찍은 남궁적이 그 탄력을 받아 몸을 뺐다. 놈의 가슴속으로 뛰어들기라도 할 것처럼 달려들었을 때보다 더 빠르게 그의 몸이 옆으로 퉁겨져 나갔다.

촤아악—!

뜨거운 선혈이 거센 물줄기처럼 뿜어져 허공을 뒤덮었다.

"끄어어—!"

처음으로 괴물 같은 놈의 입에서 답답한 비명 소리가 터져 나왔다. 청동의 갑주를 두른 듯 단단해 보이던 자의 옆구리가 크게 벌어져 있었다. 놈이 고통을 견디지 못하고 몸을 비틀 때마다 상처가 더 벌어지며 흰 뼈가 드러났다.

칼이 들어가지 않을 것 같아 보이던 단단한 몸도 결국 자신의 단혼도에 견디지 못하고 베어진다는 것을 확인한 남궁적은 사기가 크게 올랐다. 그가 힘껏 칼을 내려쳐 오호단혼(五虎斷魂)의 수법으로 좌측에서 멈칫거리고 있는 자의 몸을 찍어갔다. 칼끝에 기세가 시퍼렇게 살아서 윙윙거렸다.

"신난다!"

자신의 도법에 크게 만족한 남궁적이 미친 듯 칼을 휘둘러 대며 제 흥을 견디지 못하고 소리쳤다.

가만히 그들의 싸움을 지켜보고 있는 초수추의 얼굴에서 짜증기가
더욱 짙어졌다. 별것 아닌 듯 보이던 놈이 애써 길러낸 자신의 거력사
패(巨力四覇)를 맞아 당당히 싸우고 있다는 것 때문이었다. 더구나 그
중 한 놈이 당해 쓰러지기까지 했다는 것이 짜증스럽고 화가 났다. 자
신이 나서기만 하면 모든 일들이 순조롭게 이루어질 것으로 믿었던 기
대가 어긋나고 있었다. 그것이 더욱 초수추의 자존심을 상하게 했다.
　쯧쯧, 혀를 차던 초수추가 다시 번개처럼 움직였다. 두 손으로 보료
를 한 번 두드린 것 같았는데 가볍게 떠오르더니 번쩍 하고 사라졌다.
그때까지 아무 움직임도 없이 지그시 눈을 감은 채 나무 둥치에 기대
고 앉아 있기만 하던 갈평(葛坪)이 눈을 떴다. 그러자 그의 두 눈에서
감추어졌던 신광(神光)이 번갯불처럼 뿜어졌다.
　팟―!
　땅을 박찬 그의 몸도 초수추에 못지 않은 가벼움으로 삼 장여의 거
리를 단번에 좁히며 쏘아져 나갔다.
　초수추는 처음부터 갈평을 움직이게 할 속셈이었던 듯했다. 곧 남궁
적을 덮쳐들 듯하던 그가 수하의 등을 가볍게 차고 몸을 틀었다. 그의
노구가 와락 닥쳐들고 있는 갈평에게 향했을 때 거무튀튀한 채찍이 교
활한 뱀처럼 꿈틀거리며 소리도 없이 뻗어 나왔다.
　쉬이익―!
　비로소 허공을 찢는 날카로운 휘파람 소리가 났다. 초수추를 똑바로
바라본 갈평이 가볍게 손목을 흔들었을 뿐인데 그의 채찍 끝이 상하좌
우로 어지럽게 흩어지며 노인의 가슴 앞 요혈들을 매섭게 찍고 때려왔
다. 그 손속의 재빠름과 현란한 변화가 눈부셨다.
　"흥!"

냉랭하게 코웃음을 친 초수추가 쪼글쪼글한 손을 활짝 펼쳐 그것을 잡아챘다.

짝—!

초수추의 손등을 한 번 때린 채찍이 스스로 살아서 움직이듯 교묘하게 비틀리며 노인의 손아귀를 벗어나 꼬리를 말았다. 깜짝 놀란 초수추가 욱, 하고 힘을 써서 허공을 격하고 두 손을 번갈아 때려냈다. 노인의 주름진 손에서 날카로운 경력이 뻗어 나가 채찍과 갈평을 한꺼번에 몰아쳤다.

"과연, 옛 이름에 부끄럽지 않소!"

외친 갈평이 다시 손목을 떨쳐 채찍을 거두어들이며 마주 일장을 뻗어냈다. 그들의 장력이 허공을 격하고 뒤섞이자 우르릉거리는 뇌성(雷聲)이 터져 나왔다.

"누군가 했더니 신기구편(神技九鞭) 갈평(葛坪)이 바로 너였구나!"

그의 솜씨에서 내력을 알아본 초수추가 날카롭게 외쳤다. 그는 처음부터 끝까지 지그시 눈을 감고 단목기 곁에 아무 말 없이 앉아 있는 갈평의 존재가 내내 눈에 거슬렸었다. 제법 내력이 있어 보이는 놈이라는 것이 암중에 그의 신경을 긁었던 것이다. 그래서 초수추는 내심 갈평을 가장 경계해야 할 놈으로 꼽아두고 있었다. 그리고 그 짐작은 너무나도 잘 맞았다. 그것이 초수추를 못내 아쉽게 했다.

'하나같이 쉽지 않은 놈들이라니……'

어느덧 땅에 내려서 있는 노인이 가뜩이나 주름진 얼굴을 더욱 찡그리며 속으로 투덜거렸다.

평소 십대고수라고 불리는 자들마저 가볍게 여기고 있던 그였다. 강호에 흩어져 있는 몇몇 고수들이 그들 십대고수에 견줄 만하고, 신기구편 갈평이 그중 한 명이라는 것을 들어 알고 있었지만 초수추는 마음 속으로 그것을 부정하고 있었다. 그의 생각으로는 그래 봐야 왕년의 자신의 명성을 따라오기에는 어림없는 새까만 후배들에 불과했던 것이다.

하지만 한번 부딪쳐 보자 그런 마음이 흔들리지 않을 수 없었다. 이름도 알지 못하는 젊은 놈이 지니고 있는 칼 힘이 제법 단단했는데, 이제 갈평의 채찍 다루는 솜씨를 보니 과연 당금 강호의 일류 고수로 외호(外號)에 신기(神技)라는 말을 붙이기에 부족함이 없다는 생각이 들었던 것이다.

갈평 또한 망설이며 눈치를 보고 있었다. 그는 초수추가 겉보기와는 달리 아직도 내력이 충실하고 손이 매서운 것이 못마땅해 속으로 비루먹은 당나귀 같은 늙은이가 죽지도 않는다고 욕을 하고 있었다.

"흠, 어디 요즘 어린것들은 어떤 재주를 부리는지 한번 볼까?"

목을 가누고 있기도 힘든 듯 머리를 건들거리던 초수추가 다시 땅을 박찼다. 장작개비 같은 앙상하게 마른 발목이 언뜻 보였다. 건드리기만 해도 부러질 것 같은 그것에 무슨 힘이 있기에 저렇게 빠르고 가벼운 건지 신기하게 여겨졌다.

쉬잉—!

망설이는 사이에 어느새 코앞에 밀려든 초수추가 눈을 번뜩이며 두 손을 휘저어 힘껏 갈기고 붙잡아왔다. 차갑고 음습한 경력이 송곳처럼 가슴을 찔러왔다. 갈평은 그것이 눈앞의 늙은 마귀가 한때 강호를 풍미했던 음풍백골조(陰風白骨爪)라는 것을 알아보았다. 강시의 그것처럼 깡마른 손가락이 어느새 가슴을 움켜왔다.

"헛!"

다급히 숨을 들이킨 갈평이 뒤꿈치로 땅을 박차고 뛰어 물러서며 짧게 접어 든 채찍을 몽둥이처럼 휘둘러 초수추의 어깨를 내려쳤다. 힘으로 눌러 버리겠다는 무지막지한 수법이었다. 그도 내심으로는 남궁적이 계산했던 것과 같은 생각을 하고 있었다. 처음 일각만 잘 버티면 늙은이가 제풀에·지쳐 헐떡거릴 게 분명하다고 여겼던 것이다. 그리고 그가 아무리 수라도부(修羅屠夫)로 악명이 높은 선대의 마두일지라도 일각쯤은 거뜬히 견딜 자신도 있었다.

퍽―!

둔탁한 격타음이 터져 나왔다. 갈평의 채찍이 사정없이 초수추의 굽은 어깨 위에 떨어진 것이다. 그 한 번으로 어깨뼈가 으스러져야 옳았다. 그러나 초수추는 초라한 몸을 한번 움찔했을 뿐 여전히 두 팔을 휘둘러 갈평을 잡아오고 후려쳐 왔다. 크게 놀란 갈평이 급히 몸을 눕혔다. 그의 앞가슴 옷자락이 늙은이의 손에 움켜져 길게 찢어졌다.

"대단하다!"

크게 외치며 팽이처럼 맴돌아 가까스로 조법(爪法)의 권역(圈域)에서 벗어난 갈평은 등줄기가 서늘해지는 것을 느꼈다. 아차 했으면 그대로 심장을 뜯길 뻔했던 것이다. 탈혼백조(奪魂白爪)라고 불리는 그 수법이야말로 이십여 년 전에 강호인들을 두려움으로 떨게 했던 초수추의 악랄한 수법이었다.

"그렇지? 대단하지?"

몇 번 손속을 나누자 다시 살아나는 자신의 솜씨에 스스로 만족하고 홍이 이는지 초수추가 그렇게 좋아서 외치며 그림자처럼 따라붙었다.

제4장

오압사(五壓寺)

오압사(五壓寺)

남궁적은 이제 세 명이 남았을 뿐인 역사(力士)들의 무서운 칼바람 속에서 여전히 고전을 면치 못하고 있었지만 쉽게 무너질 것 같지도 않았다. 갈평과 초수추의 싸움도 어느덧 십여 초를 지나 점점 치열해지고 있었다.

초수추가 전대의 강호를 경동(驚動)시켰던 고수라면 갈평은 지금의 강호에서 절정의 고수 반열에 들어 있는 사람이었다. 그는 처음 생각과는 달리 의외로 초수추의 악랄한 수법 앞에서 잘 견디고 있었다. 그의 힘과 초수추의 노회한 솜씨가 서로 어울려 갈수록 빛을 발했다.

단목기는 살기등등한 칼빛과 편영(鞭影), 그리고 날카롭기 짝이 없는 경력(勁力)들이 난무하는 것을 보고 있자 절로 흥분되어 숨이 가빠지고 손아귀에 힘이 들어갔다. 그는 이처럼 삶과 죽음이 극명하게 갈리는 순간에 스스로를 내던지는 것을 좋아했다. 그런 순간이야말로 오직 들

끓는 투지와 살기, 그리고 나를 잊고 세상을 잊을 만한 몰입(沒入)을 맛
보는 시간이었다. 세상의 온갖 복잡함과 음모와 비열함을 떠나서 가장
원초적인 욕망이 부딪치는 순간이었던 것이다. 그러므로 그것은 가장
정직하고 순수한 순간이기도 했다.

그러나 지금 자신은 그들의 그런 시간을 이처럼 무기력하게 바라보
고 있어야 할 뿐이라는 것이 단목기를 괴롭게 했다. 그리고 그들의 시
간 밖에서 전혀 동떨어진 별개의 존재로 남겨져 있다는 생각에 비참해
졌다. 단목기는 자신의 몸 안에 한 올도 남아 있지 않은 기력을 느껴보
았고, 이제는 없어져 버린 왼쪽 팔을 바라보고 절망했다. 마음 같아서
는 당장 저 격전의 한복판으로 뛰어들어 살고 죽는 것 따위는 다 잊어
버린 채 무아지경에서 마음껏 칼을 휘두르고 싶었다.

그렇게 난폭한 말처럼 거칠게 가슴속을 달리는 열정과 투지를 다스
릴 수가 없었다.

"음……."

단목기가 가슴을 움켜쥔 채 고통스러운 신음을 흘렸다. 그런 그에게
로 다가오는 그림자들이 있었다. 한쪽에 얌전히 물러서서 싸움을 지켜
보기만 하던 세 명의 낭자들이었다.

"공자께서는 저희와 함께 가시는 게 좋겠어요."

가운데 서 있던 낭자가 꽃잎 같은 입술을 나풀거리며 향기롭게 말했
다. 어조가 가락을 띠고 운율에 맞아 듣기 좋은 노랫소리 같아서 눈앞
의 살벌한 광경과는 전혀 어울리지 않았다. 단목기의 얼굴에 낭패감이
어렸다. 결국 계집의 손에 사로잡히는 신세가 된다는 것이 그를 더욱
비참하게 했다.

"어림없는 수작이다!"

경황 중에도 계집이 단목기에게 손을 뻗치는 것을 본 남궁적이 버럭 외쳤다. 그러나 그를 가로막고 있는 세 명의 역사들은 꿈쩍도 하지 않았다. 오히려 그들의 칼이 더욱 흉맹해지는 것이 이미 이런 일들을 사전에 계획해 두고 있었던 듯했다.

급해지기는 갈평도 마찬가지였다.

"이런 교활한 것들이!"

그가 노성(怒聲)을 터뜨리며 손목을 떨쳐 힘껏 채찍을 뿌리고 후려쳤다. 흑룡유천(黑龍遊天)의 수법으로 몰아치자 채찍의 검은 그림자가 온통 초수추를 감쌌다. 먹구름이 가득 덮여오듯 노인의 전신을 압박하며 무서운 경기를 뽑아내는 그것 앞에서 초수추의 초라한 몸은 아예 보이지도 않았다.

"이얍!"

가득한 편영(鞭影) 속에서 날카로운 기합 소리가 터져 나왔다. 채찍의 그림자에 눌린 듯 더욱 작아진 초수추의 몸이 맹렬하게 떨렸다. 깡마른 그의 두 손이 바람개비처럼 휘돌며 사방을 잡아채고 찢어갔다. 염왕초수(閻王招手)의 한 수는 그의 성명절기(聲名絶技)라고 할 만한 수법이었다. 두 개의 손이 마치 열 개 백 개가 된 듯 재빠르고 현란하게 움직였다. 허공을 격하고 편영(鞭影)을 찢으며 때리고 할퀼 때마다 뇌전(雷電)이 방사(放射)되는 것같이 뜨겁고 날카로운 경기들이 쏟아져 나갔다.

짜자작―!

그것들이 갈평의 채찍과 부딪칠 때마다 요란한 소리가 났다. 경기(勁氣)의 폭풍이 사방을 휩쓸어갔다. 터져 버린 기파(氣波)의 해일이 흑암(黑暗)으로 밀려 나가는데, 그 속에서 온몸을 내던져 충돌해 가는 초수추의 모습이 언뜻 보였다. 그의 주름진 얼굴이 시뻘겋게 달아올라 지옥의 마귀같이 흉악해져 있었다.

평—!

바람을 가득 불어넣은 가죽 부대가 갑자기 터지는 듯한 답답한 굉음이 주위를 뒤흔들었다.

"우욱—!"

허공을 가득 뒤덮었던 편영(鞭影)이 엷어졌다. 갈평이 억눌린 신음을 흘리며 비틀거리고 있었다. 그의 손끝에서 살아 움직이던 채찍이 영활(靈活)한 움직임을 잃은 채 늘어졌는데, 어느새 초수추의 장작 같은 손이 그 끝을 꽉 말아 쥐고 있었다.

"이얍!"

노인의 입에서 다시 한 번 날카로운 기합성이 터져 나왔다. 붉은빛을 가득 띤 채 흉악하게 일그러진 그의 얼굴이 더욱 달아올랐다. 단번에 온몸의 기력을 남김없이 뽑아낸 듯했다. 갈평이 그 무서운 힘을 당하지 못하고 비틀거리며 두어 걸음을 끌려갔다.

그러는 사이에 치맛자락을 나풀거리며 달려들어 단목기를 번쩍 들어 올린 세 명의 계집들이 나는 듯 숲 속으로 뛰어들었다. 곧 그녀들의 모습이 단목기와 함께 눈에서 씻은 듯 사라져 버리고 말았다.

"아하하하—!"

초수추의 갈라진 듯한 광소(狂笑)가 하늘 끝까지 치달아 올라갔다. 그 앞에서 갈평이 가슴을 움켜쥔 채 천천히 무릎을 꿇고 있었다.

"으아악—!"

참혹한 비명 소리가 터져 나왔다. 막 주먹을 높이 들어 갈평의 정수리를 내려치려던 초수추가 그 소리에 놀라 돌아보았다. 남궁적의 칼이 피를 뿜어내고 있었다. 또 한 명의 역사(力士)가 그의 칼에 목을 찍힌 채 쿵쿵거리며 물러서는 것이 보였다. 네 명이던 것이 두 명으로 줄어 들자 철벽(鐵壁)처럼 단단하던 그들 사이에 커다란 틈이 벌어졌다.

"죽여 버린다!"

쉬아앙—!

힘껏 발을 굴러 뛰어나온 남궁적이 칼을 내려쳐 무시무시한 기세로 초수추의 정수리를 쪼개왔다. 그의 외눈이 번쩍이는 광기(狂氣)로 이글 거렸다. 그 흉악한 살기가 초수추를 섬뜩하게 했다. 부드득 이를 가는 소리에 늙은 정신이 흔들릴 지경이었다.

"어허—!"

오히려 자신보다 더 흉악해 보이는 남궁적의 기세에 가슴이 떨려왔 다. 놀람의 외침을 터뜨린 초수추가 갈평을 버리고 물러서며 힘껏 일 권(一拳)을 때렸다. 머리 위에서 땅—! 하는 둔중한 쇳소리가 났다. 역 사들의 무거운 감산도(坎山刀) 앞에서도 꿋꿋하게 버텼던 남궁적의 칼 이 늙은이의 깡마른 한 주먹을 견디지 못하고 두 동강으로 부러져 떨 어졌다.

"이놈의 늙은이가!"

남궁적이 분한 외침을 터뜨리며 힘껏 그것을 던져 버렸다. 그러나 초수추는 이미 두어 장 밖을 달려가고 있었다. 이제 일이 다 끝났다는 듯, 역사들 또한 들고 있던 칼을 놓아버린 채 초수추의 뒤를 따라 재빠 르게 숲 속으로 사라져 갔다.

가슴을 움켜쥐고 주저앉아 울컥울컥 피를 토하고 있는 갈평을 한번 바라본 남궁적이 주위를 두리번거렸다. 부러진 칼을 대신할 만한 것이 쉽게 눈에 띄지 않았다.

"이 쳐 죽일……!"

다시 한 번 이를 간 남궁적이 되는대로 팔뚝만한 나뭇가지 한 개를 꺾어 들고는 땅을 박찼다. 그의 신형도 곧 숲을 뚫고 사라져 보이지 않았다. 혼자 남겨진 갈평이 고통스런 눈으로 그들이 사라져 버린 곳을 바라보았다.

"도대체 그가 왜……?"

수라도부(修羅屠夫) 초수추(楚搜騶)가 갑자기 나타나 무엇 때문에 단목기를 빼앗아간 것인지 알 수 없다는 것이 그를 더욱 곤혹스럽게 했다.

"문주님의 명을 이행하지 못했다."

내상의 고통보다 더 큰 두려움으로 일그러진 갈평의 얼굴이 끊임없이 경련을 일으키고 있었다.

"흐흐, 양소문(楊김雯)이라는 놈보다 이 늙은이가 두어 수 위라는 것을 이제 채주(寨主)도 인정할 수밖에 없겠지."

품에서 곰방대를 꺼내 느긋하게 앵속(罌粟)을 쟁이고 불을 붙여 문 초수추가 눈을 가늘게 뜨고 얼굴 가득 만족한 웃음을 피워 올렸다.

"내가 그까짓 새까만 애송이와 비교되었다는 것이 우스운 일이지."

그가 입을 오물거리며 다시 낄낄거렸다.

"그깟 놈이 산동(山東)의 신창(神槍)이라고 거들먹거렸다니 하품이 다 나온다."

양소문이 이름도 없는 자에게 목이 잘려 죽었다는 소식을 들었을 때 초수추는 내심 고소하게 여겼었다. 그는 곤륜의 진경을 탈취하라는 명을 받았고, 자신은 단목기를 잡아오라는 명을 받아 산을 내려온 것이

다. 그런데 양소문은 엉뚱한 놈에게 목이 잘려 죽었으니 채주의 명을
제대로 수행한 사람은 자기뿐이라는 생각이 노인을 우쭐거리게 했다.
　그가 느긋한 눈길로 한쪽에 공손히 서 있는 수하들을 바라보았다.
공들여 키워놓은 네 명의 역사들 중 둘을 잃었다는 것이 쓰디썼지만
계집들의 품에 안겨 정신을 잃고 있는 단목기가 그에게 위안을 가져다
주었다.
　"대체 채주는 저런 쓸모없는 물건을 어디에 쓰려고 한담?"
　초수추가 혀를 찼다. 아무리 보아도 단목기는 이제 한쪽 팔과 내공
을 모두 잃은 채 껍질만 남아 있는 폐인이었다. 평범한 촌부(村夫)보다
도 더 쓸모가 없는 밥통에 불과했던 것이다. 그런 단목기를 굳이 찾아
쓰려고 하는 채주의 속뜻을 짐작할 수 없었다.

*　　　*　　　*

　'기회다!'
　옥당군을 바라보는 장우춘의 눈이 그렇게 말했다. 마주 바라보는 옥
당군의 얼굴에도 긴장이 물결처럼 흘러가고 있었다. 문득 장우춘의 얼
굴이 어두워졌다.
　'그리고 이것이 내가 마지막으로 보는 세상이겠지…….'
　그는 옥당군을 따라 무성한 나뭇가지 사이로 내다보이는 공터에 눈
길을 준 채 그렇게 중얼거렸다. 자신이 희생함으로써 옥당군이 임무를
완수하도록 하겠다는 결심을 한 지 오래였다. 자신보다는 아무래도 옥
당군이 그 일을 더 잘해낼 것이기 때문이다.
　죽는다는 것에는 장우춘이나 옥당군 모두 무감정해질 수 있도록 철

저히 길들여진 사람들이었다. 그러나 눈앞에 다가와 있는 죽음의 그림자를 바라보는 지금의 마음은 왠지 착잡했다. 두려움은 아니었다. 처음 직면하는 생소함일 뿐이라고 애써 생각하며 장우춘은 공터를 뚫어지게 바라보았다. 거기 세 명의 계집들에게 에워싸여 앉아 있는 창백한 안색의 단목기가 있었다.

그들은 소옥의 행적을 뒤따르다가 그녀가 향하고 있는 방향을 짐작하고 부지런히 앞서 달려오고 있던 중이었다. 도중에서 소옥과 모용탈을 가로막고 다시 한 번 일을 도모하기 위해서였다. 매복해 있기 적당한 곳을 찾아 기웃거리던 장우춘이 먼저 초수추 일행을 발견했다. 그와 옥당군은 단번에 초수추의 정체를 알아보았다. 그 늙은이가 아직까지 살아 있다는 것이 의외였지만 관심을 가질 일은 아니었다. 그들의 눈에는 오직 초수추에게 잡혀 있는 단목기만이 보일 뿐이었다.

"여기가 적당하겠지?"

장우춘이 옥당군에게 속삭였다. 옥당군이 눈빛을 더욱 빛내며 머리를 끄덕였다.

단목기가 있고, 교묘하게도 초수추가 소옥의 행로를 가로막고 있는 꼴이었으니 반드시 그녀와 부딪칠 것이다. 그러면 힌비탕 싸움이 벌어질 게 뻔했다. 소옥에게 모용탈이 있다면 초수추에게는 만만치 않아 보이는 수하들이 있으니 그 싸움은 결과를 예측할 수 없는 치열한 난전이 될 게 틀림없었다. 그 틈을 노린다면 쉽게 소옥을 죽여 동료들의 복수를 하고 그녀의 품에서 진경을 빼낼 수 있을 것이다. 그 생각이 장우춘과 옥당군의 흥분을 고조시켰다.

다시 한 번 서로를 마주 본 그들이 두 손으로 땅을 짚어 언제든지 뛰쳐나갈 준비를 한 채 덤불 속에 가만히 엎드렸다. 숨결마저 죽이고 기척을 감추자 두 사람은 곧 그 흔적마저 남기지 않고 사라져 버린 듯 찾아볼 수 없게 되었다.

그렇게 차 한 잔을 마실 만한 시간이 흘러갔을까. 곰방대에 쟁인 앵속(罌粟)을 다 피웠는지 초수추가 한껏 나른해진 모습으로 보료 위에 누워 손을 흔들었다.

"가자."

두 명의 역사가 교자(轎子)를 들고 일어서자 계집들도 단목기를 눕힌 들것을 들고 따라 일어섰다. 그들이 땅을 박차고 달려나가자 죽은 듯 웅크리고 있던 장우춘과 옥당군이 뒤를 따르기 시작했다. 나뭇가지를 스치고 풀잎을 밟는 데도 소리 하나 나지 않았다.

"어?"

교자를 든 채 막 능선 위로 올라선 자가 외마디 소리를 지르고 우뚝 멈추어 섰다. 그 바람에 교자가 출렁거려서 자칫 떨어질 뻔한 초수추가 잔뜩 못마땅한 듯한 얼굴로 감았던 눈을 떴다.

"어?"

그들 앞에서도 외마디 소리가 들려왔다. 모용탈이었다. 부스럭거리며 맞은편에서 한가롭게 능선 위로 올라선 모용탈이 걸음을 멈추고 눈을 크게 떴다. 갑자기 마주친 괴이한 일행에 적잖이 놀란 모양이었다. 그러나 초수추 일행의 놀람이 더욱 컸다. 그들은 산발한 듯 흩어진 머리카락에 짐승 가죽을 두른 흉악하게 생긴 자가 갑자기 숲을 뚫고 나타나자 산도깨비라도 만난 듯 기겁을 했던 것이다.

"흠……."

장한들을 꾸짖으려던 초수추가 모용탈을 발견하고 탄성을 터뜨렸다. 여태까지의 나른했던 눈빛이 간데없이 사라졌다. 신광이 번쩍이는 눈길로 다시 한 번 모용탈을 쓸어본 노인의 얼굴에 더욱 짙은 감탄의 기색이 떠올랐다.

"뭐죠?"

모용탈의 등 뒤에서 낭랑한 교성(嬌聲)이 들려왔다. 머리를 흔든 모용탈이 옆으로 성큼 물러서자 그의 등에 가려 보이지 않던 소옥의 모습이 드러났다. 그녀가 의아한 눈으로 초수추를 훑어보았다.

"이젠 너를 따라다니지 않아도 될 모양이다."

모용탈이 흐흐, 웃으며 턱으로 한곳을 가리켰다. 그곳을 바라본 소옥의 얼굴이 순식간에 창백해졌다. 거기 들것 위에 눕혀져 계집들에게 들려 있는 단목기가 있었던 것이다. 소옥과 눈이 마주친 단목기가 쓴 웃음을 흘렸다.

"단목 사형, 당신이 왜……?"

소옥이 말을 잇지 못하고 멍해진 채 그를 바라보고 초수추를 바라보기만 거듭했다.

"사형이라고?"

초수주가 머리를 갸웃했다.

"그렇다면 네년이 소소옥(蘇素玉)이란 말이지? 흠, 이건 재미있군."

"사형, 이분이 무명자의 스승인가요? 그럼 벌써 오압사(五壓寺)에 다녀오는 길인가요? 벌써 그를 만난 거예요? 하지만 약속한 날은 아직 이틀이나 남았는데……."

초수추를 무명자의 스승이라고 짐작한 소옥이 거푸 물으며 곤혹스러운 표정을 지었다. 그의 곁에 무명자도 남궁적도 보이지 않는다는 것이 이상하게 여겨진 것이다.

"사매, 나는 아마도 그곳에 가지 못할 팔자인 모양이다."

단목기가 힘없는 음성으로 말하고 다시 쓰게 웃어 보였다.

"응?"

단목기의 말에서 이 일에 파탄이 있음을 느낀 소옥이 눈을 크게 떴다. 그녀의 얼굴이 조금씩 싸늘해지더니 곧 얼음장처럼 차갑게 굳어졌다. 소옥이 눈썹을 치켜 올리며 초수추를 향해 한 걸음 나섰다. 그를 가리키는 희고 고운 손가락에 잔뜩 힘이 들어갔다.

"당신은 누구죠? 단목 사형을 데리고 어디로 가려는 거죠?"

앙칼지게 눈을 부릅뜨고 노려보는 소옥을 빤히 바라보던 초수추가 비스듬히 누워 있던 몸을 일으키며 웃었다.

"잘되었다. 너도 노부를 따라서 함께 가자."

이런 곳에서 뜻하지 않게 소옥을 만난 것은 자신의 행운이라고 생각했다. 양소문이 실패했던 일까지 덤으로 얻어서 돌아갈 수 있게 되었다고 여긴 것이다.

"이런 것을 일러 꿩 먹고 알 먹는다고 하는 게지."

노인이 흐흐, 웃으며 곁눈질로 모용탈을 흘겨보았다. 저놈이 제법 힘깨나 쓸 것 같아 보였지만 힘이라면 교자를 들고 있는 두 놈도 만만치 않으니 좋은 상대가 되어줄 것이라고 여겼다. 눈앞의 계집이야 자신의 계집종들을 시키면 쉽게 잡을 수 있을 것이다. 문제될 게 없었다.

"늙은이, 너는 그를 납치해 가는 것이었구나!"

상황을 짐작한 소옥이 뾰족하게 외치고 선뜻 검을 뽑아 들었다. 이제는 머리 위에 솟아 있는 청명한 햇빛 아래 풍향검(風向劍)이 서기(瑞氣)를 뿜어내며 웅웅거리고 울었다. 눈을 가늘게 뜨고 그것을 바라보는 노인의 얼굴에 탐심이 가득 떠올랐다.

"허, 보검이로구나. 그것까지 노부에게 덤으로 바치겠다니 과연 기특하다. 내 너를 특별히 귀여워해 주마."

소옥을 붙잡아 진경은 채주(寨主)에게 주고 보검은 자신이 가져야겠다는 마음을 굳혔다. 그 두 가지 물건이 이미 손에 들어온 것인 듯 초수추는 마음이 즐거워졌다. 그런 노인의 즐거움과는 아랑곳없이 소옥이 살기마저 드러내며 다시 외쳤다.

"지금이라도 늦지 않았다. 단목 사형을 놓고 어서 꺼져 버려!"

"이런, 고약한 계집이 있나!"

초수추가 잔뜩 눈살을 찌푸린 채 혀를 찼다. 하지만 자신의 체면에 어린 계집을 상대로 손을 쓸 수는 없었다.

"너는 노부가 누구인 줄 아느냐?"

"흥, 그런 걸 알 필요가 뭐 있겠어?"

"허……."

소옥의 반응에 더욱 불쾌해진 초수추가 머리를 흔들었다. 자신의 명성에 소옥이 스스로 겁을 먹고 무릎을 꿇으면 좋으련만 그럴 것 같지 않았던 것이다.

"노부는 수라도부(修羅屠夫)라고 하느니라."

그래도 희망을 버리지 않고 자신의 명호를 밝히며 슬쩍 눈치를 보았다. 그러나 소옥의 반응은 그를 더욱 실망시키고 화나게 할 뿐이었다.

"수라도부라고?"

머리를 갸웃거리고 잠시 생각해 보던 소옥이 끝내 그 이름을 떠올릴 수 없었던지 바락 악을 썼다.

"무슨 도부든 개백정이든 상관없어! 나는 사형을 원할 뿐이다!"

"어, 허허, 허허허……."

분노가 지나쳐 어이가 없었던지 노인이 소옥을 보고 하늘을 보며 허탈하게 웃었다. 새벽녘에 만난 외눈박이 젊은 놈도 그렇더니 눈앞의 이 새파란 계집아이도 자신을 늙은 종 보듯 하는 데에는 기가 막힐 뿐이었다.

초수추는 속으로, 대체 요즘 젊은것들은 옛일에 대해서는 관심이 없는 건지, 아니면 그 사부라는 작자들이 제대로 가르치지 않았는지 알 수 없는 일이라고 중얼거렸다. 하지만 어쨌든 괘씸하고 분하기 짝이 없었다.

"존장에 대해서 공경하는 마음이라고는 조금도 없는 못된 계집이로다!"

한번 엄하게 꾸짖은 그가 눈을 흘겼다.

"옛날 같았으면 내 당장 네년을 갈기갈기 찢어 죽였을 것이나 흐르는 물이 날카로운 바위를 둥글게 하듯이 세월이 노부의 마음을 너그럽게 만들었으니 어찌하랴. 하지만 교훈을 주지 않고 외면한다면 어른 된 도리가 아닐 터. 어디 따끔한 맛을 한번 보거라."

그의 추레하고 채신머리없어 보이는 몰골과 준엄한 꾸짖음과는 전혀 어울리지 않았다. 작고 볼품없는 머리통을 건들거리며 꾸짖는 초수추를 물끄러미 바라보던 소옥이 입술을 삐죽 내밀었다.

"늙은이, 헛소리는 네 종놈들에게나 하고 어떻게 할 건지 어서 대답이나 해!"

검끝으로 초수추의 가슴을 가리키며 매섭게 눈을 부릅뜨는 그녀의 기세가 더욱 사나워지기만 했다.

"저년을 붙잡아라."

상대하기 싫다는 듯 아예 눈을 감아버린 초수추가 뒤에 있던 계집종들에게 손짓을 했다. 명이 떨어지기만을 기다리고 있었다는 듯 단목기를 내려놓은 계집들이 검을 뽑아 들고 우르르 달려들어 소옥을 막아섰다.

"호호, 귀여운 동생. 지금이라도 늦지 않았어. 어서 검을 던지고 용서를 빌렴. 주인께서는 너그러우시니 목숨만은 살려주실 거야."

"쓸데없이 객기를 부리다가는 언니들에게 혼날걸? 그때는 후회해도 소용없어."

"이 언니가 고운 옷을 입혀주고 머리를 빗겨주지. 그러면 너는 누구보다 예뻐질 거야."

세 명의 계집들이 저마다 입을 열어 왁자하게 떠들어댔다. 재잘거리는 그 소리들로 음침하던 숲 속이 환히 밝아지는 듯했다.

"시끄럽다, 요녀(妖女)들!"

더욱 앙칼지게 눈을 치켜뜬 채 노려보는 소옥의 얼굴에 서릿발이 한 겹 둘렀다.

"흥, 기어이 혼이 나봐야 정신을 차릴 모양이군. 얘들아, 사정 봐줄 것 없다. 팔이나 다리 하나쯤 잘라내고 사로잡자."

그녀들 중 제일 연장자로 보이는 계집이 그렇게 소리치며 검을 휘둘러 독려했다. 그 말이 소옥의 가슴에 기어이 노화(怒火)를 불러일으켰다. 계집은 무심중에 딴에는 겁을 준다고 한 말이었다. 그러나 그 말을 들은 소옥은 단목기의 처지를 생각하지 않을 수 없었다. 그러자 그것이 단목기를 비웃는 것이라고 여겨져 더욱 화가 치솟았다.

"내 검이 비정하다고 원망하지 말아라!"

외친 소옥이 살기를 실어 힘껏 검을 뿌렸다.

"어멋!"

그녀의 일검을 받은 계집이 호들갑스럽게 놀란 소리를 지르며 물러섰다. 소옥의 빠르고 사나운 검격 앞에서 감히 마주쳐 갈 엄두가 나지 않은 듯했다. 소옥의 검에 실린 힘은 사납고 날카로웠으나 말과는 달리 마음에 계집을 찌르고자 하는 생각은 없었던 듯했다. 씨잉, 하고 바람을 가른 검이 계집의 머리띠 한 끝을 잘라내는 데 그쳤다.

"동생은 정말 무섭군. 하지만 우리 세 명을 당하기가 쉽지 않을 텐데?"

곁에서 가만히 소옥의 일검을 지켜본 다른 계집이 야무진 표정으로 검을 고쳐 쥐고 나섰다.

"그래도 물러서지 않는다면 정말 찌르고 말겠다!"

소옥이 앙칼지게 외쳤다. 그러나 두 번째로 나선 계집은 코웃음만 칠 뿐 조금도 흔들리지 않았다. 매섭게 노려보는 눈빛이 살아 있었다. 소옥은 다른 두 명보다 지금 나선 여자의 솜씨가 훨씬 뛰어나다는 것을 알았다.

"사매, 너는 그새 나의 가르침을 잊은 건 아니겠지?"

들것 위에 누운 채 가만히 바라보고 있던 단목기가 침중한 음성으로 말했다.

"적이라고 판단했으면 손속에 인정을 남겨둘 필요가 없다. 주저하는 약한 마음이 스스로에게 틈을 만들어준다. 수단이 고명한 상대는 그것을 놓치지 않지."

그의 음성에는 힘이 하나도 없었지만 말투에는 아직 부족한 사매를 꾸짖는 사형의 위엄이 가득했다. 단목기의 말을 들은 소옥은 이것이 싸움이라고 스스로에게 말해 주었다. 그러자 마음이 한결 침착하고 냉정하게 가라앉았다.

사부는 그녀에게 언제나 손속에 삼 푼의 정을 남겨두어서 상대로 하여금 물러설 수 있도록 해야 한다고 가르쳤다. 그러나 단목기는 그 삼 푼의 여유 때문에 이길 수 있는 상대에게 오히려 죽임을 당할 수 있다고 말했다. 소옥은 마음에 혼란을 겪었으나 싸움의 횟수가 늘어나고 목숨이 위태로워지는 위기를 몇 번인가 넘기고 나자 단목기의 말이 옳다고 여기게 되었다.

유룡검법(遊龍劍法)은 매 초식마다 광명정대하며 자비로운 데가 있었다. 그러나 그녀가 본 용화진경(龍華眞經) 속의 강론은 확실히 매섭고 독한 검의(劍意)를 담고 있었다. 처음에 소옥은 그 살기에 두려워서 몸을 떨었다. 하지만 대적(對敵)의 경험이 쌓이면서 검이 지니고 있는 살기는 그것의 본모습일 뿐 결코 사악한 것이 아님을 알게 되었다. 비무(比武)와 실전(實戰)과는 엄격한 차이가 있는 것이다.

소옥은 눈앞에 버티고 서서 틈을 엿보고 있는 상대를 바라보았다. 그가 여자라는 것 때문에 자신이 주저하고 있듯, 여태까지 싸웠던 자들은 자신이 여자이기 때문에 주저했을 것이다. 하지만 그 대가는 죽음일 뿐이었다.

'나 또한 마찬가지다. 서로 살의를 가지고 낯선 이상 상내가 비록 어린아이라고 해도 망설일 필요 없다.'

자신에게 그렇게 속삭여 주었다. 그러한 비정함만이 이 험하고 냉혹한 강호에서 스스로를 지키고 살아가는 길이라는 생각이 그녀의 마음을 더욱 모질게 했다. 상대를 동정하고 가련하게 여겨서 차마 손을 쓰지 못하다가 그 상대에게 등을 찔려 죽는다면 세상 사람들이 뭐라고 할 것인가. 그런 죽음을 두고 잘했다고 말할 사람은 아무도 없을 것이 분명했다. 사람들은 모두 침을 뱉고 비웃을 것이다. 그것이 강호였다.

“당신은 조심하도록 해요. 나는 충분히 경고했으니 이제 손속에 인정을 남겨두지 않을 생각이에요.”

사문의 미타금강기(彌陀金剛氣)를 십성 끌어올리자 기혈에 가득 찬 진기들이 터질 듯 충만한 느낌으로 일어섰다. 소옥의 손에 들린 검이 은은한 광채를 띠고 웅웅거리며 울었다. 단목기의 희생으로 생사현관이 타통되고 그의 내력을 전해 받은 후 소옥은 한 번도 마음껏 자신의 진기를 내쏟아본 적이 없었다. 그럴 필요가 없었던 것이다. 몸 안에 가득한 기운은 그녀 자신도 깜짝 놀랄 만큼 크고 충실해서 이제는 자신이 지닌 내력이 과연 어느 정도인지조차 알 수 없었다.

본능적으로 위기를 느꼈던지, 소옥을 가로막고 서 있는 세 명의 계집들이 주춤거리며 물러섰다. 그녀들의 안색이 무거워졌다.

“이얍!”

소옥의 날카로운 기합 소리가 터져 나왔다.

무릎을 굽히는 기색도 없이 땅을 박찬 소옥의 신형이 검과 한 몸이 되어 곧장 날아들었다.

피이잉―!

허공을 긋는 새파란 검기가 뇌전처럼 뻗어 나가는 곳에서 처절한 단말마가 터져 나왔다.

“아악!”

소옥의 정면을 가로막고 있던 계집의 가슴이 쩍 벌어지는 것이 보였다. 그것을 훑고 나간 검기가 눈부시게 휘어지며 망막에 긴 꼬리를 남겼다.

쨍―!

왼쪽에서 놀란 모습으로 뛰던 계집의 손에서 동강난 검이 날았다.

비명을 지를 새도 없이 허리가 꺾인 계집이 뒤뚱거리며 정신없이 물러서고 있었다. 눈빛이 풀려 버린 것이 이미 혼백은 몸을 떠난 게 분명했다. 아직 꺼지지 않고 살아 있는 신경들이 그녀의 몸을 이끌고 있는 것이다.

"저런!"

초수추가 자신도 모르게 버럭 외치며 교자를 박차고 몸을 날렸다.

눈 한 번 깜빡일 순간에 불과했다. 소옥의 잔혹한 검격을 본 초수추가 맹렬하게 몸을 날려 덮쳐 갔으나 이미 그녀의 검은 마지막 남은 계집의 목을 치고 있었다.

쉬익―!

뒤에 뿌려지는 핏줄기를 외면하고 갑작스럽게 꺾인 검기가 곧장 초수추의 목을 쳐왔다. 한번 교자를 박찬 것으로 허깨비처럼 가볍게 떠올라 소옥의 뒷덜미에 다가서 있던 노인이 놀라 급히 머리를 숙이며 허공을 박찼다.

씨이잉―!

간발의 차이로 그의 정수리 위를 스쳐 지나가는 검기에서 뜨거운 열기가 훅 끼쳐 왔다.

파아앙―!

뒤따른 기파(氣波)의 폭발이 허공에 떠 있는 초수추의 구부정한 어깨를 거세게 후려치고 지나갔다.

"으헛!"

크게 놀란 초수추가 일장을 때려내며 그 여력을 빌어 옆으로 퉁겨지듯 몸을 날렸다. 그의 신형이 쏘아진 살처럼 빠르고 가볍게 허공을 가르고 나가 소옥의 검기 밖에 내려섰다. 자칫 목을 잃을 뻔한 초수추가

이를 갈았다. 어린 계집이라고 업신여긴 것이 뼈저리게 후회되는 순간
이었다. 노인과 소옥 사이의 허공에 흰 머리카락 몇 올이 나풀거리며
떨어져 내리고 있었다.

"대단하다!"

멀찍이 떨어진 곳에서 한가롭게 지켜보고 있던 모용탈이 팔짱을 풀
며 그렇게 소리쳤다. 형산에서는 소옥의 눈부신 검초를 보고 감탄했었
는데, 지금은 그 무지막지한 살검(殺劍)에 소름이 끼칠 지경이었다. 대
체 저 계집은 하루가 다르게 변해가니 어떤 것이 진짜 모습인지 알 수
가 없었다.

"축하한다. 너는 이미 조사님의 검학을 십분 깨우쳤구나!"

머리를 들고 지켜보던 단목기도 자신의 처지를 잊은 채 주먹을 불끈
쥐고 소리쳤다. 그는 소옥이 이제 사부로부터 전해 받은 사문의 검초
에서 자유로워져 그녀만의 검격을 지니게 되었다는 것에 감격을 금치
못하고 있었다. 그것은 용화진경 속에서 얻은 깨달음을 실전에 응용할
수 있게 되었다는 의미이기도 했다. 머지않아 소옥은 자신을 앞질러
그녀만의 곤륜절학을 창출해 낼 것이 분명했다.

"내가 이 늙은이를 막을 테니 당신은 사형을 구해내도록 해요!"

소옥이 눈으로는 초수추의 일거일동을 감시하면서 모용탈에게 소리
쳤다. 교자를 들고 있던 두 명의 역사(力士)들이 그것을 내려놓고 단목
기에게 달려가고 있었던 것이다.

"내가 왜?"

모용탈이 다시 팔짱을 끼고 나무 둥치에 등을 기대며 느긋하게 대꾸
했다.

"그는 너의 사형이지 나의 사형이 아니다. 이 싸움은 너의 싸움이지 내 싸움이 아니다."

상관없는 일에는 부모 형제가 죽더라도 끼어들지 않겠다는 뜻이었다. 모용탈은 능히 그러고도 남을 위인이었다. 소옥이 입술을 잘근 깨물었다.

"당신은 단목 사형을 찾지 않았던가요?"

"그를 죽이기 위해서지 살리기 위해서가 아니다."

모용탈의 이죽거림에 소옥은 '아차!' 하고 속으로 외쳤다. 이곳까지 그와 동행해 오면서 모용탈이야말로 가장 위험한 적이라는 경계심이 어느새 느슨해져 있었던 것이다. 그와 험난지경(險難之境)을 같이 겪는 동안 자신도 모르게 동지 의식이 생겨나고 있었던 탓인지도 몰랐다. 그러나 모용탈의 한마디에서 소옥은 그것이 자신만의 환상이었다는 것을 깨달았다. 그가 단목기를 노리는 한 그는 여전히 적이고 앞으로도 그럴 위인이었다.

마음이 급해졌다. 이제는 눈앞의 초수추를 감시하는 게 아니라 그에게 가로막혀 있는 꼴이 되었다.

"비켜!"

날카롭게 외친 소옥이 힘껏 땅을 박차고 몸을 뽑아 올렸다. 곤륜이 자랑하는 운룡대팔식(雲龍大八式)의 신법 중 천룡두련(天龍斗躏)의 절학이었다. 그녀의 몸이 구름을 뚫고 숫구치는 한 마리의 용처럼 꿈틀거리며 초수추의 머리 위로 날아갔다. 한번 움직이자 귀영(鬼影)처럼 스쳐 지나가는 재빠른 운신이었다. 그것을 본 초수추가 흥! 하고 냉랭한 코웃음을 날렸다.

"요망한 계집, 어딜 가려고?"

소옥을 따라 휙, 몸을 뒤집은 초수추가 그녀의 가슴과 배를 노리고 두 손을 뻗어 힘껏 움켜쥐고 할퀴었다. 초수추를 초수추답게 한 야차 쌍교(夜叉雙喬)의 수법이었다. 금나(擒羅)와 조법(爪法)을 동시에 펼쳐 내자 날카로운 경기가 요란한 휘파람 소리를 내며 사방을 휩쓸어갔다. 수법이 닿기도 전에 먼저 그 날카로운 파공성과 경기의 폭풍에 혼백이 달아날 지경이었다.

이처럼 무섭고 어지러운 수법을 처음 대해보는 소옥은 한순간 어떻게 응대해야 할지 막막해졌다. 초수추는 이제 입술을 뾰족하게 내밀고 찢어지는 듯한 휘파람까지 불어대고 있었다. 경력의 흉흉함에 더해져 그 소리가 소옥의 정신을 혼란하게 했다.

어느새 한 자나 더 늘어난 듯 보이는 초수추의 손이 갈퀴처럼 가슴을 움켜오고 있었다. 위기를 느낀 소옥이 경황 중에도 세 번 몸을 뒤집어 그것을 비키며 여섯 번을 세차게 걷어찼다.

펑, 펑, 펑—!

소옥의 발길질이 초수추의 손과 부딪칠 때마다 응축되었던 경력이 요란한 소리를 내면서 터져 나왔다. 흩어진 경력의 여파가 소나기처럼 사방을 휩쓸어갔고, 초수추의 귀청을 찢을 듯한 휘파람 소리가 더욱 날카롭게 치솟아올랐다.

초수추가 쳐내는 경력의 힘을 빌어 허공을 유영하는 소옥의 신법이 경황 중에도 우아하고 날렵했다. 그러나 소옥의 마음은 그렇지 않았다. 볼품없는 노인이라고 얕잡아보던 생각이 싹 달아났다. 단번에 세 명의 요망한 계집들을 쳐버렸던 그 살기조차도 놀라움 앞에서 연기처럼 흩어져 버리고 말았다.

한번 빼앗긴 기선을 되찾기가 얼마나 힘든가를 이제는 잘 알고 있는 소옥이었다. 초수가 거듭될수록 집요하고 악랄하게 잡고 찢어오는 초수추의 손속 앞에서 소옥은 미처 검을 후려칠 여유조차 가질 수 없었다.

"대단한 계집이었구나!"

소옥의 절묘한 운신에 놀란 초수추가 버럭 외치며 수법을 바꾸어 그녀를 몰아치기 시작했다. 두 손을 번갈아 때리고 밀어내는 것이 마치 여러 명의 궁사가 한꺼번에 강전을 쏘아대는 듯했다.

초수추의 손에서 그의 독문(獨門) 장법(掌法)인 귀혼칠장(鬼魂七掌)이 쏟아져 나오자 소옥의 놀라움은 더욱 커졌다. 칠칠이 사십구초의 변화와 변식이 꼬리에 꼬리를 물고 끝없이 이어지는데, 뒤의 장력이 앞의 장력에 더해져 갈수록 부딪쳐 오는 기세가 무겁고 사나워졌다. 게다가 초수추는 자신의 장력(掌力)에 악명 높은 청살기(靑殺氣)를 실어내고 있었다. 노인의 보기 흉한 몰골이 은은한 청색까지 띠며 번쩍이자 더욱 괴이하고 끔찍했다.

소옥은 초수추 같은 고수와 생사를 걸고 싸워보는 게 처음이었다. 천하 십대고수인 괴이사기(怪異四奇)나 정현 사태(精玄師太)와도 싸워보았지만 그것은 비무의 성격이 짙었지 이처럼 목숨을 건 싸움이 아니었다. 때문에 소옥이 느끼는 위기감은 그들보다 오히려 초수추에게서 더 컸다. 노인의 한 수 한 수가 거듭될 때마다 숨이 턱턱 막혀왔다.

'경시(輕視)했다!'

어지럽게 몸을 틀고 뒤채며 뼈저리게 뉘우쳤다. 상대를 경시하는 것이 얼마나 무서운 결과를 가져다 주는지 무명자와 양소문의 싸움에서 똑똑히 보았고, 그녀 자신도 여러 차례의 싸움을 통해서 잘 알고 있었다. 하지만 노인의 볼품없는 모습에서 그런 교훈을 까맣게 잊어버린 채 자신도 모르게 경시하는 오만한 마음이 생겼던 것이다. 그것이 지금의 위기를 자초했다는 자책감이 그녀를 더 괴롭게 했다.

'아직도 멀었다.'

몸을 비틀어 초수추의 일장을 어깨로 받아내면서 이를 악물고 자기 자신을 그렇게 책망했다. 백 번을 조심하고 경계하다가도 한번 마음이 풀어지면 그것이 곧 죽음으로 이어지는 것이 이런 싸움이었다.

펑―!

요란한 격타음이 터져 나왔다. 미타금강기(彌陀金剛氣)를 한껏 끌어올려 받아냈지만 초수추의 청살기(靑殺氣) 또한 오래전부터 강호의 마공(魔功)으로 이름 높은 공부였다. 어깨를 때린 일장(一掌)에 실린 기운이 순식간에 가슴에 스며들어 서늘한 한기를 심어주었다.

"음……."

소옥이 짧은 신음을 흘리며 삼 장(三丈)여를 물러나 겨우 몸을 가누고 섰다. 왼쪽 어깨에서 시작된 한기가 곧 전신을 싸늘하게 굳혀왔다. 급히 숨을 멈춘 그녀는 흩어지려는 내력을 붙들고 한 가닥 정순한 호흡을 뿌리 삼아 용화진경(龍華眞經) 속의 심법을 따라 운기했다. 처음에는 미약한 열기로 시작된 기운이 급속히 커지면서 뜨거운 불길로 몸 안에 침입해 들어온 차가운 기운을 태워가기 시작했다. 한참 만에야 탁한 숨을 길게 내쉬는 그녀의 안색이 붉게 달아올라 있었다.

그때 초수추도 푸른빛으로 굳어 있는 몸을 떨며 운기(運氣)에 여념이 없었다. 그 또한 소옥의 어깨를 때린 순간 그녀의 몸에서 뿜어 나온 미타금강기의 반탄지력(反彈之力)에 적지 않은 충격을 받은 것이다. 뜨겁고 큰 기운이 장심(掌心)을 따라 거침없이 밀려들자 초수추는 경악을 금치 못했다.

'어린 계집의 내력이 어찌 이리도 두텁단 말인가?

분하고 괘씸한 생각 중에 은근히 두려움도 생겼다.

소옥과 동시에 운기를 마치고 원기를 회복한 초수추가 믿을 수 없다는 표정으로 그녀를 바라보았다. 아무리 보아도 이제 겨우 스물을 넘겼을까 하는 나이에 불과한 계집이 자신의 야차쌍교(夜叉雙喬)와 귀혼칠장(鬼魂七掌)의 수법 아래에서 십여 초를 견뎌냈다는 것이 의아하기만 했다. 더구나 칠십 평생을 부단히 쌓아온 청살기마저 거뜬히 받아냈다는 데에는 어이가 없었다.

"사부가 누구냐?"

곤륜 문하에 과연 누가 있어 저와 같이 무서운 계집을 키워냈을까 하는 의문이 들었다.

"흥, 너 늙은이는 그것을 물을 자격이 없다!"

소옥이 뽀드득 이를 갈고 나서 외쳤다. 초수추에게 당했다는 것이 분했고, 자기 자신의 실수가 그보다 더 큰 분노로 그녀를 화나게 한 것이다.

"이건 뭔가 일이 뜻대로 되지 않는군."

숲 속에 몸을 웅크린 채 기회만 엿보고 있던 장우춘이 가만히 속삭였다. 옥당군이 입술을 꽉 문 채 머리를 흔들었다.

그들에게는 모용탈이 싸움에 끼어들지 않고 구경만 하고 있다는 것이 의외였다. 모용탈이 저렇게 버티고 있는데 함부로 나서서 소옥을 칠 수는 없었다. 자신들이 소옥을 쳤을 때도 모용탈이 지금처럼 멀뚱히 구경만 하고 있으리라는 단정을 할 수 없었던 것이다. 만약 뒤에서 그가 들이친다면 소옥을 암습하기는커녕 자신들의 몸이 먼저 난자당하고 말 것이 분명했다.

'하지만……'

옥당군이 감추었던 안광을 빛내며 어금니를 악물었다.

소옥이 계집들과 싸울 때도, 또 초수추에 의해 궁지에 몰렸을 때도 구경만 하고 있던 모용탈이었다. 그는 이제 더 이상 소옥을 도울 마음이 없어진 건지도 몰랐다. 눈앞에 그가 찾던 단목기가 있기 때문이다. 그렇다면 소옥을 친다고 해도 그는 여전히 끼어들지 않고 구경만 할지도 몰랐다. 그리고 그쪽에 운명을 걸어보고 싶은 것이 옥당군의 마음이었다.

단목기는 이제 장한들의 손에 떨어져 있었다. 두 명의 역사(力士)가 주먹을 불끈 쥔 채 그의 곁에 서 있는 것이 금방이라도 떡메를 치듯 그것을 내려쳐서 단목기의 머리통을 부수어놓겠다는 듯했다. 초수추의 말 한마디에 그의 목숨이 달려 있었다.

'이런 것이 강호다.'

가만히 그렇게 중얼거리는 옥당군의 가슴속에서 뜨거운 불길이 일었다. 그들에게 단목기는 동창의 영주로서 도도하게 군림하던 청년 고수였고 권력의 핵심에 서 있던 커다란 인물이었다. 그런 그가 힘을 잃자 이놈저놈의 손에 목숨을 내맡긴 채 저처럼 비참한 몰골이 되어 있는 것이다.

지닌 바 힘만이 나를 나답게 해주는 곳, 그래서 강호는 비정한 곳이면서 또한 가장 솔직한 곳이기도 했다. 옥당군은 할 수만 있다면 자신도 그곳에 뛰어들어 한 사람의 강호인으로 자유롭게 살고 싶었다. 떳떳하게 검을 겨루고, 강한 자를 존경하며 약한 자들로부터 두려움과 흠모의 대상이 되고 싶다는 욕망이었다. 협의를 행해도 좋았고, 마도의

길을 걸어도 좋았다. 나의 의지를 자유롭게 펼 수만 있다면 그것으로
족했다.

하지만 지금은 매어 있는 몸이었다. 명령에 따라 죽이거나 죽을 뿐
인 것이다. 눈에 보이는 단목기의 비참한 처지와 조금도 다를 것이 없
는 자신을 보았다. 힘을 가지고 있어도 그것이 내 것이 아니라 남의 것
이라면 그건 없는 거나 마찬가지였다. 지금 내가 지니고 있는 힘이 바
로 그렇다는 것을 생각하고 옥당군은 참담한 심정이 되었다. 눈앞에서
치욕을 겪고 있는 단목기와 자신이 다를 게 없었던 것이다.

그가 검자루를 불끈 움켜쥐었다. 곁에서 그것을 본 장우춘이 놀란
얼굴로 옥당군의 옷소매를 붙들었다.

'죽고 싶어서 그래?'

그의 눈이 그렇게 꾸짖었다. 소옥과 초수추가 격돌하고 있는 곳과
자신들이 숨어 있는 곳의 중간쯤에 모용탈이 있었다. 그러므로 소옥을
암습하자면 두어 번 뛰어 모용탈의 앞을 지나가야 했다. 그때 모용탈
이 가로막는다면 헛된 일이 되고 마는 것이다. 그렇다고 모용탈을 먼
저 칠 수도 없었다. 그것이 쉽지도 않으려니와 그사이에 소옥이 자신
들의 암습을 눈치 채고 방비할 것이 뻔했기 때문이다.

그런 장우춘의 고민을 아는지 모르는지 한번 싸늘하게 보아준 옥당
군이 머리를 흔들었다.

"지금 하지 않으면 영영 하지 못하게 될지도 모르오."

속삭임을 들은 장우춘의 얼굴이 문득 어두워졌다. 그에게는 옥당군
의 그 말이 저승사자의 말이나 다름없었다.

'이제 죽을 시간인가?'

그런 생각에 아주 잠깐 동안 감상적인 마음이 되었다. 내가 희생함

으로써 일을 성사시키도록 하겠다는 결심을 한 번도 말한 적이 없었으므로 자신의 마음을 옥당군은 알지 못하고 있었다. 하지만 그런 건 아무래도 상관없었다.

"돌아가거든 십형(十珩)에게 은자 스물다섯 냥을 대신 갚아주게."

옥당군이 무슨 말이냐는 듯 그를 돌아보았다.

"빚이 있어. 그쯤은 대신 갚아주어도 되겠지?"

비로소 장우춘의 생각을 읽은 옥당군의 얼굴이 창백해졌다.

"저리 비켜!"

마음이 급해진 소옥이 이를 악물고 땅을 박찼다. 이번에는 단단히 마음을 먹었으므로 그녀의 검끝에 실려 쏘아져 오는 살기가 조금 전과는 비교할 수 없이 날카로웠다. 그것을 보는 초수추의 얼굴에 싸울 것인가 말 것인가 하는 갈등이 빠르게 스쳐 지나갔다. 하지만 초수추는 곧 마음을 정하고 이를 악물었다. 단목기의 목숨으로 그녀를 위협해 스스로 항복하게 한다는 것은 자존심이 허락하지 않았던 것이다.

"건방진 계집!"

쉰 소리로 외친 노인이 구부정하던 허리를 쭉 펴고 소옥의 검기 속으로 서슴없이 뛰어들었다. 한번 움직이자 이십여 년 전의 명성만으로도 지금의 십대고수에 뒤지지 않을 대마두의 살기가 여지없이 드러났다.

장작개비처럼 깡마른 열 손가락을 활짝 편 그가 허공을 격하고 재빨리 잡아채 가며 비수처럼 날카로운 지풍(指風)을 연거푸 퉁겨냈다.

다섯 가닥의 지풍이 당문(當門)과 제문(臍門), 장태(將台), 기문(期門), 중정(中庭) 등 상체에 있는 사혈들을 서슴없이 찔러왔다. 하나같이 목숨을 위협하는 중혈(重穴)들이면서 또한 젖가슴을 중심으로 퍼져 있는 혈도들이었으므로 여인의 치부(恥部)에 해당하는 곳들이기도 했다.

소옥의 얼굴이 새파랗게 질렸다. 가슴을 찔러오는 지력의 날카로움보다도 그 지독한 수법이 그녀를 분노로 떨게 했다.

"염치없는 늙은이 같으니!"

악독하게 사려먹은 마음을 더욱 굳힌 그녀가 왼손으로는 잡아채 오는 노인의 손을 향해 마주 장력을 때려내며 오른손의 검을 휘둘러 곧장 초수추의 미간을 찍어갔다. 가슴을 찔러오는 지력 따위는 아예 무시한다는 듯한 과감하고 무모한 공세였다.

초수추가 깜짝 놀랐다. 함께 죽기로 작정한 듯한 소옥의 무모함에 질린 그가 자신도 모르게 멈칫하고 말았다. 그 짧고 미세한 기회가 여태까지의 전세를 한순간에 뒤바꾸어놓았다.

함께 뻗어내면 당연히 손보다 검이 먼저 찔러오기 마련이다. 그 열세를 가리기 위해 초수추가 손가락을 활짝 펴 지력을 퉁겨냈지만 소옥의 독한 기세에 순간적으로 그 위력이 떨어지고 말았다. 그 작은 틈을 크게 바라볼 수 있을 만큼 이제는 실전의 감각에 능숙해져 있는 소옥이었다.

"차합!"

그녀의 입에서 날카로운 기합성이 터져 나왔다. 유룡검(遊龍劍) 중의 절초(絶招)인 용무초전(龍舞招電)의 수법이 펼쳐지자 검봉(劍鋒)이 흔들리는 듯하더니 눈앞에서 갑자기 수십 개로 돌변하여 십방(十方)을 가르고 끊었다.

땅, 땅, 땅, 땅—!

맑고 낭랑한 격타음이 연이어 터져 나왔다.

"으헛!"

눈을 찔러오는 청광(靑光)의 찬란한 빛무리 속에서 초수추의 놀란 외침이 들려왔다. 다섯 손가락을 맹렬히 굽혔다 펴며 지력에 더욱 힘을 실어 때려낸 것이 모두 허사가 되었던 것이다. 소옥의 검신을 두드린 손가락들이 부러질 듯한 고통으로 퉁겨져 나왔다.

단번에 초수추의 지력을 격파하고 밀려든 검봉이 날카로운 휘파람 소리를 내며 쏟아져 들어왔다. 혼비백산한 초수추가 팽이처럼 맴돌며 두 손에 모든 경력을 실어 낡은 소맷자락을 터질 듯 부풀렸다. 그것을 미친 듯 휘젓자 요란한 파공성이 터져 나와 주변의 돌과 먼지들을 어지럽게 말아 올렸다. 마치 두 개의 커다란 깃발을 힘껏 내젓는 것 같았다. 금단철수(金斷鐵袖)라는 신공(神功)이었다.

뻣뻣하게 펼쳐진 옷소매가 소옥의 검격을 가로막고 쓸어갔다. 그것에 부딪칠 때마다 낡은 소맷자락에서 철판을 두드리는 듯한 요란한 소리가 났다.

오검(五劍)을 가까스로 막아낸 초수추가 창백하게 탈색된 안색으로 물러섰다. 한 번 부딪칠 때마다 검봉을 통해 해일처럼 밀려드는 무서운 힘을 감당할 수 없었던 것이다. 소옥의 내력은 거대한 바위가 비탈에서 굴러 떨어지는 듯했다. 갈수록 힘이 더해져 천 근이던 것이 오검(五劍) 십초(十招)에 이르렀을 때는 만 근의 압력이 되어 초수추를 눌러왔다.

눈을 부릅뜬 소옥의 얼굴이 붉게 달아올라 있었다. 살기로 이글거리는 눈과 불거진 힘줄들이 그녀의 모습을 전혀 다른 사람으로 보이게 했다. 그 무서운 얼굴이 초수추의 정면으로 부딪칠 듯 쏟아져 들어왔다.

“이얍―!”

다시 한 번 쇠종이 깨지는 듯한 기합 소리가 그녀의 온몸에서 터져 나왔다. 이 한 번의 검격으로 초수추의 노구(老軀)를 두 동강 내놓고 말겠다는 듯 소옥이 힘껏 검을 내려쳤다.

그리고 그 결정적인 순간을 파고드는 두 개의 그림자가 있었다.

앞서 숲을 뛰쳐나온 장우춘은 곧장 우측 이 장여 밖에 쓰러져 있는 단목기를 바라보고 쏘아져 나갔다. 마치 숲이 그를 내던져 버린 듯했다.

“엇?”

의외의 일에 가장 먼저 놀란 사람은 모용탈이었다. 그가 어깨를 움찔했다. 막 초수추의 정수리를 내려치던 소옥의 눈에도 장우춘의 모습이 들어왔다. 그의 검이 단번에 단목기를 가로막고 있는 두 역사의 목을 쳐버리고 있었다. 아직도 상황이 어떻게 된 건지 알지 못한 채 멍청하게 서 있는 그들의 어깨 위에서 머리통이 비스듬히 미끄러져 내리는 그 순간에 단목기도 눈을 부릅떴다.

“너는……!”

그가 놀람의 외침을 터뜨릴 때 장우춘의 검봉이 그의 가슴을 노리고 꽂혀왔다.

“안 돼!”

지나친 놀람으로 자신이 지금 무엇을 하고 있었는지조차 잊어버린 듯, 소옥이 우뚝 검을 멈춘 채 소리 질렀다. 그러자 초수추의 손가락들이 곧장 그녀의 가슴을 잡아채 왔다. 그리고 어느새 모용탈의 앞을 바람처럼 스쳐 간 옥당군이 와락 그녀의 등에 부딪쳐 왔다.

"개자식들이!"

단목기의 뒤쪽 숲에서 전혀 의외의 고함 소리가 버럭 터져 나왔다. 막 그의 가슴을 찌르려던 장우춘이 멈칫했다. 그 순간 숲에서 쏘아져 나온 한 가닥 창백한 빛줄기가 곧장 그의 머리통을 노리고 떨어져 내렸다.

이건 전혀 예상치 못했던 일이었다. 놀란 장우춘이 본능적으로 검로(劍路)를 틀어 그것을 쳐냈다. 땅! 하는 맑은소리와 함께 돌멩이처럼 내던져졌던 칼 한 자루가 장우춘의 검에 맞아 퉁겨지며 허공을 맴돌아 다시 돌아갔다. 독오른 살쾡이처럼 도약해 나오며 다시 그것을 받아 쥐는 자는 흑마(黑馬) 남궁적(南宮赤)이었다.

먼 길을 급히 달려온 듯 온몸이 땀에 젖어 있는 그가 외눈을 번쩍이며 받아 든 칼을 다시 내던졌다. 바람을 가르는 요란한 소리를 내며 바람개비처럼 맴도는 칼이 또다시 장우춘의 목을 노리고 날아갔다. 비검술(飛劍術)과 같은 절묘한 수법이었다.

'틀렸다!'

퉁겨지듯 뒤꿈치로 땅을 찍고 물러서는 장우춘의 머리 속에 그 생각이 번갯불처럼 번쩍이며 떠올랐다. 그는 단목기를 노리는 자신의 기습에 모용탈이 제일 먼저 반응해 올 것이라고 예상하고 있었다. 단목기와 소옥 사이에 그가 버티고 서 있었기 때문이다. 그러므로 장우춘이 노린 것은 단목기가 아니라 모용탈을 자기에게로 끌어들이려는 것이었다.

옥당군 또한 같은 생각을 했기에 망설임없이 소옥을 향해 몸을 던질 수 있었다. 그러나 그들의 예상은 의외의 일로 크게 빗나가고 말았다.

흠칫, 하는 사이에 소옥의 몸이 둘로 나뉘었다. 그렇게 보였을 만큼 빠른 운신이었고 화려한 반응이었다.

"흑!"

초수추가 놀람의 외침을 터뜨린 것과 동시에 옥당군 또한 눈을 부릅뜨고 숨을 멈추었다.

불쑥 운두(雲頭:검의 손잡이 끝 부분)를 떨어뜨려 가슴을 잡아오는 초수추의 염치없는 손목을 찍어버린 소옥이 몸을 틀며 왼손을 뻗어 그대로 옥당군의 날카로운 검을 꽉 잡아버렸던 것이다.

"염치없는 것들!"

분한 외침과 함께 그녀의 검이 날카로운 휘파람 소리를 남겼다. 한 손으로는 옥당군의 검을 끌어당기며 그대로 풍향검을 휘둘러 초수추의 늙은 머리통을 베어가는 수법에 인정이라고는 조금도 실려 있지 않았다. 초수추는 손목뼈가 부서진 고통을 느낄 새도 없었다. 노인이 놀란 자라처럼 머리를 처박고 구르듯 뛰어 물러섰다. 싸늘한 검광이 코앞을 아슬아슬하게 스쳐 지나갔다. 등줄기에 식은땀이 쭉 돋았다.

"아악—!"

뒤에서 처절한 단말마가 들려왔다. 그것이 장우춘의 비명이라는 것을 확인할 새도 없이 검을 놓아버린 옥당군이 힘껏 땅을 박차고 뛰어올랐다. 힐끗 돌아보는 그의 눈에 두 쪽으로 갈라진 머리통을 목에 매달고 쓰러져 가는 장우춘의 처참한 모습이 가득 들어찼다. 의도했던 바와는 전혀 다르게 엉뚱한 놈에게 덧없이 죽어버린 것이다. 개죽음을 당하고 말았다는 것을 안타까워할 새도 없었다. 뒤꿈치를 잡아오는 소옥의 손을 뿌리치는 일이 더 급했다.

한번 허공을 차고 더 빠르게 솟구쳐 오르는 옥당군을 향해 빼앗은 검을 던지려던 소옥이 급히 옆으로 몸을 눕혔다. 몇 개의 수전(袖箭)이 소리없이 그녀의 귀밑을 스쳐 지나가 땅속 깊이 박혔다. 등을 보이고 달아나면서도 소매 속에 숨기고 있던 수전을 쏘아 다시 한 번 목숨을 노리는 지독한 암습에 놀란 소옥이 멈칫하는 사이에 옥당군은 두어 길이 넘는 나뭇가지를 뛰어넘어 울창한 숲 속으로 사라져 버렸다.

"거기 있었구나!"

아직도 쓰러지지 않고 몸을 건들거리며 서 있는 장우춘의 가슴을 걷어찬 남궁적이 부릅뜬 외눈에서 흉광(凶光)을 쏘아내며 부드득 이를 갈았다. 우선 단목기를 살리기 위해 온 정신과 힘을 쏟았던 그는 이제야 초수추를 똑바로 본 것이다.

손바닥에 침을 뱉어 바지 자락에 쓱 문지른 그가 혈조(血槽)를 타고 핏물이 흘러 떨어지는 칼을 고쳐 잡고 쿵쿵거리며 곧장 달려왔다. 우두커니 서 있는 모용탈의 앞을 스쳐 지나가면서도 그에게는 눈길 한 번 주지 않았다. 오직 늙은이에 대한 분노와 살의만이 그의 몸과 정신을 지배하고 있는 모양이었다.

"지독한 놈……."

초수추가 부서진 손목을 움켜쥐고 물러서면서 눈살을 찌푸렸다. 눈앞의 계집보다도 상처 입은 멧돼지처럼 부딪쳐 오는 남궁적의 적의(敵意)가 노인을 더 질리게 했다. 이십 년 만에 강호에 나와 어린것들에게 이처럼 수모를 당하고 있다는 것에 짜증이 났다. 문득 나도 이제 쓸모없는 폐물이 되었나? 하는 생각이 불쑥 들었다.

초수추의 면전에 들이닥치기까지는 숨을 한 번 바꾸어 쉬면 될 만큼의 짧은 시간이 필요할 뿐이었다. 그러나 남궁적은 그것마저도 기다릴 수 없을 만큼 급한 모양이었다. 두어 번 바쁘게 발을 내딛어 뛰어오던 그가 에잇! 하고 들고 있던 칼을 내던졌다.

부우웅—!

요란한 파공성을 터뜨리며 바람개비처럼 맴돌아 날아오는 칼이 햇빛을 받아 눈부시게 번쩍였다.

"훌륭하다!"

뒤에서 그것을 지켜보던 모용탈이 저도 모르게 그렇게 소리쳤다. 그로서는 저처럼 칼을 던져 떨어져 있는 상대를 치는 비도술(飛刀術)을 처음 보는 것이다. 초수추도 눈을 부릅뜨고 코앞에 밀려드는 칼을 바라보았다. 작고 가벼운 검이나 윤환(輪環)을 던져 상대를 치는 비술(秘術)은 보았어도 이처럼 크고 무거운 칼을 무식하게 던져 오는 수법은 본 적이 없었다.

어떻게 할까 하고 망설이는 사이에 수백 개의 톱니바퀴를 가진 강륜(鋼輪)처럼 무섭게 맴돌며 들이닥친 칼이 코앞에 있었다. 초수추가 성한 왼팔에 청살강기(靑殺剛氣)를 실어 힘껏 후려쳤다.

땅—!

맑은 쇳소리와 함께 빗나간 칼이 머리 위를 스쳐 날았다. 그것이 허공에 커다란 반원을 그리고 빨려들듯이 남궁적의 손 안으로 다시 돌아갔다. 칼을 받아 쥔 남궁적이 한번 발을 구르고 초수추의 면전에 쇄도해 들었다.

"이놈의 늙은이, 죽어랏!"

버럭 외친 그가 이번에는 두 손으로 칼을 쥔 채 힘을 다하여 내려쳤다. 훌쩍 뛰어 올랐다가 떨어지는 기세까지 더해진 그 일격이 바위라도 쪼개놓을 것처럼 무시무시했다. 초수추는 감히 그 한 칼질을 받아칠 엄두를 내지 못했다. 그가 다시 바쁘게 발을 엇갈려 딛으며 정신없이 물러섰다. 그리고 뒤에서부터 어깨를 쪼개고 박혀드는 무거운 통증을 느꼈다. 순식간에 온몸의 신경을 터뜨려 버리는 뜨거운 고통이 정수리를 달구어왔다.

"억!"

참담한 비명을 터뜨린 노인이 뒤를 돌아보았다. 거기 핏발 선 눈을 부릅뜬 소옥이 입술을 악문 채 검을 내리긋고 있었다. 뼈가 잘리고 근육이 끊어지는 섬뜩한 소리가 노인의 머리 속 가득 들어차 웅웅거렸다. 남궁적의 기습에 놀라 잠시 정신을 빼앗기느라고 소리없이 등 뒤에 다가서 있는 소옥의 존재를 잊은 게 실수였다.

"이, 이런 고약한······."

초수추가 이를 갈며 웅얼거렸다. 선뜻한 감촉이 다시 전해졌다. 어깨에서부터 박혀 들어와 순식간에 가슴까지 반듯하게 갈라놓은 검이 빠져나가고 있었던 것이다. 그것을 들고 있는 소옥을 바라보는데 이번에는 남궁적의 칼이 그의 목을 치고 반대 편으로 빠져나갔다.

비틀거리던 초수추의 노구가 어깨에서 머리통이 떨어지자 중심을 잃고 맥없이 고꾸라졌다. 그것이 전대의 강호를 두려움에 떨게 했던 거마(巨魔) 수라도부(修羅屠夫) 초수추(楚搜騶)의 마지막 모습이었다.

작고 초라한 몸뚱이로 돌아온 그 처참한 주검을 물끄러미 내려다보던 남궁적이 쩝, 하고 입맛을 다셨다. 죽이고 나니 비로소 그가 볼품없는 노인이라는 것을 느끼고 일말의 후회가 드는 모양이었다.

"하지만 어쩌겠어? 자업자득이니 제 탓을 할 수밖에."

스스로의 행위를 위로하듯 중얼거린 그가 탁한 침을 뱉고 나서 소옥을 돌아보았다. 그러나 그녀는 이미 그곳에 있지 않았다.

"어?"

놀라 두리번거리는 남궁적의 눈에 어느 틈에 달려갔는지 단목기를 안아 일으키고 있는 소옥의 뒷모습이 보였다.

“음, 여전히 고약한 계집이로군.”

고맙다거나 반갑다는 말 한마디 없는 그녀에 대한 서운함으로 다시 입맛을 다신 남궁적이 화풀이라도 하려는 듯 모용탈을 쏘아보았다.

“제법이었다.”

모용탈이 팔짱을 풀고 씩 웃었다.

“그 칼을 던지는 수법은 한번 받아보고 싶은걸?”

‘이놈이?’

남궁적이 칼을 쥔 손을 움찔했다. 입가에 걸려 있는 모용탈의 웃음이 영 마음에 들지 않았던 것이다. 마치 자신을 비웃고 있는 것 같다는 생각이 들었다. 쳐버릴까 말까 잠시 망설이는데 소옥의 뾰족한 소리가 그의 손을 붙들었다.

“그자와는 상관할 것 없어! 우리는 이제 처음에 우리가 가고자 했던 곳으로 가면 그만이다.”

“우리?”

의아한 듯 머리를 갸웃거리던 남궁적이 환하게 웃었다. 소옥의 우리라는 그 한마디에 어느새 온몸을 야차같이 흉악하게 뒤덮고 있던 살기가 씻은 듯 사라져 버리고 없었다.

“계집, 이제야 바른말을 하는구나. 그렇지, 너와 내가 곧 한 몸이 될 텐데 우리라고 하는 게 맞는 말이지.”

“헛소리 하지 말고 어서 사형이나 업어!”

소옥이 사납게 눈을 흘기며 빽, 소리쳤으나 남궁적은 여전히 얼굴 가득 떠오른 웃음을 지우지 못하고 있었다.

“계집이란 다 저래. 속으로는 좋으면서도 끝까지 앙큼을 떨거든. 하긴, 그런 맛이 없다면 그게 어디 계집이겠어? 통나무지."

모용탈을 바라보며 너스레를 떨던 남궁적이 다시 한 번 소옥의 날카로운 눈길을 받고는 화들짝 놀라 급히 달려갔다.

"제기랄, 이러다가 이 천하의 남궁적이 시답잖은 놈들로부터 공처가라고 놀림받는 거 아닌지 몰라?"

"묘한 놈이군."

그런 남궁적의 뒷모습을 바라보던 모용탈이 구레나룻을 쓸며 입꼬리를 비틀고 소리없이 웃었다.

*　　　*　　　*

소옥 일행이 무명자와 약속한 구련산(九蓮山) 오압사(五壓寺)에 이른 것은 그로부터 한나절이 지나 어둑어둑해져 올 무렵이었다.

"제기랄, 무겁기는 우라지게 무겁군."

단목기를 내려놓은 남궁적이 대웅전 앞 계단 위에 털썩 주저앉으며 거친 숨을 씩씩거렸다. 내내 단목기를 업은 채 산 두 개를 넘어온 것이다.

"그 빌어먹을 놈은 대체 또 어디로 사라진 거야? 꼴같잖게 약아빠져서 꼭 필요할 때면 없어지니 그런 놈은 차라리 없는 게 낫지."

갈평을 두고 하는 푸념이었다. 초수추에게서 입은 내상을 추스른 갈평이 다시 온다 간다 말 한마디 없이 슬그머니 사라져 버렸던 것이다. 그라도 있었으면 번갈아 단목기를 업으며 왔을 것이고, 그랬으면 한결 수월했을 거라는 아쉬움이 남궁적의 튀어나온 입을 좀체 들어가지 못하게 했다.

절은 텅 비어 있었다. 예전에는 많은 신도들로 북적거리고, 수행하
는 중들로 넘쳐 났을 게 분명한 큰 절이어서 이처럼 인적 하나 없이 버
려져 있다는 것이 안타까움을 더했다. 산문(山門)을 들어서자 만나는
넓은 뜰 좌우로 객방이 줄지어 있었고, 아직도 종루에는 범종이 남아
있었다. 대웅전 좌우에 세워져 있는 천왕각(天王閣)과 지장전(地藏殿)
의 섬돌은 높기만 한데, 그 위에 위풍당당했을 보전(寶殿)들의 붉은 기
둥에는 이끼가 가득 끼고 갈라진 기왓장 사이로 잡풀이 무성했다.

"나라가 어지러우니 중놈들도 절을 떠나는 게 일이로군."

땀을 훔치며 주위를 둘러본 남궁적이 그렇게 투덜거렸다.

"위충현(魏忠賢)이가 각처에 제놈의 생사당(生祠堂)을 세우고 지나가
는 사람마다 억지로 참배하게 한다니 머지않아 절간이며 도관도 모두
제놈의 사당으로 만들 모양이다."

당시 사례태감(司禮太監) 위충현은 어리석은 황제를 기만하고 권력
을 독점한 채 천하에 흩어져 있는 군현(郡縣)마다 제 사당을 세우게 했
다. 살아 있는 사람의 사당을 세우고 위패를 모신다는 것은 유례가 없
는 해괴한 짓이었다. 거기에 그치지 않고 관에서는 그 오만방자한 내
시에게 잘 보이기 위해 사당 앞에 관병들을 배치해 오가는 사람들을
억지로 끌어다 향을 사르고 참배하게 했다. 심지어는 공자묘(孔子廟)에
도 그의 위패가 모셔졌으니, 당금의 어리석은 황상인 천계제(天啓帝)는
춘추 두 차례에 걸쳐 공자묘에 나아가 제사를 올릴 때마다 이 불량배
출신 환관의 위패에도 무릎을 꿇고 절을 해야 했다. 어이가 없다 못해
기가 막힐 노릇이었다.

대체 있을 수 없는 이와 같은 일이 버젓이 벌어지고 있는 것이 지금
의 나라 꼴이었다. 유민(流民)이 늘고, 관병보다 산적의 수가 더 많은

세상에서 어제까지만 해도 멀쩡하던 절간이 오늘은 무너져 주추만 남았다고 해도 이상할 게 하나도 없었다. 관(官)은 사찰의 재산을 탐내 승려들을 핍박했고, 굶주린 백성들에게는 참배하러 올 물질과 정신의 여유가 없었다. 갈수록 부처의 자비에 기대기보다 노략질이 더 낫다는 생각이 민간에까지 두루 퍼져서 하루아침에 전답을 버리고 산으로 숨어드는 자들이 속출했다. 이런 형편이니 나라에 아직도 성한 절간과 도관이 남아 있다는 게 오히려 이상할 지경이었다.

"제미랄, 결국 내 꼴이 오늘날 요 모양 요 꼴이 된 것도 따지고 보면 그 내시 놈 때문이다."

남궁적이 생각할수록 분한 듯 땅을 굴렀다. 어려서 부모가 그를 여각(旅閣)의 문 앞에 내버리고 달아난 것은 먹고 살 일이 막막해서였다. 나이 세 살에 버려져 열 살이 될 때까지 세상에 둘도 없는 천덕꾸러기로 온갖 학대와 멸시를 받으며 겨우겨우 살아왔다. 그러다 공동파의 도사 눈에 띄어 입산했고, 몇 해 살지 못하고 그곳을 도망쳐 나와 군문(軍門)에서 호구를 이어가다 눈엣가시 같은 환관 놈을 쳐 죽이고 달아난 것이 그의 이력이었다.

지나온 날들을 한순간에 돌이켜 본 남궁적의 외눈에서 지울 수 없는 적개심이 활활 타올랐다. 세상에 대한 분노였고 한이었다. 또한 그것은 세상을 이렇게 만든 어리석은 황제와 간교한 환관들, 그리고 그 우두머리인 위충현에 대한 적의이기도 했다.

그때까지 소옥의 품에 비스듬히 안긴 채 내내 눈을 감고 있던 단목기가 천천히 눈을 떴다. 그의 창백한 얼굴 위로 흐릿하게 홍조가 떠올랐다.

빠드득, 빠드득 이를 갈고 있는 남궁적을 물끄러미 바라보던 단목기가 꺼질 듯 한숨을 쉬었다.

"너는 어째서 나를 욕하지 않는 것이냐?"

"응?"

무슨 소리냐는 듯 의아하여 바라본 남궁적이 곧 단목기의 의중을 읽고 껄껄 웃었다.

"네가 아직도 환관 놈의 밑이나 닦아주는 그런 종자였다면 벌써 내가 목을 쳐버렸을 거다. 하지만 이미 개과천선하여 과거의 잘못을 뉘우치고 새사람이 되었으니 더 말할 게 못 되지."

지그시 단목기를 바라보던 남궁적이 하하, 웃었다.

"게다가 너로부터 배운 바가 적지 않은데…… 빌어먹을. 사부라고 부르지는 못하겠다만, 어쨌든 가르치고 배웠으니 인연이 남다르지 않겠냐? 그런데 차마 너를 욕할 수는 없지."

남궁적은 단목기로부터 무학의 요체를 전해 받으며 자신의 단혼도법(斷魂刀法)이 한결 높아졌다는 것을 이 몇 번의 싸움에서 실감하고 있었다. 늘 마음에 막혀 있던 것들이 시원하게 뚫리자 도법 또한 그전과는 비교할 수 없이 비약적인 발전을 했던 것이다. 머리 속에서만 맴돌던 비도술(飛刀術)을 이루어낸 것이 좋은 예였다. 조금만 더 연습한다면 던지고 거두는 것은 물론, 던져 낸 칼을 마음대로 조종할 수도 있을 것이었다. 이제는 두려울 게 없었다.

단목기가 씁쓸한 웃음을 띠고 남궁적의 뜨거운 시선을 외면했다. 동창에 몸을 던진 것이 사부의 명 때문이었다면, 이제 그곳을 벗어난 것도 사부의 명을 따르기 위해서였을 뿐이다. 모든 것을 사부에게 의지했고, 사부의 뜻을 충실히 따르는 것만이 사문을 위하는 유일한 길로여겼다. 그러나 지금은 그 사부의 명을 거역하고 있었다. 하지만 그것

이 사부의 그늘에서 벗어난 것이라고 여겨지지는 않았다. 아직도 사부
를 떼어놓고는 자신의 존재를 생각할 수 없었던 것이다.

"당신은 후회하나요?"

소옥의 담담한 음성이 단목기를 더욱 괴롭게 했다. 그가 복잡한 감
정을 담은 눈길로 그녀를 물끄러미 바라보았다. 오늘날 자신이 사부를
배신한 결과를 가져온 것은 그녀 때문이라고 해도 틀림없었다. 하지만
그것은 또 자기 자신이 그렇게 원했을 뿐 소옥이 강요하여 된 일이 아
니었다. 결국 모든 일의 책임은 자신이 져야 할 뿐이다.

'후회는 하지 않겠다.'

단목기가 지그시 입술을 물었다. 사부로부터 책망을 받아 죽게 된다
고 해도 이번만큼은 자신의 판단이 옳았다는 것을 굽히고 싶지 않았다.

"지금이라도 늦지 않았어요. 사형이 원한다면 기꺼이 진경을 주지
요. 그러면 그것을 가지고 당신의 사부에게로 돌아갈 수 있어요."

"그것은 곤륜의 보물이다. 너는 그것을 반드시 사고(師姑)님께 돌려
드려야 할 것이다."

"하지만 사형이 그것 때문에 이처럼 화를 당했고, 또 당신의 사부님
앞에서 곤란을 겪어야 한다면 나는, 나는……."

소옥은 마음속에 단목기를 사형으로 받아들이고 있기는 했지만, 단
목기와는 달리 아직 그의 사부를 사백(師伯)이라고 부르지 못했다. 사
문에 대한 일을 사부로부터 한 번도 들은 적이 없었기 때문에 사부 외
의 다른 존장이 사문에 있다는 것을 확신할 수가 없었던 것이다. 그래
서 사부를 찾으면 그것부터 물어볼 작정이었다. 하지만 그 사부의 종
적이 묘연한 지금 과연 사부가 아직도 살아 계시기는 한 건지 불안하
기만 했다. 그런 생각이 소옥을 더욱 초조하게 했다.

"대체 무명자는 왜 아직도 오지 않는담."

그녀가 저물어가는 하늘을 보고 빗장이 떨어져 나간 산문(山門)을 보며 중얼거렸다.

"온다!"

남궁적이 벌떡 일어서며 소리쳤다. 소옥은 재빨리 단목기부터 석등 뒤로 안아 옮겨놓았다. 그런 그녀의 행동은 기척을 내며 다가오는 자에 대한 경계의 뜻이었다. 남궁적이 의아하여 소옥을 바라보는데 산문이 요란한 소리를 내며 박살나 흩어졌다.

"어?"

남궁적이 외마디 소리를 질렀다. 무명자라면 저렇게 무식하게 들이닥칠 리가 없었던 것이다. 비로소 소옥이 단목기를 감춘 이유를 짐작한 남궁적이 칼자루를 잡았다. 그와 함께 산문 안으로 한 무리의 사람들이 걸어 들어왔다.

"저런 쳐 죽일 놈!"

앞장선 자를 알아본 남궁적이 눈을 부릅뜨고 버럭 소리쳤다. 꼬리를 만 개처럼 주저하며 눈치를 보고 있는 자는 자신이 데리고 있던 건달패 중의 한 놈인 장칠(張七)이었다. 남궁적의 분노한 시선을 받은 그가 털썩 무릎을 꿇고 수없이 머리를 조아리며 소리쳤다.

"대형, 어쩔 수 없었소. 처자식의 목숨이 달려 있으니 내가, 내가 어떻게……."

그가 말끝을 맺지 못하고 울먹이며 이마로 땅을 찧어댔다. 남궁적은 말하지 않아도 그의 사정을 짐작할 수 있었다.

"개자식 같으니. 그렇다고 나를 배신해? 네놈의 처자식은 살았을 테니 이제 네놈의 목숨은 내 거다."

장칠이 사색된 얼굴을 들지 못했다.

"대체 너희들은 뭐냐? 어디서 온 놈들이지?"

지그시 장칠의 등을 노려보던 남궁적이 화풀이를 하듯 소리쳤다. 그 말에는 대답이 없이 이십여 명의 장한들이 좌우로 갈라선 채 공손히 허리를 숙였다. 그 사이로 한 사람이 천천히 걸어 들어오고 있는 것이 보였다.

"엇?"

남궁적이 놀람의 외침을 터뜨리고 주춤했다. 갈의 장삼에 유생건을 쓴 중년의 사내보다 그를 따르고 있는 두 마리의 커다란 개를 보고 놀란 것이다. 온몸에 쇠침처럼 빽빽하게 돋아난 적색 털이 저물어가는 노을 빛을 받아 불타오르듯 더욱 붉게 빛났다. 그것은 개라기보다 괴수(怪獸)라고 부르는 것이 옳을 듯했다. 송아지만한 두 마리의 개가 붉은 눈으로 남궁적을 노려보며 낮게 으르렁거렸다.

중년인 뒤에는 호리호리한 몸매에 쥐눈을 반짝이고 있는 사내가 따르고 있었다. 취태보(取太保) 장초신(張焦信)이었다.

"너는 본 적이 있다."

내내 침묵한 채 그들의 하는 양만 지켜보고 있던 소옥이 장초신을 발견하고 눈을 빛내며 앙칼지게 소리쳤다. 문득 무엇이 생각난 듯 소옥이 뜰을 가득 메우고 도열해 서 있는 장한들을 하나하나 살펴보았다. 그녀의 시선이 왼쪽 줄의 앞에 서 있는 구레나룻의 장한에게 멎었다. 등 뒤에 등이 두터운 파풍도(破風刀)를 감추어 들고 있는 부리부리한 사내였다.

"그렇군. 나는 확실히 너를 본 적이 있어."

형산을 떠나 처음 강호에 발을 디뎠을 때 정강령에서 앞을 가로막고 희롱하던 산적들 중 우두머리 노릇을 하던 자가 분명했다. 노 대가(盧大哥)라고 불리던 사내 풍적호아(風賊豪兒) 노걸(盧杰)이 의심스러운 눈으로 소옥을 바라보며 고개를 갸웃거렸다. 그녀가 대뜸 자신을 본 적이 있다고 한 말이 마음에 걸리는 모양이었다.

"너희들은 정강령(鼎岡嶺)의 산도둑놈들이군."

"정강령의 산도둑?"

남궁적이 의아한 얼굴로 소옥과 장한들을 번갈아 바라보았다. 정강령이라면 이곳에서 무려 오백여 리나 떨어진 곳이었다. 그곳에 오래전부터 거친 산적들이 진을 치고 있다는 풍문은 들었지만, 그들이 무엇 때문에 이 먼 곳까지 자신들을 찾아온 건지 알 수가 없었다.

"너희들은 그를 죽이기 위해서 이렇게 찾아온 건가?"

소옥이 눈빛을 더욱 싸늘하게 가라앉히며 채근했다. 그녀는 낡은 사당 안에서 단목기와 자신을 위기에 빠지게 했던 위추경과 태원호의 일을 잊지 않고 있었다. 단목기가 자신을 살리기 위해 스스로 한 팔을 내주었던 그 일을 떠올리자 분노가 소옥의 가슴을 뜨겁게 달구었다.

그때 단목기는 위추경에게 육지평이 시킨 일이냐고 물었고, 위추경은 놀라는 중에 긍정의 뜻을 내비쳤었다. 그 일로 소옥은 정강령에서 자신을 희롱하던 그 귀공자가 흉수라는 것을 믿어 의심치 않았다. 소옥은 단목기로부터 육지평이 동문 사형제가 된다고 들었다. 하지만 그녀는 이제 그 말을 믿지 않고 있었다. 아무리 타락한 세상이라고 해도 사형과 사매를 음해하기 위해 갖은 악독한 짓을 다 하는 그런 사제가 있다는 것은 믿고 싶지 않았다.

"육지평 그놈이 끝까지 이렇게 하라고 하더냐?"

소옥의 말투가 이제는 저승에서 막 걸어나온 사신(死神)의 그것처럼 음침해졌다. 그런 그녀를 물끄러미 바라보며 얼굴 가득 알 수 없다는 표정을 짓고 있던 노걸이 입맛을 다셨다.

"대체 어떻게 그리도 잘 아는 거지? 나를 아는 건 그렇다 치고, 육 공자는 또 어떻게 알고 있지?"

"흥, 이제 와서 시치미를 떼려고 해도 소용없어. 설마 정강령에서 나를 보지 못했다고 하지는 못할걸?"

"정강령……."

잠시 무엇을 생각하던 노걸이 깜짝 놀라 소옥을 뚫어지게 바라보았다.

"그럼…… 낭자가 바로 그날 정강령에서 육 공자와 해괴한 놀이를 하던 그 낭자란 말인가!"

소옥이 눈을 가린 육지평의 허리띠를 쥔 채 걷던 모습이 떠올랐다. 경중거리며 그녀의 뒤를 따르던 육지평의 모습에 배꼽을 쥐고 웃었던 일들이 머리 속에 생생하게 살아났다. 노걸의 얼굴이 묘하게 일그러졌다. 자신들의 위협 앞에서 두려워 떨던 그 풋내기 낭자가 바로 눈앞의 낭자라는 것이 믿어지지 않는 모양이었다.

"그, 그 낭자가 바로 당신이고, 당신이 소양진(蘇陽進)의 여식인 그 소소옥(蘇素玉)이란 말이지?"

비로소 어떻게 된 일인지 알게 된 노걸이 멍한 얼굴로 소옥을 바라본 채 벌어진 입을 다물지 못했다. 그는 소옥의 집이 불타던 그날 밤의 일을 떠올렸다. 그때 소옥의 얼굴을 똑똑히 보아두었더라면 일이 이처럼 어렵게 꼬이지 않았을 거라는 생각이 불쑥 들었다. 하지만 노걸과 장초신 등은 그날 어둡고 경황이 없어서 소옥을 똑똑히 보아두지 못했던 것이다.

지금도 그랬다. 눈앞의 소옥은 단정하고 깔끔하게 정돈되어 있던 정강령에서의 그 낭자라고 보기 힘들 만큼 거친 모습을 하고 있었다. 그녀의 말을 듣고 자세히 보지 않았다면 결코 정강령에서 두려워 떨던 그 낭자라고 믿지 못했을 것이다.

"허, 등잔 밑이 어둡다더니 이런 걸 두고 이르는 말일 줄이야……."

탄식한 노걸이 아쉽다는 듯 다시 입맛을 다셨다. 그들이 그토록 애타게 찾던 소옥이 바로 정강령에서 만났던 그 낭자라는 것을 안다면 육지평이 놀라서 자빠질 것이라고 생각했다.

"하, 아깝구나. 하지만 어쩌리. 이미 늦었다, 늦었어……."

노걸이 머리를 흔들며 장탄식을 했다. 이제는 돌이킬 수 없게 된 것이다.

"그 기생오라비같이 생긴 놈은 이곳에 오지 않았느냐?"

소옥이 매섭게 다그치자 노걸의 얼굴에 분한 표정이 떠올랐다.

"제기랄, 함부로 말하다니……. 그날 불길 속에서 비표(飛鏢)를 던져 살려준 은혜를 까맣게 잊었단 말인가?"

노걸의 말에서 소옥은 문득 그때의 일을 떠올렸다. 어머니와 동생들의 참혹한 주검을 보고 넋이 나가 있을 때 들보 위에서 떨어져 내린 암습자 중 한 명이 자신의 어깨를 찍어오던 일이 생생하게 기억되었다. 이글거리는 불길과 그 속에 누워 있던 주검들. 소옥은 넋이 빠져서 그 칼을 피할 생각도 하지 못했다. 그대로 찍혀 버릴 절체절명의 순간에 바깥의 어둠 속에서 무엇인가가 날아 들어와 암습자의 칼을 때렸었다. 그와 동시에 지붕에서 떨어져 내린 자의 손에 의해 구해져 밖으로 끌려 나갔었던 일들이 하나하나 뚜렷이 기억되었다.

자신을 불길 속에서 데리고 나간 자는 동창의 창위였다. 때문에 소옥은 여태까지 밖에서 비표를 날려 구해준 자도 창위일 것이라고 여기고 있었다. 그런데 그것은 노걸이 한 일인 모양이었다. 비로소 소나무가 있던 언덕 위에서 자신을 구해온 창위와 목숨을 걸고 싸우던 자가 장초신이라는 것을 알았다. 당시에는 정신이 혼미하여 그들이 왜 싸우는지 깊이 생각하지 못했고, 그 후에도 그 일에 대해서는 생각해 보지 않았다. 다시 떠올려 기억하고 싶지 않았던 것이다.

소옥은 창위가 단목기의 명을 받아 자신을 구해낸 것이라면, 노걸과 장초신은 육지평의 명을 받고 자신을 도와준 것임을 알았다. 하지만 그 두 무리들이 가지고 있던 호의는 결코 순수한 게 아니었다. 그들은 모두 자신의 품에 있는 용화진경을 노리고 그렇게 했을 뿐인 것이다.

단목기가 한 팔을 잃던 그날 깊은 상처와 원한을 갖게 된 소옥은 왕추정을 살려 보내며 그에게 조만간 정강령으로 육지평을 찾아가 따지겠다고 말했던 것을 떠올렸다. 이제 때가 되었다고 생각했다.

"스스로 찾아왔으니 잘된 일이지. 우선 너희들에게 죄를 물은 다음 육지평을 찾아가 따질 것이다."

그때까지 가만히 서서 소옥과 노걸의 말을 듣고 있던 중년인이 한 걸음 나섰다. 소옥은 그의 얼굴에 종횡으로 어지럽게 달리고 있는 흉한 상처 자국들을 바라보았다. 그가 나선 것과 함께 석등 뒤에 숨어 있던 단목기도 천천히 걸어나왔다.

"이런 곳에서 천하의 귀견사(鬼犬師) 강량(姜亮)을 보게 되다니 정말 뜻밖이오."

강량의 빛나는 눈이 소옥을 스쳐 단목기의 헐렁거리는 왼쪽 옷소매를 빤히 바라보았다. 그가 머리를 끄덕였다.

“음, 역시 네가 한 일은 아니었군.”

중얼거리듯 낮게 말한 그가 다시 소옥과 남궁적을 차례로 돌아보았다. 그의 눈빛이 더욱 강렬해져 있었다.

“그렇다면 누가 했단 말인가? 설마 너희들이?”

알 수 없다는 듯 중얼거리던 그가 머리를 저었다.

“믿을 수 없는 일이다. 초 노인이 스스로 죽기를 원하지 않은 다음에야 어찌⋯⋯.”

“천만에, 그 늙은이는 스스로 죽음을 자초한 거지.”

엉뚱한 곳에서 대답 소리가 들려왔다. 사람들의 시선이 일제히 소리가 난 곳으로 향했다. 무너진 담 사이로 모용탈이 서슴없이 들어서고 있었다. 그를 본 소옥과 강량의 얼굴이 동시에 일그러졌다.

강량은 그의 특이한 행색에서 그가 누구인지를 금방 알아보았다.

“음, 네가 바로 그 모용탈인 모양이군.”

강량은 산채에 몸을 숨긴 채 십여 년을 꼼짝하지 않고 있었지만 세상 돌아가는 일들에 대해서는 밝았다. 이 몇 년 사이에 갑자기 나타난 금적비마(金狄飛魔) 모용탈(慕容奪)이라는 이름은 벌써 열 번도 넘게 들어왔다. 그가 장성 너머 만주에서 온 야인이고, 한 자루의 만도(彎刀)로 무패를 자랑하며 강호를 비웃고 있는 무례한 자라는 말에 귀가 따가울 지경이었다.

“당신은 가버린 줄 알았더니 아니었군? 대체 무엇 때문에 뒤를 따라다니는 거죠?”

모용탈을 본 소옥이 발끈해서 소리쳤다. 초수추와 어려운 싸움을 하고, 살수의 암습을 받아 위험에 처했을 때도 팔짱을 낀 채 구경만 하고 있었던 그에 대한 미움이 새삼 솟구친 것이다.

"좋은 구경거리가 있으니까."

모용탈이 아무것도 아니라는 듯 천연덕스럽게 말했다.

"어찌 된 일인지 너 어린 계집을 따라다니면 항상 재미난 일이 생긴다."

이죽거리며 다가온 그가 소옥을 빤히 바라보다가 한번 씩, 웃어주고 단목기 곁에 나란히 섰다. 소옥은 그가 단목기에게 해를 가할까 봐 불안했다. 그런 소옥의 마음을 읽은 듯 모용탈이 다시 히죽 웃어 보였다.

"안심해도 돼. 이렇게 닭 모가지 하나 비틀 힘도 없이 늘어져 버린 친구에게는 관심도 없거든."

"모용 형, 당신은 사람을 너무 무시하는군."

어깨 위에 올려진 투박한 손을 뿌리친 단목기가 싸늘하게 말했다. 그러나 모용탈은 여전히 히죽거리기만 할 뿐이었다.

"사실이잖아. 넌 지금 저 계집과 애꾸 놈의 보호를 받지 않으면 안 되는 처지지. 골목의 아이놈들도 너를 우습게 여길걸? 과거에 어땠는지는 아무 상관도 없어. 네가 신비의 고수로 이름 높던 홍안령주(紅眼領主)이고, 철혈도(鐵血刀)로 불리던 무적의 도객(刀客)이라는 걸 이제는 아무도 기억하지 않아."

"음……."

단목기의 얼굴이 참혹하게 일그러졌다. 모용탈의 말 한마디 한마디가 비수가 되어 가슴에 박혀들었던 것이다.

"하지만 이대로 무너질 단목기는 아니겠지? 그렇다면 언제가 되었든 기다려 주지. 사냥감을 쫓는 사냥꾼의 심정이 되어서 말이야."

단목기와 소옥은 동시에 이자는 참으로 집요하고 끈질기다고 생각했다. 한번 그의 표적이 된 자는 죽을 때까지 빠져나가지 못할 것이 분명했다.

"좋소. 모용 형의 즐거움을 위해서라도 반드시 기력을 되찾아야겠군."

단목기가 즐거운 듯 지금의 처지를 잊고 하하, 웃었다. 모용탈도 그의 어깨를 두드리며 함께 웃었다. 두 사람에게는 눈앞의 강량과 이십여 명이나 되는 그 무리들이 전혀 보이지 않는 듯했다.

"버릇없는 놈들이로군!"

강량이 눈살을 찌푸리고 일갈했다. 새까만 후배들이 자신을 앞에 두고도 모르는 척하는 것이 몹시 못마땅한 모양이었다.

"초 노인이 스스로 죽음을 자초한 것이라니, 그 이유를 들어보자."

물끄러미 강량을 바라보던 모용탈이 입술을 일그러뜨리고 웃어 보인 후 소옥을 가리켰다.

"곤륜 문하에 약자는 없다. 그것을 알지 못했으니 제 무덤을 판 게지."

그가 다시 소옥 곁에 서 있는 남궁적을 가리켰다.

"저 애꾸 놈의 칼 또한 무시할 수 없을걸? 늙은이는 기력이 없고, 젊은것들은 팔팔한 것이 자연의 이치다. 그러니 늙은이가 혼자 몸으로 두 어린것들을 어찌 당하겠나?"

강량이 믿을 수 없다는 듯 고개를 갸우뚱하고 소옥과 남궁적을 번갈아 바라보았다. 그는 초수추가 죽은 것은 모용탈이 가세했기 때문이라고 나름대로 짐작하고 있었던 듯했다.

"저들 둘이서 초 노인의 목을 쳤단 말이냐? 너, 짐승 같은 놈은 구경만 했고?"

"네 목이 떨어질 때도 나는 구경만 하고 있을 거다."

강량의 말에 기분이 상한 모용탈이 투덜거렸다. 그들을 바라보던 소옥은 문득 간교한 생각 하나를 떠올렸다. 모용탈을 충동질하여 강량과 싸우게 한다면 과연 그가 구경만 할 수 있을까? 하는 생각이었다.

"당신은 천하의 고수들을 모두 꺾고 스스로 제일인임을 증명해 보이겠다고 했지요? 저기 강 뭐라는 사람은 과연 초 노인보다 나으면 나았지 못해 보이지 않으니 그야말로 만나기 힘든 고수라고 할 수 있지요. 당신은 어째서 그와 싸워서 스스로의 강함을 증명해 보일 생각은 하지 않는 거죠?"

모용탈을 비웃어준 그녀가 다시 강량을 향해 이죽거렸다.

"당신이 과거에는 어땠는지 보지 못했으니 알 수 없죠. 과연 단목 사형이 놀랄 만큼 그렇게 고수인가요?"

"흥! 아무려면 너 어린 계집 하나를 잡아가지 못할까?"

소옥의 속셈을 읽은 강량이 코웃음을 쳤다. 그 말에 소옥보다 먼저 남궁적이 외눈을 부릅뜨고 나섰다.

"어? 너, 못생긴 놈은 이제 보니 그녀의 사형에게 관심이 있는 게 아니라 그녀를 노리고 온 거였구나? 하지만 그건 안 되지. 어디까지나 내 허락을 받아야 한다는 말씀이다."

"무엇이?"

강량이 발끈하여 노려보았다. 그 눈빛에 살기가 가득 실려 번쩍이는 것이 못생겼다는 말에 더할 수 없이 기분이 상한 모양이었다.

그는 원래 준수한 용모를 가지고 있었다. 그러던 것이 그와 원한을 맺은 자들에게 쫓겨 백리평(百里平)에서 생사를 건 일전을 치르면서 심한 상처를 입어 얼굴이 망가졌다. 그것이 마음속에 지울 수 없는 한이 되어 있었는데 남궁적이 곧이곧대로 그의 상처를 건드린 것이다.

'이런 멍청한 놈!'

소옥이 남궁적을 흘겨보며 속으로 욕을 했다. 자신의 뜻도 모르고 불쑥 나서서 일을 망쳐 놓는 그가 밉살스럽기 짝이 없었다.

거친 숨을 내쉬던 강량이 막 손을 쓰려 할 때였다.

"모두가 나의 손님들이다. 주인을 앞에 두고 서로 싸워서는 곤란해."

대전의 지붕 위에서 쉰 듯한 음성이 들려왔다.

인연(因緣)의 고리

인연(因緣)의 고리

　의외의 곳에서 들려온 소리에 모두가 깜짝 놀라 바라보았다. 거기 한 사람이 우뚝 서 있었는데 다름 아닌 무명자(無名子) 종유상(鐘裕相)이었다. 그를 본 남궁적과 단목기가 동시에 소리쳤다.

　"종유상, 당신이었군!"

　"아, 종 사형. 와 있었구려!"

　그들의 외침이 가득한 기쁨과 반가움으로 반짝이는 듯했다. 모용탈과 강량이 고개를 갸웃했다. 처음 보는 자였고, 처음 들어보는 이름이었던 것이다. 강호에 저런 자가 있었나? 하고 생각하는데 기왓골을 밟고 서 있던 종유상이 팔을 뻗어 발 아래 죽은 듯 엎어져 있던 한 사람의 뒷덜미를 잡아 일으켰다. 그를 본 소옥이 아! 하고 놀람의 외침을 터뜨렸다.

　무명자에게 끌려 일어선 자는 옥당군이 분명했다. 그의 얼굴에 낭패한 기색이 가득한 걸로 보아 그는 대전 지붕 위에 숨어서 소옥을 암습

할 기회만 노리고 있다가 살며시 다가온 무명자에게 불시에 제압당한
게 틀림없었다.

"지독한 놈이로군."

그를 확인한 소옥이 머리를 흔들었다.

"내려가라!"

무명자가 낮게 외치며 옥당군의 발을 걷어차 그의 몸을 띄우고 가볍
게 내던졌다. 그 순간에 명문을 때려 제압해 두었던 혈도를 풀어준 모
양이었다. 옥당군이 무거운 돌덩이처럼 떨어져 내리다가 한 바퀴 공중
제비를 돌고 매끈하게 내려섰다. 공교롭게도 소옥의 면전이었다.

"지긋지긋하군. 당신은 죽는 게 두렵지 않은가요?"

소옥이 머리를 흔들며 한숨을 쉬고 말했다.

"나는 오직 너를 죽이고자 할 뿐이다."

옥당군이 무심한 눈길로 소옥을 바라보며 중얼거렸다. 그때 무명자
의 호통 소리가 다시 모두의 귓전을 두드렸다.

"언제까지 쥐새끼처럼 숨어 있을 셈이냐!"

모두는 또 누가 있었나? 하는 의아함으로 지붕 위를 바라보았다. 다
른 쪽 구석에서 한 인물이 멋쩍은 얼굴을 한 채 몸을 일으켜 세우고 있
었다.

"어? 저자는 저기 숨어서 뭘 하고 있었던 거지?"

그를 알아본 남궁적이 혀를 찼다. 낭패한 모습으로 머뭇거리며 서
있는 자는 바로 호북(湖北)의 구절편(九絶鞭)으로 이름 높은 신기구편
(神技九鞭) 갈평(葛坪)이었다. 초수추와의 일전으로 내상을 입었던 그
가 온데간데없이 사라지더니 다시 대전의 지붕 위에 숨어서 엿보고 있
었던 것이다.

"대체 저자의 정체가 뭘까? 혹시 너는 아냐?"

남궁적이 단목기를 돌아보고 물었다. 단목기가 희미하게 웃었다.

"그게 무슨 상관인가? 그는 어쨌든 해를 끼치지 않았으니 고맙다면 고마운 인물이지."

단목기도 갈평의 속내를 알지 못하는 모양이었다. 남궁적이 지붕 위를 향해 손짓을 했다.

"어이, 갈 형. 거기서 그러지 말고 이왕에 왔으면 이리 내려오시구려."

멀리서 보기에 갈평이 무명자 종유상에게 포권하고 정중히 허리를 숙인 채 무어라고 중얼거리는 것 같았다. 가만히 갈평의 말을 듣고 있던 무명자가 몇 번 머리를 끄덕였다. 그러자 비로소 허리를 편 갈평이 가볍게 몸을 던져 단목기 곁에 내려섰다.

"음, 누군가 했더니 그대는 호북의 갈 형제였군."

눈살을 찌푸린 채 무엇을 생각하던 귀견사(鬼犬師) 강량(姜亮)이 머리를 끄덕이며 말했다. 그를 바라본 갈평이 포권해 보였다.

"이런 곳에서 설마 강 대협을 다시 보게 되리라고는 생각지 못했소이다. 예전의 호방했던 풍모를 다시 보니 반갑기 짝이 없소이다."

그들은 과거에 서로 안면이 있던 사이인 듯했다. 강량이 다시 머리를 끄덕이고 나서 마주 포권해 보였다.

"옛 친구를 만났으니 세 말 술이 있어야겠으나 지금은 사정이 그렇지 못하니 안타까울 뿐이오."

갈평의 얼굴에 희미한 웃음이 번졌다. 잠시 그런 갈평을 바라보던 강량이 여전히 미심쩍다는 얼굴로 다시 말을 꺼냈다.

"그런데 지붕 위의 저자가 누구이기에 대체 갈 형제 같은 사람도 고개를 숙인단 말이오?"

그는 갈평이 호북 무림을 질타하는 뛰어난 고수라는 것을 잘 알고 있었다. 강량이 아는 갈평은 자존심이 누구보다 강한 인물이어서 죽으면 죽었지 남에게 머리를 조아릴 사람이 아니었다. 그런 갈평이 이름도 모르는 자에게 한껏 공경하는 모습을 보였다는 것이 믿어지지 않았다.

갈평이 입가에 고소를 띠고 가볍게 머리를 흔들었다.

"강 대협과도 무관치 않은 사람이니 곧 알게 될 것이외다."

"허……."

강량은 입맛을 다실 수밖에 없었다. 그때 다시 무명자의 호통 소리가 터져 나왔다.

"이렇게 되었는데도 당신은 아직도 스스로를 감추고 있을 셈이오? 내가 당신이 누구라고 말해야만 비로소 들켰다는 걸 인정할 작정이오?"

'대체 누가 또 있단 말인가?'

모두의 가슴이 철렁했다. 이 외지고 삭막한 폐찰(廢刹)에 얼마나 많은 고수들이 모여든 것인지 이제는 알 수 없었다. 쓸쓸하고 적막하다고만 여기고 있던 오압사(五壓寺)가 실은 용담호혈(龍潭虎穴)이었다는 데에 소옥은 물론 남궁적과 단목기는 기가 막혀 할 말을 잊었다.

"히히, 그대가 굳이 떠들지 않아도 이 늙은이가 누구인지 알 만한 사람은 다 안다네."

갈라진 음성이 동쪽의 허물어진 토담 밖에서 들려왔다. 그와 함께 한 사람의 늙고 꾀죄죄한 거지를 따라 다섯 명의 장한들이 장내로 뛰어 들어왔다. 장한들은 처음 보는 자들이었는데, 한결같이 눈빛이 형형하고 기도가 출중한 것이 만만히 볼 수 없는 고수들이 분명했다.

늙은 거지를 본 단목기가 아! 하고 탄성을 터뜨렸다. 그는 문득 남창부에 있던 선인루(仙人樓)를 떠올렸다. 그곳에서 혼자 술을 마시고 있을 때 늙은 거지가 뛰어 들어와 한바탕 소란을 떨었던 것이다. 거지는 단목기에게 은밀히 철정산(徹井山)에서 기다리겠다는 사부의 전언(傳言)을 남기고 관병들에게 끌려갔었다.

'그는 사부가 보낸 사람이었다.'

그 생각을 다시 떠올린 단목기는 가슴이 서늘해졌다. 그 전갈을 받고 철정산에서 사부를 만난 후 그는 여태까지 사부의 명을 이행하지 않고 있었던 것은 물론, 어찌 보면 사부를 배신한 듯한 행동만을 해오고 있었던 것이다. 단목기는 그 늙은 거지와 그가 데리고 온 다섯 명의 장한들을 보며 사부에게 달리 거느리고 있는 자들이 있다는 것을 비로소 확신했다. 사부는 여태까지 한 번도 자신에게 그런 내막에 대해서 말하지 않았다. 이 안에 어떤 비밀이 숨어 있는 것인지 이제는 머리 속이 혼란해지기만 했다.

"아, 당신은 노독개(老獨丐) 왕곤(王坤), 왕 늙은이로군!"

거지를 바라본 강량이 크게 놀란 듯 흠칫 어깨를 떨며 외쳤다. 단목기는 그 이름을 듣고서야 늙은 거지의 정체를 생각해 낼 수 있었다. 그는 한때 개방(丐幇)의 다섯 장로 중 한 사람이었다. 그러다가 십오륙 년 전 방주 옹립을 둘러싸고 벌어진 내분에 실망하고 방을 떠나 홀로 강호를 주유하던 자였다.

당시 강호에서 강량과도 몇 번인가 만나 싸우기도 하고 함께 어울리기도 했는데, 괴이하고 거침없는 언행이 결코 강량보다 못하지 않았던 것으로 유명했다. 십여 년 전 강량이 백리평의 일전을 치르고 난 후 강호에서 모습을 감추자 왕곤 또한 슬그머니 사라져 모습이 보이지 않았었다. 이제는 강호인들의 머리 속에서 그런 인물이 있었다는 것조차 희미해져 가는데 그가 다시 모습을 드러낸 것이다.

'오늘 일이 득이 될지 해가 될지 알 수 없다.'

단목기가 눈살을 찌푸리고 속으로 중얼거렸다. 일이 이처럼 복잡해져 서야 대체 누가 적이고 누가 동지인지 판단하기가 쉽지 않았던 것이다.

"훙, 이제 올 사람은 다 온 건가요? 숨어 있는 자가 아직도 남아 있다 면 더 망설이지 말고 모두 기어나오라고 하세요. 이렇게 많은 군웅들이 모였으니 오늘 여기서 무림대회를 연다고 해도 부족할 게 없겠어요!"

소옥이 지붕 위의 종유상을 향해 그렇게 소리쳤다. 그녀는 이곳에 와 있는 자들이 모두 자신의 용화진경을 노리고 있다고 생각했다. 그 리고 그녀의 그런 생각은 틀리지 않았다.

"히히, 예쁘고 귀여운 아가씨, 그렇게 열낼 것 없다네. 여기 이렇게 많은 고수들이 모여 있는데 어느 놈이 감히 이 자리를 넘보겠는가? 더 올 놈은 없고, 갈 놈들이 있을 뿐이지."

노독개가 이죽거리며 강량을 힐끔힐끔 바라보았다. 그의 말은 강량 이 들으라고 한 말이 분명했다.

"늙은 친구가 여전히 제멋대로군. 아무려면 이 강량이 오라고 해서 오고 가라고 해서 갈 사람이겠는가?"

강량의 말에 노독개가 대꾸하려는데 그들 사이로 무명자가 훌쩍 뛰 어내렸다. 깜짝 놀란 노독개가 흠칫하고 뒤로 물러섰다. 무명자가 여 태까지 본 적이 없는 날카로운 눈빛으로 사방을 휘둘러보고 나서 침중 하게 말했다.

"그대들은 나의 허락도 없이 이곳에 왔으나 조용히 돌아간다면 그걸 탓하지 않겠소."

"너는 누구인데 감히 내 앞에서 그렇게 거만을 떠는 거냐?"

강량이 노여움이 실린 눈으로 무명자를 쏘아보며 차갑게 말했다. 남궁적을 힐끗 돌아본 무명자가 희미하게 웃었다.

"나는 무명자 종유상이라고 하오."

남창부의 건달패에 섞여 있을 때 남궁적이 자신을 놀리기 위해 붙여준 이름이었으나 무명자는 그 이름이 마음에 꼭 들었다. 그 말을 들은 귀견사 강량이 흠칫 어깨를 떨었다.

"네가 바로 신창 양소문, 양 대협을 죽인 자로구나!"

무명자가 여유있는 웃음을 띠고 강량을 마주 보았다.

"당신에게는 그의 복수를 하여 공을 덧보탤 욕심이 생겼을 테지만 쉬운 일은 아닐 것이오."

무명자의 말에 강량이 놀라 물러섰다. 그는 내심 눈앞에 있는 자가 고약하다고 여겼다. 그가 자신에 대하여 너무 잘 아는 듯한 느낌을 받았던 것이다. 실제로 산채에서 내려올 때 강량은 양소문의 복수를 하라는 명은 받지 않았다.

그러나 눈앞에 양소문의 원수를 두고 그대로 있을 수는 없었다. 산채에서 그는 양소문과 가장 의기가 투합하는 사이이기도 했던 것이다.

"공은 필요없다. 나는 오직 그의 복수를 할 뿐이다!"

외친 강량의 손에 어느덧 일 장 길이의 검은 채찍이 들려 있었다. 그가 대뜸 채찍을 휘둘러 무명자의 목을 감아왔다. 껄껄 웃은 무명자가 가볍게 일권을 내뻗어 후려치며 한 걸음 물러섰다.

팍―!

강량의 채찍 끝이 무명자의 주먹에 부딪쳤다. 두 사람 모두 평범한 그 한 수 속에 자신의 내력을 아낌없이 실어내고 있었다. 강량은 즉시 일이 쉽지 않겠다고 생각했다. 채찍 끝을 통하여 전해지는 무명자의 주먹에 실린 힘이 결코 자신의 힘에 못지 않았던 것이다.

이미 십여 년 전 강호에 그 이름을 크게 떨친 적이 있는 강량이었다. 오랜만에 강호에 다시 발을 디딘 오늘 눈앞에 있는 이름도 없는 자 하나를 어쩌지 못한다면 이제는 사람들의 웃음거리가 될 뿐임을 알았다.

음, 하고 침음성을 발한 강량이 가볍게 채찍 끝을 말아 들이더니 곧장 무명자의 가슴을 노리고 재차 휩쓸어갔다. 말려 있는 채찍 끝에서 어떤 조화가 펼쳐질지 짐작조차 할 수 없었다. 떨어진 곳에서 지켜보고 있는 갈평의 눈이 정기를 띠고 번쩍였다. 그 또한 강량과 마찬가지로 한 자루 교룡피 채찍을 무기로 삼고 있는지라 강량의 수법에 대해서 누구보다 큰 호기심이 일었던 것이다.

종횡으로 어지럽게 그어오는 채찍의 그림자가 허공을 가득 뒤덮었다. 윙윙거리는 날카로운 소리가 귓전을 찔렀다. 그때까지도 도르르 말려 있는 채찍 끝은 펼쳐지지 않은 채였다. 무명자의 눈빛이 침중해졌다. 그는 강량이 손목을 떨쳐 보여주고 있는 현란한 초식의 총화가 바로 그 끝에 숨겨져 있다는 것을 짐작했다. 어떻게 할까 망설이는데 머리 위를 덮어온 채찍의 그물이 갑자기 활짝 펼쳐지며 칼날 같은 경기를 쏟아냈다.

무명자의 손이 검자루에 가볍게 닿았다. 그리고 말려 있던 강량의 채찍 끝이 튕겨지듯 쏘아져 나왔다.

파파파팟—!

마치 십여 마리의 성난 독사들이 똬리를 틀고 있던 몸을 풀며 일제히 달려드는 것 같았다. 말려 있던 채찍 끝이 흔들린다 싶었던 순간, 꼿꼿하게 펴진 그것이 허공을 찢는 요란한 파공성을 날리며 한꺼번에 십여 군데의 요혈을 노리고 곧장 찔러왔다. 벼락처럼 닥치는 그것의 기세가 능숙한 창수(槍手)들이 십방(十方)을 가두고 동시에 사모(蛇矛)를 찔러대는 듯했다.

"허―!"

눈을 부릅뜨고 그 변화를 지켜보던 갈평이 자신도 모르게 감탄성을 터뜨렸다. 그러던 그가 급히 입을 다물고 눈을 더욱 부릅뜬 채 상체마저 쏠리듯 기울였다. 그의 눈에 무명자의 움직임이 들어왔던 것이다.

씨잉―!

가볍게 검자루를 쥔 듯하더니 어느 틈에 일검을 뽑아 후려치고 물러서는 무명자의 솜씨가 자로 잰 듯 한 치의 어김도 없이 매끄러웠다. 일자로 한 번 베고 검봉을 뽑아내는 단순하기 짝이 없는 검격이었는데, 그 일검이 단번에 강량의 채찍에 실린 기세를 끊어버렸다.

깜짝 놀란 강량이 손목을 비틀어 채찍을 거두어들이며 훌쩍 뛰어 물러섰다. 그가 우뚝 섰을 때는 처음과 마찬가지로 빈손이었다. 언제 손에 들고 있었나 싶게 그의 채찍은 얌전히 허리에 감겨 있어서 손때가 묻어 반질거리는 가죽 허리띠처럼 보였다. 방금 눈앞에서 있었던 일을 보지 못했다면 누구도 그것이 채찍이라는 것을 눈치 채지 못했을 것이다.

"너, 너는…… 그와 어떤 사이냐?"

얼굴이 새파랗게 질린 강량이 손을 들어 무명자를 가리키며 떠듬떠듬 말했다. 몹시 놀라 혼백이 몽롱해진 듯 몸마저 가늘게 떨고 있었다.

"음, 사부님의 혜안은 역시 놀라울 뿐이로군. 이 한 초의 검법을 전해 받을 때는 설마 했는데 그것이 그대를 상대하라는 의미였을 줄이야……."

무명자 또한 무엇에 홀린 듯 멍해진 얼굴로 허공을 바라보기만 하다

가 겨우 한숨과 함께 중얼거렸다. 그 말을 들은 강량이 흉한 상처 자국
으로 얽어 있는 얼굴을 일그러뜨리며 세 걸음이나 물러서고 나서야 겨
우 몸을 가누고 섰다. 그의 눈 깊은 곳에서 풍랑이 치듯 미묘한 갈등과
두려움이 일렁이고 있었다. 여전히 무명자를 가리키고 있는 손가락을
부들부들 떨던 강량이 길게 탄식하고 머리를 저었다.

"그가, 그가 너의 사부였단 말이냐? 휴— 양소문의 죽음은 억울한
게 아니었구나."

사람들은 강량의 말을 이해할 수 없었다. 하지만 그가 크게 두려워
하는 모습을 보고 의혹이 구름처럼 일었다. 무명자가 그때까지 들고
있던 검을 갈무리하고 나서 엄중해진 눈으로 강량을 바라보았다.

"당신은 소옥 낭자의 품에서 물건을 빼앗기 위해 왔지만 지금 얻을 수
있는 것은 아무것도 없소. 하지만 이곳까지 온 수고를 헛되게 할 수는
없는 일. 돌아가서 이 일을 그분께 전하시오. 머지않아 소옥 낭자가 스
스로 그분을 찾아갈 것이니 그때가 되면 모든 것이 해결되지 않겠소?"

확실히 강량은 실패한 양소문 대신 소옥에게서 용화진경을 빼앗아
오라는 명령을 받고 밤을 도와 달려온 길이었다. 하지만 이제 무명자
의 말처럼 그 뜻을 이루기 어렵다는 것을 알았다. 그가 소옥과 무명자
를 번갈아 바라보다가 다시 길게 탄식했다.

"역시 그의 눈과 귀에서 벗어나는 일은 불가능하구나. 그가 다시 강호
에 나타났으니… 휴, 좋은 일인지 나쁜 일인지 나는 판단하기가 어렵다."

의미를 알 수 없는 말을 중얼거리던 강량이 눈을 부릅뜨고 무명자를
노려보았다.

"언제면 되겠나?"

가만히 손가락을 꼽으며 속으로 무엇인가를 계산해 보던 무명자가

웃으며 대답했다.

"석 달 안쪽이 될 것이오."

"됐네."

더 말할 것 없다는 듯 손을 홰홰 내저은 강량이 어깨를 늘어뜨리고 돌아섰다.

"산채로 돌아간다."

나타났을 때와는 달리 풀이 죽은 채 돌아가는 그의 뒤를 괴물 같은 두 마리의 개가 꼬리를 늘어뜨린 채 어슬렁거리며 따랐고, 풍적호아 노걸을 비롯한 산채의 장정들도 맥이 풀린 모습으로 떠나기 시작했다.

대웅전 앞뜰을 가득 메우고 있던 그들이 흔적없이 사라지자 그때까지 한쪽에 서서 아무 말 없이 일의 돌아가는 양을 바라보고 있던 모용탈이 흐흐, 하고 웃었다. 그의 웃음소리는 낮았으나 그것에 실린 힘이 충실해서 모두의 귓속에 우렛소리처럼 웅웅 울렸다. 눈앞에서 벌어진 알 수 없는 일에 홀린 듯 멍해져 있던 사람들이 비로소 모용탈의 존재를 느끼고 의아한 눈으로 그를 돌아보았다.

"나는 단목 영주가 천하제일의 고수인 줄 알았더니 이름없는 놈이 또 있었을 줄이야……. 이래서 역시 천하는 넓고 고수는 구름처럼 많다는 건가?"

그는 강량과 무명자가 번개처럼 손속을 나누는 것을 보고 크게 구미가 당긴 모양이었다. 아무 상관도 하지 않고 구경만 하겠다던 처음의 말과는 달리 이제는 누가 되었든 붙잡고 한차례 격한 싸움을 하고 싶어 안달이 난 게 분명했다.

그를 돌아본 신기구편 갈평과 노독개 왕곤이 눈살을 찌푸렸다.

"누군가 했더니 네가 바로 만주에서 왔다는 짐승이었구나!"

모용탈의 모습을 보고 문득 떠오른 생각이 있었던지 왕곤이 버럭 소리를 질렀다. 모용탈이 험악하게 눈을 부릅뜨고 왕곤을 노려보며 음침하게 말했다.

"늙은 거지가 주둥아리도 그렇게 지저분하니 먼저 네놈을 손봐줘야겠다."

모용탈의 눈이 흉흉한 빛을 띠고 이글거리기 시작했다. 그들 사이의 공기가 험악해지자 다시 무명자가 두 팔을 활짝 벌리고 소리쳤다.

"오늘의 주인은 나니 내 허락 없이는 누구도 함부로 싸울 수 없소!"

"흥, 나는 하고 싶으면 하고 말고 싶으면 마는 사람이다. 누구도 내게 이래라저래라 할 수 없지."

코웃음을 친 모용탈이 왕곤에게 향하고 있던 몸을 홱 틀며 무명자를 똑바로 바라보고 위협적으로 한 발을 내딛었다. 와락 상체를 기울여 오는 것이 칼을 뽑아 후려치려는 기세였다. 그건 상대를 바꾸겠다는 의중을 드러내 보인 것이자 공격하겠다는 경고였다. 비겁하게 암수를 썼다는 비난을 듣지 않기 위한 것이었지만 모두에게는 모용탈의 그 갑작스런 행동 자체가 이해할 수 없는 일이기만 했다.

깜짝 놀란 무명자가 눈을 부릅뜨고 한 걸음 물러섰다.

"어디 내 것도 한번 받아봐라!"

다시 한 번 소리쳐서 경고한 모용탈이 이제는 망설임없이 칼을 뽑아 후려쳐 왔다.

"조심해요!"

그것을 본 소옥이 날카롭게 외쳤다. 이곳에 모여 있는 사람들 중에서 오직 그녀만이 모용탈의 칼이 얼마나 무섭고 잔인한지 잘 알고 있었다.

눈앞에 흰빛이 번쩍이는 것 같았는데 초승달처럼 휘어진 모용탈의 만도가 곧장 무명자의 면전에 닥쳐들었다. 조금 전에 무명자가 보여준 일격의 쾌검보다 더욱 빠르고 신랄한 도법이었다. 무명자의 쾌검을 보고 가슴이 서늘해졌던 사람들이 이제는 숨마저 삼킨 채 굳어버렸다.

놀란 무명자가 감히 경시하지 못하고 허리를 틀어 몸을 비스듬히 세웠다. 오른쪽 어깨를 불쑥 내밀 듯하는 것은 상대에게 최대한 작은 면적을 보여주면서 자신의 검을 더욱 깊이 뻗어내겠다는 의도였다.

무명자의 허리에서 다시 한줄기 창백한 빛이 뻗어 나갔다. 검을 뽑는 것과 동시에 후려치는 동작이 하나로 이어져 날렵한 중에도 깨끗한 명가의 솜씨가 고스란히 드러났다.

그 커다란 몸을 내던져 찍어누를 듯 덮쳐 오는 위압적인 모용탈의 기세와 송곳처럼 날카로운 무명자의 기세가 곧장 부딪쳤다. 일순간 두 사람 사이에서 압축된 기파(氣波)가 폭발하듯 터지며 몸부림을 쳤다. 그 힘의 여력이 사방을 휩쓸고 달려나갔다. 그리고 그 속에서 쨍—! 하는 한 번의 날카로운 쇳소리가 높이 울려 퍼졌다.

모든 것이 정지되어 버린 듯한 정적이 지켜보고 있는 사람들의 정수리를 내리눌렀다.

모용탈의 만도는 언제 그것을 휘둘렀느냐는 듯 태연하게 다시 칼집 속에 들어가 있었고, 무명자의 검 또한 날카롭던 검광을 흩쳐 버린 채 얌전히 검집 속에 들어가 있었다. 두 사람은 처음부터 움직이지 않았고 부딪치지 않은 것 같았다. 그 태연함이 또 한 번 사람들을 어리둥절하게 했다.

지루한 침묵이 흘렀다. 한참 만에야 모용탈이 느릿하게 입을 열었다.

"좋군. 일 년이면 되겠나?"

“좋소. 그렇게 합시다.”

“하하, 기다리는 시간이 즐겁다는 건 마음 설레며 기다려 본 사람만
이 알지.”

단목기를 흘깃 돌아보고 나서 호탕하게 웃음을 터뜨린 모용탈이 이
제는 아무 미련 없다는 듯 휘적휘적 걸어 오압사를 떠나기 시작했다.
그의 등에 대고 무명자가 가볍게 포권해 보였다. 사람들은 영문을 알
지 못해 어리둥절해진 채 그런 모용탈과 무명자를 번갈아 바라보기만
했다. 그러나 소옥은 모용탈이 던지고 간 말의 뜻을 명백히 알아들었
다. 그는 형산 아래의 주루에서 다시 마주친 송청림에게도 일 년 뒤를
약속했던 것이다. 소옥이 단목기의 귀에 대고 속삭였다.

“당신은 알겠어요? 모용탈과 종 사형의 약속에는 당신도 포함되어
있어요.”

의아해하던 단목기가 비로소 소옥이 말하는 뜻을 알고 씁쓸하게 웃
었다.

“그건 좋은 일이군. 적어도 종 사형은 그 일 년 안에 나를 완전하게
회복시켜 줄 자신이 있다는 뜻이기도 하니까 말이다.”

“그렇다면 일 년은 너무 길어요.”

소옥이 탄식하듯 한숨을 쉬고 외면했다.

크고 위험한 일 두 가지를 무사히 마무리 지은 무명자가 다시 소옥
일행을 향해 돌아섰다. 남궁적은 그가 자신의 그늘에서 데굴거리며 세
월을 보내던 그 무명자라는 것이 의심스럽기만 했다. 사람은 그 사람
인데 내보여 주고 있는 기도는 전혀 다른 것이었다.

그때까지도 한쪽에 묵묵히 선 채 떠날 생각을 하지 않고 있는 옥당

군(玉唐君)에게 다가간 무명자가 엄한 눈길로 그를 바라보았다.

"너는 돌아가지 않을 생각인가?"

"나는 누구처럼 일 년을 약속하는 짓 따위는 못하오."

"그러면 이 자리에서 지금 해보겠나?"

힐끗 소옥을 바라본 옥당군이 입술을 깨물었다. 마음속에 적의와 증오가 가득했지만 정면으로 겨루어서 그녀를 이길 수 있다는 자신감은 들지 않았다. 어금니를 꾹 물었던 그가 음울한 음성으로 낮게 말했다.

"나는 살수요. 살수는 드러내 놓고 싸우지 않소. 언제나 암습을 노릴 뿐이오."

"하하, 너는 정직하고 스스로에 대한 회의지심(懷疑之心)을 가지고 있으니 살수로 성공할 인물이 되지 못한다."

"천만에."

옥당군이 강한 어조로 무명자의 말을 부정했다. 늘 차갑게 가라앉아 있기만 하던 그의 눈빛이 불길을 담은 듯 이글거렸다.

"나는 암습을 계획하고 실행하는 동안 내내 기쁨과 통쾌함을 느끼니 역시 이 일이 적성에 딱 맞소."

그는 자신의 눈앞에서 죽어간 세 명의 동료들을 잊지 못하고 있었다. 특히 얼마 전에 남궁적의 칼에 개죽음을 당한 장우춘에 대해서는 더욱 그랬다. 그의 의도는 자신을 제물로 삼아 소옥을 죽게 하려는 것이었는데 엉뚱한 놈에게 아무 가치 없이 죽임을 당했던 것이다. 옥당군은 장우춘이 저승에서도 눈을 감지 못한 채 원통해하리라고 생각했다. 그러자 소옥과 모용탈에 대한 증오 못지 않게 남궁적에 대한 증오가 새롭게 가슴에 새겨졌다.

"너, 애꾸 놈아, 나를 똑똑히 봐둬라. 언젠가는 네놈도 내 손에 죽게 될 것이다."

옥당군이 손가락으로 남궁적의 얼굴 복판을 가리키며 이를 사려 문 채 스산하게 말했다. 그를 물끄러미 바라보던 남궁적이 쳇, 하고 혀를 찼다.

"두고 보자는 놈 치고 무서운 놈 못 봤다. 앞에서 치든 뒤에서 치든 다 좋으니까 언제든지 와. 살수 따위에게 죽을 나였다면 여태까지 백 번도 더 죽었을 거다."

얼굴 가득 경멸의 빛을 띠고 가소롭다는 듯 비아냥거리던 남궁적이 눈을 부릅떴다.

"나를 귀찮게 하는 건 좋아. 참아줄 수도 있지. 하지만 내 계집에게 함부로 손대는 건 절대 용납하지 못한다. 명심해. 다시 한 번 네 멋대 로 내 계집을 노린다면 그 즉시 두 쪽을 내주고 말 테다!"

으르렁거리는 기세가 당장 그렇게 해버리겠다는 듯 무서웠다. 창백 해진 얼굴로 노려보던 옥당군이 부드득 이를 갈았다.

"너는 오늘부터 하루도 편히 발 뻗고 잘 수 없을 것이다."

"쳇, 저놈은 주둥아리로 검을 대신하는 게 훨씬 낫겠어."

남궁적이 어이없다는 듯 혀를 차며 오만상을 찡그렸다. 빙그레 웃으 며 그 모습을 바라보던 무명자가 다시 정색을 하고 옥당군에게 일렀다.

"너는 이곳에서 일어난 일들을 모두 보고 들었겠지?"

"나는 똑똑히 보았고 잊지 않을 것이오."

"그렇다면 돌아가서 장가령(長可翎)에게 그대로 말해 주어라. 비록 명을 이행하지 못했다고는 하나 그 교활한 내시 놈은 오히려 너에게 상을 줄 것이다."

옥당군은 무명자의 말을 이해할 수 없었다. 이곳에서 있었던 소란과

자신이 모시고 있는 동창의 제독태감(提督太監)이 무슨 상관이 있다는
건지 알 수 없었다. 그러나 눈앞의 무명자가 잠시 자신을 따돌리기 위
해 거짓말을 한다고는 생각하지 않았다.

제독태감에게 보고하는 일이야 자신이 북경까지 돌아갈 필요도 없
었다. 가까운 동창의 지부에 들러 전언을 남기면 늦어도 사흘 후에는
토씨 하나도 틀리지 않고 제독태감의 귀에 들어갈 것이었다.

"좋소."

더 망설일 것 없다는 듯 옥당군이 소옥 등에게는 눈길 한 번 주지 않
은 채 돌아섰다. 죽는 일에 서두를 것 없듯이, 죽이는 일에도 결코 서
두를 게 없었다. 언제나 충분한 시간을 갖고 느긋한 마음으로 가장 적
당한 때를 기다릴 줄 안다는 것. 그것이 능숙한 살수의 마음가짐이었
다. 그렇게 본다면 살수라는 것과 덫을 놓고 짐승을 기다리는 사냥꾼
은 서로 다를 게 없었다.

'나는 사냥을 할 뿐이다.'

옥당군은 애써 자기 자신에게 그렇게 말해 주었다. 형산에 오르기
전, 우성촌(禹性村)에서 못된 지주에게 착취당하는 남매를 구해주고 나
서부터 마음속에 깃들기 시작한 회의를 떨쳐 버리기 위해서였다. 살수
라는 자신의 역할에 대한 회의는 어쩌면 그전부터 마음 깊은 곳에 숨
겨져 있었던 건지도 몰랐다. 언제든 머리를 들고 일어설 기회만 엿보
다가 드디어 우성촌에서의 일로 불거진 것이다.

옥당군은 그런 자신의 회의를 단번에 꿰뚫어 보고 너는 살수 짓을
하기에 적합하지 않다고 지적해 온 무명자에 대해서 새삼 무섭다는 느
낌을 떠올리고 부르르 몸을 떨었다.

그의 모습이 산문 밖으로 사라져 보이지 않게 되자 무명자가 이번에는 노독개 왕곤과 신기구편 갈평을 바라보았다. 그들은 거느리고 온 다섯 명의 장한들과 함께 꿀 먹은 벙어리처럼 아무 말도 하지 않고 한쪽에 모여서 있기만 했는데, 처분을 기다리는 얌전한 학동(學童)들 같았다.

"나는……."

고소(苦笑)를 지은 무명자가 말을 꺼내려 하자 왕곤이 재빨리 손을 내둘러 가로막았다.

"알고 있소, 알고 있어. 그대는 마지막으로 우리들마저 쫓아내려는 거지?"

"하— 그렇소. 이제 모든 것이 드러날 때가 되었으니 존사(尊師)께서 노여워하셔서도 할 수 없는 일이외다."

무명자가 먼저 한숨을 쉬고 그렇게 말했다. 다른 사람들에게는 당당하고 위엄있게 말했으나 왕곤 일행에게 말을 할 때는 풀이 죽은 듯 주저하는 모습이 완연했다. 갈평이 긴장한 모습으로 나서서 포권했다.

"그대가 그렇게 말씀하시니 우리는 명에 따를 수밖에 없소이다."

소옥과 남궁적, 단목기가 모두 의아하여 갈평을 바라보았다. 그가 우리라고 한 말 때문이었다. 이곳에서 갈평이 그렇게 부를 사람은 왕곤밖에 없었다.

'그와 저 늙은 거지 왕곤은 원래 한통속이었군.'

소옥이 그렇게 생각할 때 단목기는 내심 깜짝 놀라고 있었다. 갈평도 사부의 수하라는 것을 알게 된 때문이었다. 비로소 그가 자신을 공자라고 호칭하던 이유를 알 수 있었다. 사부는 동창에서 추살대가 동원되었다는 것을 알자 갈평을 그 속에 끼워 넣어 은밀히 자신을 보호해 주도록 했던 것이다.

단목기는 사부가 아직도 자신을 아끼고 사랑한다는 것을 알고 눈시울이 뜨거워졌다. 마음에 가책과 함께 여전히 사부의 뜻은 옳지 못하다는 생각이 들어 갈등이 더욱 깊어졌다.

"하지만 약속대로 내가 단목 공자와 이야기할 시간을 주었으면 하오."

갈평이 다짐하듯 말하자 무명자가 머리를 끄덕였다. 처음 그가 대전의 지붕 위에서 모습을 드러내고 무명자에게 무어라고 속삭이던 것이 그런 약속을 받아내는 일인 모양이었다. 그의 허락을 받은 갈평이 왕곤의 옷소매를 흔들었다.

"왕 노사까지 이렇게 나설 줄은 몰랐소이다. 아무래도 그분의 걱정이 컸던 모양이오. 하지만 이제 일이 이렇게 되었으니 소생은 물론 왕 노사께서도 달리 방법이 없을 것이오. 우리는 그의 말대로 돌아가 문책을 기다릴 수밖에 없을 것 같소."

무명자를 대신한 듯 갈평이 간곡한 어조로 왕곤을 설득했다. 심각하게 듣고 있던 왕곤이 탄식하고 머리를 저었다.

"이 일의 중대함이 진경을 얻고 공자를 모서가는 것 못지 않게 크네. 자네는 잘 생각하여 처신하도록 하게."

은연중에 갈평의 결정에 따르겠다는 뜻이었다. 포권해 보인 갈평이 단목기를 똑바로 바라보았다.

"공자는 이 일이 어떻게 된 건지 궁금하지 않으시오?"

*　　　　*　　　　*

날은 완전히 어두워져서 갈라진 벽 틈으로 차가운 밤 안개가 스멀스

멀 기어 들어오고 있었다. 구멍 뚫린 천장 위로 둥근 달이 환히 내다보였다. 그 부드러운 달빛에 의지하여 소옥은 마주 앉아 있는 노인의 모습을 똑똑히 바라볼 수 있었다. 주름진 얼굴에 푸석푸석한 머리를 하고 있었고 낡은 장삼을 걸치고 있는 것이 산골의 평범한 늙은이와 다름없는 모습이었다. 어디에도 무공을 지니고 있는 흔적은 느껴지지 않았다.

눈빛이 맑은 광채를 띠고 살아 있었다. 그러나 무공도 지니지 않았고 위엄도 찾아볼 수 없는 평범한 노인. 그가 무명자를 거두어 키워낸 그의 사부라는 것이 믿어지지 않았다. 소옥은 다시 한 번 그런 노인을 뚫어지게 바라보았다.

눈앞의 노인을 만나기 위해 간절한 마음으로 여기까지 달려왔으나 이처럼 마주하고 보자 먼저 실망감이 그녀를 낙심하게 했다.

"당신이 정말 무명자의 사부가 맞나요?"

"네가 소양진의 딸이고 곤륜여협(崑崙女俠) 상관혜(上關慧)의 제자라면 내가 무명자의 사부인 게 맞지."

비웃는 듯하여 샐쭉해진 소옥이 한번 노인을 흘겨보고 그를 시험해보겠다는 듯 쌀쌀맞은 어조로 다시 물었다.

"그렇다면 내 사부님이 지금 어디에 계신지 알고 있겠군요?"

"물론."

노인의 대답은 간단했다. 그러나 그 한마디에 소옥의 귀가 번쩍 뜨였다. 그녀가 상체를 기울이며 서둘러 물었다.

"어디 계시죠? 살아는 있나요?"

"그전에 너는 나에게 진경을 보여주어야겠다."

소옥이 다시 상체를 똑바로 세우며 의심스러운 눈초리를 보냈다. 노인의 맑은 눈이 그런 소옥의 눈을 빤히 마주 보았다. 잠시 망설이던 소옥이 어쩔 수 없다는 듯 가볍게 탄식하고 품 안에서 용화진경(龍華眞經)을 꺼내 들었다. 다시 한 번 망설인 소옥이 그것을 노인에게 건넸다.

"음, 이 물건을 다시 보게 될 줄이야……."

진경의 진위를 가려보기라도 하겠다는 듯 표지를 세심하게 살펴보고 몇 장을 넘겨 내용을 훑어본 노인이 감회 어린 표정으로 그것을 쓰다듬었다. 소옥은 이상하다고 생각했다. 노인의 태도가 마치 잃어버렸던 물건을 오랜만에 되찾은 사람인 듯했던 것이다.

아쉬운 듯 몇 번이고 그것을 쓰다듬어 보고 나서야 노인이 진경을 소옥에게 돌려주었다.

"잘 간직해야 한다. 아마도 이것의 인연은 너에게 닿아 있었던가 보다. 그랬기에 이제야 세상에 드러난 것이지. 하지만 아쉽기 짝이 없구나. 이것이, 이것이…… 그녀의 손을 떠나지 않았더라면…… 아니, 십 년만 더 일찍 나타났더라도 일이 이처럼 어렵고 복잡해지지 않았을 텐데……."

비급을 갈무리하며 소옥은 노인의 표정을 유심히 살펴보았다. 그가 중얼거리는 말들이 한마디 한마디 못이 되어 그녀의 귓속에 박혀들었다. 소옥은 그 말뜻을 알아들을 것도 같았고 모를 것도 같아 더욱 애가 탔다.

한참 동안 자신만의 회상에 빠져 몽롱한 눈길을 허공에 던지고 있던 노인이 휴, 하고 한숨을 쉬고 다시 소옥을 바라보았다. 그의 눈가에 물기가 배어 있는 것을 소옥은 놓치지 않고 보았다.

'무슨 절절한 사연이 있구나.'

그런 짐작이 그녀를 더욱 궁금하게 했다. 대체 이 노인의 정체가 무엇이기에 진경을 잘 아는 사람처럼 행동한단 말인가 하는 생각이 그녀로 하여금 노인에게서 눈을 떼지 못하게 했다.

"나에게 무엇을 물었지?"

노인이 다시 한숨을 쉬고 나서야 비로소 정색을 하고 되물었다.

"내 사부님이 어디 계시냐고요. 그리고 살아 계시냐고요."

"물론 그녀는 살아 있을 것이다."

노인이 단정하듯 말했다. 소옥이 기쁨과 기대감으로 눈을 반짝이며 다가앉았다.

"그럼 어디 계시죠? 당신은 그것을 어떻게 알았죠?"

"그녀는, 그녀는……."

망설이던 노인이 길게 탄식하고 머리를 흔들었다.

"휴, 할 수 없는 일이지. 일이 이렇게까지 되었는데 더 무엇을 감추고 말고 한단 말이냐. 감추려 하면 감추려 할수록 마음에 번뇌만 쌓일 뿐이다."

지그시 소옥을 바라보던 노인이 천천히 말했다.

"가장 믿었던 사제에게 붙잡혀 있지. 사형은 그녀를 죽이려 하고 이제 사제는 그녀를 협박해 이득을 얻으려고 하니 참 그녀의 처지가 딱하게 되었지. 누가 곤륜여협의 처지가 그처럼 비참해질 것이라고 짐작이나 했으랴……."

"뭐라고요?"

놀란 소옥이 자신도 모르게 소리쳤다.

"사부님이 붙잡혀 있다니, 그럼 그곳이 대체 어디죠? 누가 그렇게 했다는 건지 속 시원하게 말해 봐요!"

"흑림채(黑林寨), 그리고 무정풍소(無情風簫) 왕서륜(王瑞倫)이 그렇게 했다. 그는 그녀의 사제이자 너의 사숙이 되는 자이기도 하지. 세상 사람들은 한때 그를 너의 사부와 함께 곤륜용봉(崑崙龍鳳)이라고 부르며 매우 아꼈지만 다 그 속을 들여다보지 못했기 때문이다.”

“아―!”

소옥이 단말마의 비명을 터뜨렸다.

“믿을 수 없어요. 당신은 거짓말을 하는 게 분명해요!”

그녀가 악을 쓰듯 외쳤다. 그런 소옥을 물끄러미 바라보던 노인이 살짝 눈살을 찌푸렸다.

“어째서 그렇게 생각하지?”

“나는 사부로부터 한 번도 사숙의 존재에 대해서 들어본 적이 없어요! 곤륜 문하에는 오직 사부님과 내가 있을 뿐이에요!”

그 말이 스스로도 억지라는 것을 알았다. 하지만 소옥은 끝까지 노인의 말을 인정하기 싫었다. 그것을 인정한다는 것은 여태까지 태산처럼 믿고 의지해 왔던 곤륜이라는 위대한 사문의 붕괴를 스스로 인정하는 것이기 때문이기도 했다. 세상에 사제가 사저를 곤경에 빠뜨리고, 사형이 사제를 죽이려고 하며, 사숙이 사질의 물건을 강탈하려고 하는 사문이 어디에 있단 말인가.

“때가 되면 저절로 알게 되겠지.”

노인이 굳이 자신의 말에 대한 설명을 하려 하지 않았다.

“당신은 누구죠? 어떻게 이 일을 그렇게 잘 알고 있는 거죠? 당신은 혹시 나의 사문과 관계가 있는 사람인가요? 그렇다면 당신의 정체가 더욱 궁금해지는군요. 사부님과 당신은 또 어떻게 되는 사이죠?”

“다 말해 줄 테니 조급해하지 말아라.”

노인이 숨 쉴 새도 없이 몰아치는 소옥의 질문에 질렸다는 듯 머리를 설레설레 저었다.

*　　　*　　　*

　"그렇군. 역시 당신은 사부님이 보낸 사람이었구려."

　단목기가 허탈한 얼굴로 갈평을 바라보았다. 갈평이 한숨을 쉬고 그의 시선을 외면했다.

　"그러니까 사부님께서는 구룡단(九龍團)을 이끌고 있고 장차 그것을 구룡문(九龍門)이라는 한 문파로 세워 개파조사(開派祖師)가 되시려 한다는 말이로군."

　"그렇소. 이제 그 때가 무르익어 조만간 강호에 모습을 드러낼 것이외다. 그렇게 되면 단번에 구대문파를 누르고 천하제일의 문파로 군림할 것이오."

　갈평이 자부심이 가득한 얼굴로 말하며 허리를 쭉 폈다. 그런 갈평을 물끄러미 바라보며 단목기는 지난 십여 년 동안 사부의 얼굴 보기가 힘들었던 이유를 어렴풋이 알 수 있을 것 같았다.

　그가 열다섯 살이 되던 무렵부터 사부는 아무 말 없이 은둔하고 있던 절곡(絶谷)을 떠나는 일이 잦았었다. 때로는 석 달이 지나도록 돌아오지 않았고, 더 많게는 반년 가까이나 소식 한 자 없었던 것이다. 단목기는 홀로 절곡을 지키며 사부로부터 전해 받은 무공을 익히는 일에만 열중했다. 그렇게 하지 않고서는 홀로 남겨졌다는 그 적막감과 고독을 견딜 수 없기 때문이기도 했다.

　그렇게 훌쩍 떠났던 사부는 돌아올 때도 기척없이 돌아왔다. 자고 일어나 보면 머리맡에 앉아 바라보는 사부의 눈과 마주치고 놀란 적이 한두 번이 아니었다. 사부는 길어야 한 달이나 두 달을 함께 지냈다.

그동안에 새로운 곤륜의 절학을 전해주고는 또다시 온다 간다 말 한마디 없이 떠나곤 했다.

단목기는 한 번도 사부에게 이유를 물어보지 않았다. 때가 되면 사부께서 어련히 말해 주시려니 여겼던 것이다. 그만큼 그는 사부에 대한 믿음이 컸다. 세상에서 의지하고 기댈 사람이라고는 오직 사부 한 분이 있을 뿐이었던 것이다.

그런 사부에 대한 서운함이 뒤늦게 단목기의 가슴을 뭉클하게 했다. 갈평의 말을 듣고서야 사부가 그처럼 자주 절곡을 비웠던 것이 실은 수하들을 끌어 모아 하나의 비밀스런 문파를 세우기 위해서임을 안 것이다.

사부가 당신이 세운 조직에 구룡(九龍)이라는 이름을 붙인 것은 이해가 갔다. 그런데 왜 하필 단(團)이라고 한 것인지는 이해할 수 없었다. 처음부터 구룡문이라고 하지 않고 단이라고 했다가 이제 와서야 문(門)이라는 명칭을 붙이려고 하는 건지도 이해할 수 없는 일이었다.

대체로 단(團)이라는 명칭은 강호에서 은밀한 일을 행하는 조직들이 주로 썼다. 신의와 대의를 따라 모였다기보다 하나의 목적 아래 뜻을 같이하는 자들끼리 뭉친 조직이기 때문에 그랬다. 그래서 대체로 단이라는 명칭을 쓰는 조직은 사적(私的)이어서 은밀하고 신비스러운 데가 많았다.

"단주께서는 공자의 불행을 아시고 가슴 아파하셨소. 나를 보내 은밀히 공자를 지키게 하고, 그것도 미덥지 못해 왕곤, 왕 노사까지 수하들을 이끌고 달려오게 하셨으니 그것만 보아도 단주께서 공자를 얼마나 아끼고 계신지 알기에 충분하오."

갈평은 간곡하게 돌아갈 것을 권하고 있었다. 하지만 단목기는 선뜻 그러마고 대답할 수 없었다. 여태까지 그런 일들을 감쪽같이 숨겨온 사부에 대한 서운함 때문이었다.

'그분께서는 나를 믿지 못하셨던 건가?

그런 생각이 불쑥 들자 서운한 마음에 허탈함까지 더해졌다.

"사부께서는 지금 어디에 계시오?"

"가깝다면 가깝고 멀다면 먼 곳에 계시오."

단목기는 가만히 생각해 보았다. 갈평의 말을 듣고 그의 눈치를 보건대 사부가 가까운 곳에 와 계시다는 것을 짐작할 수 있었다. 그러면서도 수하들을 보내온 것은 아직 사람들 앞에 나서고 싶지 않기 때문일 것이다. 어쨌든 사부를 찾아가면 그분께서는 자신의 상처를 치료해 주실 것이다.

'그러나……'

단목기의 얼굴이 어두워졌다.

자식이 크면 부모의 곁을 떠나 자신만의 삶을 살고 싶어하는 법이다. 어려서는 그런 것을 사춘기의 반항이라고 했지만 장성한 나이가 되어서는 독립하려는 의지라고 했다. 부모와는 다른 삶을 살아보겠다는 의지였고, 스스로의 힘으로 새로운 삶을 만들어가겠다는 의욕인 것이다.

단목기는 이제 몇 해 뒤면 서른을 바라보는 나이였다. 지금은 비록 몸이 성치 못하여 지니고 있던 힘을 모두 잃었으나 그는 천하에 두려울 것이 없는 고수이기도 했고, 동창의 영주라는 막강한 지위를 누리기도 했다. 단목기는 지금 갈평을 따라 사부에게로 돌아가면 다시는 독립할 수 없다는 것을 알았다.

사부의 그늘에서 사부가 일구어놓은 것들을 향유하다가 고스란히 물려받아 지키면 되는 삶. 그것은 편하고 안락한 것일 수 있었다. 그러나 단목기가 원하는 건 그런 삶이 아니었다. 그의 가슴속에도 스스로의 힘으로 천하를 호령하고 일문(一門)을 일으키고자 하는 원대한 포부가 있었다. 그것은 모용탈이 가지고 있는 무모한 욕망과도 같았다.

누군가가 가꾸어준 삶을 그대로 간직하며 살아간다는 건 사내로서 의미가 없다고 생각했다. 그런 생각이 사부에 대한 서운함에 더해져 단목기의 마음을 단단해지게 했다.

"나는 가지 않겠소."

"헛!"

단호한 단목기의 말에 갈평이 놀라 어깨를 흠칫 떨었다.

"공자는 그분의 뜻을 저버리고 등을 돌릴 생각이오?"

단목기를 노려보는 눈빛이 예리해졌다. 그러나 한번 내뱉은 말을 다시 돌이킬 단목기가 아니었다.

"내 길을 가겠다는 것뿐 사부를 배신하는 게 아니오. 자식이 부모 곁을 떠나 독립하는 것이 부모를 저버리는 것이 아니듯 말이외다."

"다시 한 번 생각해 보시오. 지금의 공자를 험경에서 구해주고 상처를 치료해 줄 사람은 단주님밖에 없소."

그럴지도 모른다고 생각했다. 무명자의 스승이 자신의 내상을 다스려 줄 수 있을지는 알 수 없었다. 하지만 단목기는 무명자를 믿기로 했다. 그가 보여준 괴이한 행적과 언행을 볼 때 그의 사부라는 사람 역시 남다른 기인일 것이라고 생각했다.

"갈 형은 그냥 돌아가는 게 좋겠소. 사부님께는 언제고 내가 직접 찾아뵙고 오늘의 일에 대한 죄를 청할 것이오."

"하, 공자의 생각이 그와 같다면 나로서도 어쩔 수 없는 일. 부디 보중하기 바라오."

포권해 보인 갈평이 아쉬운 듯 돌아보며 단목기를 남겨두고 멀찍이 떨어진 곳에 우두커니 서서 기다리고 있는 왕곤에게 돌아갔다.

"왕 노사, 우리의 일은 다 한 것 같소. 돌아갑시다."

"뭐? 아니, 단목 공자가 우리를 따라가지 않겠다고 하던가?"

왕곤이 믿지 못하겠다는 듯 눈을 크게 뜨고 물었다. 갈평의 입가에 씁쓸한 웃음이 매달렸다.

"그는, 그는…… 자신의 사부님께로 돌아가기가 싫은 것 같소."

"허―!"

큰일이라는 듯 왕곤이 탄식을 했다. 그의 노안에 두려움이 스쳐 지나갔다. 단주로부터 받은 명을 제대로 수행하지 못한 데 대한 두려움이었다.

"당신들은 이곳에서의 일을 그대로 보고하는 것만으로도 커다란 공을 세운 것이오. 그분께서는 결코 당신들을 문책하지 않을 것이니 안심해도 좋소."

무명자가 왕곤을 달래듯 말했다. 왕곤의 얼굴이 가득 의문을 띠고 무명자를 바라보았다. 그는 어째서 이곳에서의 일을 보고하는 것만으로 공이 되는 건지 이해할 수 없는 모양이었다. 갈평이 그런 왕곤의 소매를 끌었다.

"갑시다. 종 형의 말이 틀리지 않을 것이오."

마지못한 듯 왕곤이 갈평과 함께 다섯 장한들을 거느리고 느릿느릿 오압사를 떠나갔다. 그들의 모습이 보이지 않게 되자 무명자가 안도의 한숨을 쉬며 이마의 땀을 훔쳤다. 그는 이곳에 온 이후 내내 혹시라도 일이 잘못될까 봐 몹시 근심하고 있었던 것이다.

"이봐, 아니, 종 형."

남궁적이 자신도 모르게 예전처럼 하대하여 부르려고 하다가 곧 실수를 깨닫고 정정해 불렀다.

"대체 일이 어떻게 돌아가는 거요? 나같이 머리 나쁜 놈은 어지러워서 알 수가 없소. 기세등등하여 몰려왔던 그 많던 놈들이 어째서 종 형의 말 한마디에 꼬리를 말고 낑낑거리며 도망친 건지 영문이나 좀 압시다."

"대형."

"대형은 무슨 얼어죽을 대형이야. 그냥 편하게 부르시오. 젠장할."

"버릇이란 게 이처럼 쉽게 고쳐지지 않는 모양이외다."

툴툴거리는 남궁적의 얼굴을 물끄러미 바라보던 무명자가 환하게 웃었다. 그에게는 남궁적의 그늘에서 보냈던 지난 오 년 간의 일들이 좋은 추억이었던 것이다.

"대형은 운명이라는 것을 믿소? 내가 하는 모든 일들을 주관하면서 나도 모르는 사이에 나를 이끌어가는 알 수 없는 그 힘을 말이오."

"빌어먹을. 운명은 무슨 운명이야? 제 일은 제가 알아서 하는 거지 누가 시키는 대로 한다면 그게 어디 내 인생이겠어? 줄에 매달린 꼭두각시지."

"아, 그렇지 않다오. 내가 어디 내 뜻대로 태어났겠소? 세상이 어디 제 마음대로 된답디까? 내가 갈 곳은 내가 결정하지만 그리로 갈 수도 있고 가지 못할 수도 있으니, 일이 되거나 되지 못하게 하는 건 바로 운명이라는 것이라오."

"쳇, 듣기 싫소. 당신은 마치 득도한 중이나 도사가 된 듯하니 재미없어. 사람이 왜 갑자기 그렇게 변한 거지? 남창부에서 건들대며 어울려 다닐 때가 훨씬 좋았어."

"미안하오. 내 사부님에 대한 것을 이야기하려다가 그렇게 되었구려."

무명자가 멋쩍은 얼굴을 했다.

"사부님은 바로 나의 모든 것을 결정하고 움직이는 힘을 갖고 계시
다오. 내게는 운명이라고 부를 만한 그런 힘이지. 강호의 모든 일들 또
한 그분의 눈 밖으로 벗어나지 못하고 그분의 계산 속에서 이루어지고
진행되어 가니 세상 천지에 그분만한 힘을 갖고 있는 사람은 아무도
없을 것이오. 오늘의 일도 처음부터 이렇게 되도록 그분께서 정해놓은
것이라고 할 수 있소이다. 그러니 복잡하게 생각할 것 없소. 다 그분의
뜻대로 되어가고 만들어지는 것뿐이라오."

"이런 젠장할! 당신은 마치 당신 사부 늙은이가 무슨 부처님이나 상
제님이라도 되는 것처럼 말하는군! 아, 정말 재미없다, 재미없어! 당신
은 이제 고리타분한 중놈이나 도사가 되는 게 낫겠다."

"종 사형, 대체 사형의 사부님이 어떤 분이시기에 그처럼 대단하다
는 건지 소제는 믿을 수 없소이다."

언제 다가왔는지 더욱 핼쑥해진 안색으로 다가와 남궁적 곁에 선 단
목기가 고소를 지으며 무명자를 바라보았다. 무명자가 천천히 머리를
끄덕이고 정색을 했다.

"사제는 혹시 환주루(幻宙樓)라는 말을 들어보았나?"

"억!"

"환주루!"

무명자의 엉뚱한 말을 들은 남궁적과 단목기가 동시에 크게 외쳤다.
그들은 물론 강호에 몸담고 있는 무림인이라면 그 말의 의미를 모르는
사람이 없다고 해야 옳았다. 환주루라는 말은 실체가 없는 실체였고,
힘이 없는 힘이었으며, 빛이면서 동시에 어둠이기도 한 그런 의미였다.

존재한다고 알려졌지만 그 존재를 아는 사람이 없었다. 그러므로 그것은 강호에 존재하는 것도 아니고 존재하지 않는 것도 아닌 하나의 집단이었다. 드러난 게 없으니 문파라고 할 수도 없었지만, 분명히 속해 있는 문도들이 있고 루주가 있으며 활동을 하고 있으니 문파가 아니라고 할 수도 없었다.

사람들이 입에서 입으로 전해지는 말에 의하면 강호의 모든 일들이 환주루주의 손 안에서 이루어진다고 했다. 그에게는 비밀이라는 게 없었고, 알지 못하는 게 없다고도 했다. 그렇다면 환주루야말로 강호를 움직이고 만들어 나가는 숨은 힘이라고 해야 마땅했다. 강호인들이 환주루주를 일컬어 나의 운명이라고 한 말이 헛말이 아니었던 것이다.

하지만 그런 환주루가 강호에서의 활동을 접고 사라진 게 이십여 년 전이었다. 그러나 사람들은 아직도 그것을 알지 못하고 있었다. 그들이 강호에 나타났을 때 누구도 그것을 알지 못했듯, 그들이 종적을 감추었을 때도 그것을 안 사람이 없었기 때문이다.

사람들은 어쩌면 환주루라는 것 자체를 자신들의 두려움과 상상이 만들어낸 허상이라고 생각하는지도 몰랐다. 그렇기에 그것은 나타나지도 않고 사라지지도 않은 채 영원히 그들의 머리 속에 자리 잡고 있는 것이리라. 그렇다면 그것은 또한 그들의 본성이요, 양심이면서 욕망이고 가책이라고 달리 말할 수도 있을 것이다.

환주루(幻宙樓)는 그렇게 존재하면서 존재하지 않는 신비한 무엇이었다.

"나는 그곳의 사람일세."

"음……."

단목기가 깊이 침음했다. 그는 사부로부터 언젠가 환주루에 대하여 들었던 기억을 떠올렸다. 그가 동창에 몸을 담은 지 얼마 되지 않았을 때였다. 그때 단목기는 두어 달에 한 번씩 사부와 은밀히 만나곤 했었는데, 강호에 존재한다는 환주루에 대한 것을 알게 되자 그것을 사부에게 물어보았었다. 그때 사부는 그에게 단호하게 말해 주었다.

―소문은 믿을 게 못 된다. 그들은 그렇게 신비하지도 않았고, 강하지도 않았다. 환주루는 벌써 사라졌다.

단목기는 가만히 사부의 그 말을 곱씹어보았다. 사부가 환주루의 정체에 대해서 확실하게 알고 있었다는 것을 깨달았다. 당시는 환주루의 활동으로 짐작될 만한 아무런 사건이 없었고 또 자신과 환주루와는 손톱만큼의 상관도 없었으므로 흘려들었다. 그러나 오늘 이처럼 눈앞에 환주루의 실체가 나타나게 되자 그때의 사부의 말이 가슴을 때렸다.

"그럼 종 사형의 사부라는 분이 루주(樓主)시오?"

"그렇다. 사문에서 쫓겨나 유랑걸식하는 신세가 되었을 때 그분을 만났지."

"그랬군. 나는 사형이 어떻게 무공을 되찾았으며 오히려 더 상해졌는지 내내 의아했는데 이제 알겠소."

환주루주라면 사부로부터 무공을 폐쇄당하고 쫓겨난 종유상을 회복시키고 그에게 오늘날과 같은 무경(武境)을 전해줄 만하다고 생각했다. 그 신비의 환주루주가 가까이에 있다는 사실이 단목기를 흥분시켰다.

"사형이 사부를 모셔와 나를 치료해 주겠다고 한 것이 그래서였구려?"

환주루주라면 예전에 종유상을 치료했듯이 자신의 지금 상태도 완벽하게 치료해 줄 것을 믿어 의심치 않았다. 무명자가 단목기의 손을 잡았다.

"사부님은 하지 못하는 일이 없고 알지 못하는 게 없는 분이시다. 그분께서는 너를 치료해 주시기 위해 이곳까지 오신 거다."

"뵙고 싶소."

마음이 급해진 단목기가 재촉했다. 치료를 받기 위해서가 아니라 환주루주가 어떻게 생긴 사람인지, 얼마나 큰 능력을 지니고 있는 사람인지 직접 보고 싶다는 욕망이 컸던 것이다.

"지금은 소옥 낭자를 만나고 계시다. 조금 더 기다려야 한다."

"소옥이? 그녀가 왜?"

"실종된 그녀의 사부를 찾기 위해서지."

"아!"

단목기가 놀람의 탄성을 터뜨렸다. 그는 아직 소옥의 사부인 곤륜여협(崑崙女俠) 상관혜(上關慧)가 실종되었다는 사실을 알지 못하고 있었던 것이다. 누가 있어서 그녀를 납치할 수 있다는 건지 믿어지지 않았다.

'혹시……'

단목기는 마음 깊은 곳에 이는 불길한 생각에 부르르 몸을 떨었다. 어쩌면 자신의 사부가 한 일인지도 모른다는 의심이 들었던 것이다. 그렇지 않고는 당금 무림에서 곤륜여협에게 해를 가할 만한 자가 달리 또 있다고 생각할 수 없었다.

"나와 관계된 일이오?"

조심스럽게 물어보자 무명자가 그의 어깨를 두드리며 웃었다.

"나도 알지 못한다. 오직 사부님만이 그 일에 대하여 알고 계시겠지."

*   *   *

"흥, 당신이 환주루주라고요? 그게 뭐 어떻다는 거죠? 나는 당신이 누구인지보다 과연 당신의 말을 믿어야 할 것인지 말아야 할 것인지에 더 관심이 있어요. 어떻게 당신의 말을 믿을 수 있죠?"

"허, 이런 낭패가 있나……."

노인이 얼굴을 온통 찡그린 채 입맛을 다셨다. 세상을 살아오면서 지금처럼 낭패감을 느껴본 적이 없었다. 설사 황제라고 할지라도 그가 황제라는 것을 알지 못하는 자에게는 위엄도 아무 소용이 없는 것이다. 노인은 소옥이 환주루에 대하여 들어본 적도 없고 아는 바도 전혀 없다는 것을 이해할 수 없었다.

'한낱 어린 계집아이의 마음을 읽고 움직이는 것이 천하를 조물락거리는 것보다 더 어렵구나.'

노인이 다시 탄식하며 속으로 그렇게 중얼거렸다. 자신이 누구인지, 환주루가 무엇인지를 모르는데 더 말해 봐야 입만 아플 뿐이었다.

눈을 부릅뜬 소옥이 이제는 아예 외면하고 돌아앉아 버린 초라한 몰골의 노인을 뚫어지게 바라보았다. 아무리 보아도 그저 평범한 노인에 불과할 뿐, 대단해 보이는 곳이라고는 하나도 없었다. 그런 노인의 말을 냉큼 믿기에는 사안이 너무 크고 중대했다.

"에휴휴…… 믿지 않으면 할 수 없는 일이지. 너는 달리 방법이 있느냐?"

"……."

이제는 소옥이 대답할 수 없었다. 사부의 행적에 대해서 그녀는 혼자의 힘으로는 도저히 찾아낼 수 없다는 것을 너무 잘 알고 있었다. 노인의 말을 믿자니 사문의 치부를 인정하는 게 되어 싫었고, 믿지 않자니 막막하기만 했다.

"좋아요. 당신은 그럼 내 앞에서 당신의 십팔대 조상까지 그 이름과 명예를 걸고 맹세하세요. 당신의 말이 모두 옳고 한 푼의 거짓도 없다고 말이에요. 그러면 당신의 말을 믿어주죠. 그렇게 하지 못한다면 나는 당신을 허풍쟁이에 거짓말쟁이라고 생각해 버리겠어요. 그리고 만나는 사람마다 붙들고 그렇게 말할 거예요."

"이런, 이런, 난감한 일이……."

노인은 기가 막혀 할 말을 잊고 말았다. 그녀가 사람마다 붙잡고 무명자 종유상의 사부 늙은이는 천하에 몹쓸 거짓말쟁이요, 허풍쟁이라고 쫑알거리는 모습이 눈에 선해 보였다. 노인이 탄식만으로는 답답한 가슴을 달랠 수 없었던지 헝클어진 제 머리카락을 마구 쥐어뜯었다.

'요 베라먹을 년아, 너는 네 십팔대 조상이 누구인지 하나하나 기억해 내고 이름을 생각해 낼 수 있겠냐?

제 가슴이라도 치며 몸부림치고 싶을 만큼 원통하고 분하기 짝이 없었다. 나이 어린 계집에게서 이처럼 무시당하고 조롱당하게 될 것이라고는 꿈에도 생각해 보지 못했던 것이다. 이렇게 어처구니없는 일을 당하고 나자 자신이 과연 세상 사람들이 그처럼 두려워하고 신비롭게 여기는 그 환주루주가 맞는 건지도 의심스러워지고 말았다.

"좋다, 좋아. 너는 정말 고약한 계집이다. 내 말이 거짓이 아니라는 걸 내 십팔대 조상님들의 이름과 명예를 걸고 맹세하지. 이제 됐냐?"

설마 자신이 십팔대 조상까지 볼모로 삼아서 나이 어린 계집에게 자신의 말을 증명해 보여야 할 줄을 누가 알았겠는가? 아마도 누가 세상에 나가 이 일을 말한다면 세상 사람들은 모두 그를 손가락질해 대며 미친놈이라고 욕할 것이었다.

“됐어요.”

소옥이 검을 들고 발딱 일어섰다. 아직도 믿지 못하겠다는 듯 매섭게 노인을 노려보던 그녀가 부서진 방문을 걷어차고 횅하니 나가 버렸다. 그 뒤에서 노인이 벽에 이마를 쿵쿵 찧어대며 신음하고 있었다.

“흥, 환주루주라고? 웃기고 있네. 이름을 지어대려면 그럴듯하게 지어댈 것이지 환주루가 뭐야? 그런 촌스럽고 헐렁하기 짝이 없는 이름을 들먹거리면 내가 겁먹을 줄 알았나 본데 어림없는 수작이지.”

소옥이 발끝에 걸리는 돌멩이를 걷어차며 연신 투덜댔다. 스스로의 마음속에 감당할 수 없는 두려움과 의혹으로 가라앉고 있는 불안감을 그렇게 해서라도 잊어보기 위해서였다. 하지만 한 걸음을 걸을 때마다 절망이 어둠처럼 점점 더 두텁게 그녀의 어깨를 눌러왔다.

‘정강령(鼎岡嶺)의 흑림채(黑林寨)란 말이지? 무정풍소(無情風簫) 왕서륜(王瑞倫)이라고? 그리고 그가 나의 사숙이라고? 아니야, 믿을 수 없어. 이건 말도 안 되는 헛소리야.’

애써 노인에게서 들은 말을 부정해 보았지만 그녀의 마음속에는 이미 그곳으로 가야 한다는 절박함이 가득 들어차 있었다.

반쯤 무너지고 부서진 암자를 걷어차고 나와 다시 일 다경(一茶境)쯤 험한 산길을 달려 내려오자 흐린 달빛 아래 을씨년스럽게 서 있는 오압사의 대웅전이 멀리 보였다. 분풀이를 하듯 한번 힘껏 땅을 박찬 그녀가 날개를 활짝 펴고 소리없이 나는 박쥐처럼 달려나갔다.

“생각보다 일찍 내려왔군.”

소옥이 곁에 내려서자 무명자가 웃으며 말했다.

“흥, 정신이 오락가락하는 노인과 더 길게 말해 봐야 뭐 하겠어요?

내 입만 아프고 귀만 시끄러울 뿐이지."

"응?"

무명자가 무슨 말이냐는 듯 어리둥절하여 소옥의 쌀쌀맞은 얼굴을
물끄러미 바라보았다. 그 눈을 향해 다시 한 번 차가운 코웃음을 날려
준 소옥이 단목기를 향해 횅하니 돌아섰다.

"그들은 모두 가버렸군요?"

"우리만 남았지."

소옥이 의아한 눈길로 단목기를 빤히 바라보았다. 그의 얼굴에 여태
까지 보지 못했던 엄숙함과 긴장이 가득했던 것이다. 왜 그럴까? 하고
생각하는데 무명자가 단목기에게 등을 돌려댔다.

"가자."

단목기가 소옥의 손을 잡았다. 차가운 그 손에 힘이라고는 실려 있
지 않아서 소옥의 마음을 아프게 했다.

"네 사부님이 계신 곳은 알아냈느냐?"

멍하니 단목기를 바라보던 소옥이 고개만 끄덕였다.

"누가 한 짓이지?"

단목기는 그녀의 입에서 '바로 당신의 사부요' 하는 말이 튀어나올
까 봐 심장이 멎을 듯했다. 차라리 묻지 말 것을 그랬다는 후회가 밀려
들었다. 그를 빤히 바라보던 소옥이 한숨을 쉬었다.

"사형은 알 것 없어요."

단목기는 차마 흉수가 자신의 사부냐고 물어볼 수가 없었다. 만감이
서린 눈으로 소옥을 바라보던 그가 무명자의 등에 업혔다. 단목기를
업은 무명자가 온다 간다 말 한마디 없이 곧 몸을 던져 소옥이 내려온
그 산길을 타고 나는 듯이 달려 올라갔다. 그들의 모습이 숨 한 번 바

꾸어 쉴 사이에 벌써 어둠 속에 가려져 보이지 않게 되었다.

영영 물러가지 않을 듯하던 기나긴 밤이 소리없이 지나가고 있었다. 밤새 추위를 쫓아주었던 모닥불도 사그라져 가고 새벽 이슬이 사위를 눅눅하게 적셨다. 소옥은 이제는 숯불이 되어 이글거리는 모닥불의 잔해를 넋을 잃은 듯 바라보고 있었다. 밤이 새도록 그 모습 그대로여서 마치 그렇게 굳어 석상(石像)이 되어버린 것 같았다. 그녀의 어깨 위에 덮여 있는 남궁적의 겉옷이 이슬에 흠뻑 젖어 있었다. 이 며칠 새 새벽이 부쩍 추워졌다. 가을이 깊어갔고 이제 곧 겨울이 올 것이다.

"없다."

이슬을 차며 산길을 벗어나 대웅전 앞뜰로 내려온 남궁적이 그렇게 말했다.

"없다고?"

이글거리던 그 빛마저 검게 식어 싸늘해져 가는 모닥불의 잔해 위에 얼굴을 떨군 채 소옥이 돌아보지도 않고 중얼거렸다.

"우라지게 춥다."

산속이라 더 그럴 것이다. 곁에 쪼그리고 앉아 불씨를 뒤집어내는 남궁적의 입에서 허연 김이 안개처럼 뿜어져 나왔다.

"사형이 그곳에 없단 말이지……."

"그뿐만이 아니야. 무명자도 그의 사부도 아무도 없다. 그들은 어디론가 가버렸어."

"아무도 없다……."

소옥이 뜻없이 그 말을 따라 중얼거렸다. 그녀는 밤새 자신이 무엇을 기다리고 있었던 건지 이제는 알 수 없게 되었다. 단목기를 기다리고 있었던 것도 같았고 아니었던 것 같기도 했다. 그녀가 밤새 바라보던 것도 꼭 모닥불만은 아닐지도 몰랐다. 그녀는 어쩌면 지나가 버린 시간이 돌아오기를 기다리고 있었고, 자신의 마음속에 담겨져 있는 두려움과 불안을 바라보고 있었던 건지도 몰랐다.

"어떻게 할 거야? 더 기다려 봐야 소용없어."

소옥이 문득 고개를 들고 남궁적을 바라보았다. 낯선 사람을 보는 듯한 그런 시선이었다. 잠시 그렇게 바라보던 그녀가 다시 천천히 오압사의 무너진 전각과 담과 텅 비어 있는 뜰을 돌아보았다. 새벽 안개에 잠겨들고 있는 그것들의 황폐한 모습이 가슴속으로 와르르 무너져 내렸다.

"아!"

소옥이 낮게, 그리고 비명처럼 날카롭게 외치고 벌떡 일어섰다.

"뭐야? 왜 그래?"

어리둥절해서 따라 일어선 남궁적이 외눈을 번쩍이며 사방을 휩쓸어 보았다. 적이라도 나타난 건가? 하고 놀란 모양이었다.

"나도 가야겠다."

비로소 정신을 차린 소옥이 차갑게 외치며 겉옷을 벗어 팽개치듯 남궁적에게 던졌다. 얼결에 그것을 받아 든 남궁적이 아직도 어리둥절한 눈으로 주위를 두리번거리며 물었다.

"어디로? 그럼 나도 같이 가야지."

"뭣이?"

다시 표독스런 표정을 되찾은 소옥이 매섭게 쏘아보았다.

"꺼져 버려! 너는 네 갈 데로 가란 말이다! 귀찮게 한다면 죽어 버리겠어!"

살기마저 묻어나는 차가움으로 소리치고 난 소옥이 땅을 박찼다. 뒤도 돌아보지 않고 훌훌 무너진 담을 넘어 안개의 숲 속으로 꺼져 버리는 그녀였다.

"쳇, 인정머리없는 년 같으니. 대체 어떻게 해야 저 성질을 고쳐 놓지? 꽁꽁 묶어놓고 개 패듯 패버려?"

그녀가 사라진 안개 속을 노려보며 씩씩거리던 남궁적이 밤새 소옥의 어깨 위에 걸쳐져 있던 겉옷을 펼쳐 들고 킁킁 냄새를 맡았다. 축축한 습기 속에 아직 그녀의 체취가 남아 있었다. 한동안 킁킁거리던 그의 입술이 얇아지더니 그 사이로 끈적한 웃음이 배어 나왔다.

"정강령이라……. 뭐, 서두를 것 없겠지."

그는 무명자가 강량에게 소옥이 곧 그곳으로 찾아갈 것이라고 말했던 것을 기억하고 있었다. 그렇다면 그녀를 다시 찾아내는 건 일도 아니었다.

"제기랄, 우선 뭘 좀 먹어야겠다. 카악, 퉤!"

칼을 집어 든 남궁적이 오압사를 한번 둘러보고 발 아래 걸쭉한 침을 뱉었다. 그의 모습마저 휘적휘적 안개 속으로 사라지고 나자 오압사에는 더욱 쓸쓸한 적막이 가득 내려앉았다. 새 한 마리 울지 않았다.

〈제4권 끝〉